Mikoto & Maki
「曙光」

曙光

悪食3

宮緒葵

キャラ文庫

目次

口絵・本文イラスト／みずかねりょう

今週最後の授業が終わると、教室はにわかにざわめいた。週末とあってこのまま遊びにくり出すクラスメイトも多い。

胡桃沢水琴《くるみざわみこと》も最近仲良くなったクラスメイトから食事に誘われたが、騒ぐ気にはなれず、断って教室を出た。階段の踊り場で立ち止まり、窓際にぼんやりと佇《たたず》む。

……桜、まだ咲いてないな。

一階と二階の間まで枝を伸ばす桜の木はこの美術専門学校の名物でもあり、開花すれば近所の住人たちが花見に訪れる。例年なら三月の中旬過ぎには咲き始めるそうだが、ここ最近寒い日が続いたせいか、三月下旬に入った今でも蕾《つぼみ》は硬いままだった。

窓枠に肘をついた水琴の背後を、クラスメイトたちが通り過ぎていく。にぎやかなお喋《しゃべ》りがひどく遠くに感じられた。早く帰らなければと思うのに、足はなかなか動いてくれない。

「――水琴さん。水琴さんでしょう？」

明るい声が自分にかけられたものだと気付くまで、少し時間がかかった。ゆっくり振り返った水琴に、大きな目をした可愛《かわい》らしい少年が笑いかける。

「やっぱり水琴さんだった。…お久しぶりです。俺のこと、覚えてますか？」

「う…、うん、もちろん。雪輪《ゆきわ》くん、だよね？」

水琴が目をしばたたきながら答えると、雪輪は嬉《うれ》しそうに笑みを弾《はじ》けさせた。出逢《であ》ったのはほんの三か月ほど前だが、あの時より少し大人びたように見える。

「良かったー！　忘れられてたら、ショックで死んでたかも」

「そんな、大げさな…」

「大げさなんかじゃないですよ。水琴さん、前よりすごい美人になってて、振り返った時なんて女神様が舞い降りたのかって思いましたもん。女神様に忘れられたら、ライフポイントがゼロになって即死ですよ」

悲しそうな顔で言われ、水琴はくすっと笑ってしまった。初めて出逢った時、雪輪が嵌《は》まっているというスマートフォンアプリのゲームを教えてもらったことを思い出したのだ。

ゲームの名前は『ドラゴンと女神たち』、略して『ドラメガ』で、雪輪はお気に入りの女神が水琴にそっくりだと喜んでいた。ろうたけた美女と評判だった高祖母にうりふたつとはいえ、もうすぐ二十歳にもなる水琴としては微妙な気持ちだったのだけれど。

…それにしても何故《なぜ》、雪輪は専門学校に居るのだろう。確かまだ高校一年生だと言っていたはずなのに。

「……うっ……」

「ゆ、雪輪くん⁉」

考え込んでいると、雪輪が急に口元を押さえながらくずおれてしまった。水琴は慌てて寄り添ったが、覗《のぞ》き込んだ顔は苦しそうにゆがんでいる。

「大丈夫？　気分が悪くなった？」

「…平気、です。どこか、休める場所に連れて行ってくれれば」

「わかった。どこがいい？　一階のロビーか、少し歩いて良ければ医務室も…」

「カフェがいいです」

思いがけない返事にきょとんとする水琴に、雪輪はにやりと笑った。そっとどけられた手の下から、楽しそうに吊《つ》り上がった唇が現れる。

「ほら、この学校を出てすぐの交差点にある和カフェ。今日からイチゴのあんみつとパンケーキを始めるって看板に書いてあったんですよ。俺、イチゴ大好きなんですけど、女神と一緒に食べたらもっと美味《おい》しいだろうと思って」

「……君は……」

引っかけられたのだと水琴はようやく気付くが、ぷっと噴き出してしまった。ふだん水琴の周囲に居るのは年上の落ち着いた人ばかりだから、こんな真似《まね》をされることはめったに無い。

「…いいよ。じゃあ、そのカフェに行ってみようか」

「やった！　女神様とお茶会！」

雪輪は破顔し、両手の拳《こぶし》を突き上げる。通りがかったクラスメイトたちは足を止め、苦笑する水琴に見入っていた。

水琴は生まれも育ちも東京《とうきよう》だが、小学校を卒業すると同時に、都心から車で片道三時間かかる山奥の桐ヶ島《きりがしま》村に移り住んだ。由緒ある神社の巫女《みこ》であり、見えないものを見、聞こえない声を聞いていたという高祖母・琴音《ことね》の異能を受け継いでしまったせいだ。

物心ついた頃から、水琴は常人の目には決して映らないもの…彼岸に渡った死者の姿を見ることが出来た。普通の人間なら恐ろしいはずの彼らに惹《ひ》かれ、描かずにはいられなかった。どういうわけか水琴は死した彼らの姿しか描けず、生きた人間はどんなに描きたいと願っても描けなかったから、よけいに慕わしく感じられたのかもしれない。

だが水琴の家族、特に母親はそんな息子をどうしても受け容《い》れられなかった。父方の祖父が母親に見捨てられた孫を哀れみ、引き取ってくれたおかげで、水琴は目に映る死者の姿を描きながら、十八歳になるまで心穏やかに過ごせたのだ。

そんな水琴の生活が一変したのは、一年と少し前。水琴のスケッチが知らない間にSNSにアップされ、東京の画商、奥槻泉里《おくつきせんり》の目に留まり、自分の元で画家デビューしないかと熱心にかき口説かれたことがきっかけだ。十歳年上の泉里は高価そうなスーツがよく似合う長身に、冷ややかなくらい端整な面と洗練された物腰の主で、水琴の目には非の打ちどころの無い大人に映ったものだ。

水琴は過保護で愛の重すぎる恋人兼パトロンと化した泉里と東京で暮らし、泉里が手配してくれた美術専門学校に通いながら画家を目指すことになった。

――そして三か月ほど前のクリスマスウィーク。水琴は泉里と一緒にN県のリゾートホテル『リアンノン』のプレオープンに赴いた。『妖精画家』、すなわち水琴の偽物を騙《かた》る女性と接触するためだ。水琴の絵はSNSで大きな反響を呼び、泉里いわく『誰にも真似出来ない繊細かつ優美な透明感のある』画風と、本人は姿どころか気配すら窺《うかが》わせないミステリアスさから、妖精画家などというあだ名を付けられていたのである。

そこでもまた予想外の事件に巻き込まれ、水琴は自分にしか見えない死者、彼らの遺《のこ》した思いをたくさんの人々に伝えたいと願い、画家としてデビューする決意を固めた。

水琴の決意を打ち明けられた泉里は、パトロンとしても恋人としても水琴を全力で支えると約束してくれた。そしてさっそく、水琴――妖精画家を最高の形でデビューさせるための準備を始めたのだが…。

「うわ、やっぱすごい美味《うま》い！　こっちのタルトも最高！」

テーブルにずらりと並べられたスイーツの皿が次々と空になっていくのを、水琴は呆然《ぼうぜん》と見ていた。カフェの窓際の席に案内されるや、お目当てのイチゴあんみつとパンケーキに加えて抹茶パフェや和栗のタルト、クリームソーダまでオーダーした時には食べきれるのかと心配になったが、杞憂《きゆう》だったようだ。

……そう言えば、ホテルのレストランでもデザートを全種類盛ってもらってたっけ。

大皿にぎっしり盛られたデザートの山を思い出すだけでお腹いっぱいになってしまい、水琴はほうじ茶を啜《すす》る。

雪輪と出逢ったのは『リアンノン』に滞在中のことだ。たまたまレストランで隣の席になった雪輪が、一人で時間を持て余していた水琴を自分のテーブルに招いてくれたのである。

連れて来てくれた父親が寝込んでしまったという雪輪も一人の参加で、初対面にもかかわらず水琴にあれこれと話しかけてくれた。友人と呼べる存在の少ない水琴も雪輪の人懐っこさと愛嬌《あいきょう》に助けられ、思いがけず楽しいひとときを過ごせたのだ。

雪輪とはその後一度だけ会う機会があり、ただの高校生とは思えない不気味さを感じたりもしたのだが、それきりだ。水琴の知らない間に『リアンノン』から姿を消しており、何か事情を知っているらしい泉里も何も教えてはくれなかった。だから水琴も雪輪について考えることはやめてしまった…正確にはそんな余裕など無かったのだが、まさか東京の専門学校で再会することになろうとは。

「実は俺、高校卒業したらあの専門学校に進学しようかと思ってて。日本画コースがあるの、このへんじゃあそこだけなんですよね」

九割がた食べ終えると、雪輪はようやく満足したように話し出した。水琴はまだ自分の白桃チーズケーキを半分も食べられていない。

「今日は資料をもらいがてら見学に来たんですけど、水琴さんに会えるなんてむちゃくちゃラッキーでした」

「そうだったんだ…」

そう言えば、と思い出す。泉里が以前、雪輪から膠《にかわ》の匂いがしたと言っていたことを。膠は日本画に用いられる岩絵の具を溶くための素材だ。その直後にトラブルに見舞われてしまい、すっかり忘れていたのだが、やはり雪輪は絵を描くらしい。

……でも、今日は特に膠の匂いなんて感じなかったな。

こっそり鼻をひくつかせてみるが、スイーツの甘い匂いしか感じない。するとパフェのグラスを空にした雪輪がまぶしそうに水琴を見詰めてくる。

「…どうしたの？」

「いやあ、だって水琴さん、あの学校に通ってるんでしょう？　ってことは俺、水琴さんの後輩になれるってことじゃないですか。水琴さんと一緒に授業を受けたり、わからないところを教えてもらったり、水琴さんを邪《よこしま》な目で見る奴《やつ》をぶちのめしたり出来るんですよね」

「邪な目って…皆、いい人ばかりだよ？」

クラスメイトたちはほとんどが東京育ちか、地方出身でも水琴よりよほど都会の空気に馴染《なじ》んだ華やかな人々だ。泉里の伝手《つて》で突然入学してきた水琴を最初は遠巻きにしていたが、意地悪などされなかったし、田舎臭さ丸出しの水琴に皆親切にしてくれた。今では一緒に課題を検討したり、食事や遊びにも行っている。

水琴の話をどこか生ぬるい眼差《まなざ》しで聞いていた雪輪が、ふう、と溜息《ためいき》を吐《つ》いた。

「……これは、あの黒いお兄さんが重たくなるわけだ……」

「え？　ごめん、よく聞こえなくて」

「いえ、たいしたことじゃないです。ただ、水琴さんと一緒に居ると絶対に退屈なんてしないだろうなって思っただけで」

雪輪はへらりと笑い、通りがかった店員を呼びとめた。追加のチョコレートケーキとクレームブリュレをオーダーし、ソーダを飲む。

「…そんなに甘いものばかり食べて大丈夫？」

つい心配になって尋ねると、雪輪はひらひらと手を振った。

「このくらいへっちゃらですよ。仕事の後は、どうしても甘いものが欲しくなっちゃって」

「仕事？　雪輪くん、アルバイトでもしてるの？」

「ん、……うん、まあそんなものです。やること自体は簡単なのに、すっごい神経を使うんですよね」

アルバイトどころか、高校にすら通わなかった水琴には、高校生のアルバイト事情なんて想像もつかない。いったいどんな仕事なんだと尋ねる前に、追加のスイーツが運ばれてくる。

「んー、美味い！　仕事はしばらく辞められそうにないですけど、水琴さんと同じ学校に通えると思うとやる気が出てきますよ」

「あの…、雪輪くん。そのことなんだけど…」

にこにことケーキを頬張る雪輪に申し訳無さを感じつつ、水琴は説明した。水琴の通う専門学校は二年制であること。水琴は今年二年に進級するのだが、場合によってはカリキュラム修了前に辞めてしまう可能性もあることを。

「それに雪輪くん、今高校一年生なら専門学校に入るのは二年後だよね？　だとすれば、どのみち僕とはかぶらないんじゃあ…」

だんだん口調が弱々しくなってしまうのは、満面の笑みだった雪輪の顔がみるみる悲しみに彩られていくせいだ。とうとうケーキの欠片《かけら》が刺さったままのフォークをぽろりと落とし、雪輪はうなだれた。

「…そんな…、俺の、俺の完璧な癒《いや》され計画が…」

「雪輪くん……」

在学期間がかぶらないのは決して自分のせいではないのだが、打ちひしがれる雪輪を見ていると何だか可哀想《かわいそう》になってしまい、水琴はチーズケーキに添えられていたクッキーをそっと雪輪の皿に置いてやった。雪輪はうなだれたままクッキーをつまみ、もそもそと口に運ぶ。

「……美味しいです。女神様に恵んでもらったと思うと、百倍美味しい」

「そ、そう…。それは良かった」

水琴は店員に頼んで落としたフォークの替えを持って来てもらったが、雪輪は残りのケーキに手をつけようともせず、上目遣いに水琴の皿をちらちら窺っている。少し悩み、トッピングの白桃のコンポートを分けてやると、ぱっと顔を輝かせた。

「美味ーい！　甘ーい！」

「そんなに気に入ったのなら、同じケーキを注文しようか？」

「要らないです。女神様に恵んで頂くことに意義があるんで」

あっという間にコンポートを平らげ、雪輪は再びチョコレートケーキを食べ始めた。よくわからない理屈だが、元気を取り戻せたのなら何よりだ。今まで年下と関わったことがほとんど無いせいか、雪輪がしょんぼりしていると落ち着かなくなってしまう。

……泉里さんも僕に、そんなふうに思ったりするのかな。

頭をよぎる愛しい人《いと》の面影に、胸が小さく疼《うず》いた。

一見冷たそうな泉里だが、大人の男に相応《ふさわ》しい包容力と溢《あふ》れんばかりの情熱で水琴を愛してくれる。泉里の言葉や行動に間違いは無い。今もその気持ちは変わらないのに、ここ最近、ふとした瞬間にもやもやしたものが胸に渦巻いてしまう。

「……水琴さん、一緒に学校通えなくても友達になってくれます？　なってくれるなら俺、水琴さんの居ない地獄でも頑張れます」

「え？　…あ、うん。喜んで」

縋《すが》るように見詰められ、水琴は面食らいつつも頷《うなず》いた。

会って間も無い自分にどうしてそこまで好意を持ってくれるのかは不思議だったが、雪輪の気持ちは素直に嬉しかった。誰かに『友達になろう』なんて言われたのは生まれて初めてかもしれない。

「やったー！　じゃ、じゃあ、メッセのＩＤ交換してくれますか？」

喜びを爆発させた雪輪がさっとスマートフォンを取り出す。早すぎる切り替えに水琴は苦笑し、ねだられるがままＩＤを交換した。流されている自覚はあったが、泉里を始めとする周囲は水琴のペースを尊重してくれる人々ばかりだったから、押し切られる感覚がなんだか新鮮だ。

「ふおおおおお、女神様のＩＤ…」

かざしたスマートフォンを、雪輪は宝物のように拝む。水琴の画面にも交換したばかりの雪輪のＩＤ情報が表示されていた。

「雪輪、六……？」

「あ、それ俺の本名です。六って書いて『りく』って読むんですよ。ＩＤ六つも持ってるわけじゃないですから。水琴さん一筋ですから」

「珍しいけど、いい名前だね」

泉里に勧められ、水琴は幅広いジャンルの本を読むようにしている。最近読んだ本の中に六花《りっか》という雪の異名が載っていた。雪というには少々騒がしいけれど、名字にも雪が付いているし、色白で純粋な雪輪にはぴったりの名前だと思う。

水琴の考えを聞き、雪輪は目を丸くした。

「…すげー…、そう来るかあ。さすが女神」

「ご、ごめんね。違ってた？」

「や、女神が俺のことそんなふうに思ってくれるのは嬉しいんですけど、残念ながら違いますね。実は俺、生まれてすぐ実の親に捨てられたみたいで」

「え……」

突然の告白に、水琴は呆然とする。『リアンノン』で出逢った時、雪輪は銀行員の父親に連れて来てもらったと言っていたはずなのに。

「捨てられた先が仏教系の養護施設だったんですよ。何かの縁だからってそこに引き取ってもらって、お坊さんでもある園長先生が付けてくれた名前が『六』です」

「…そう…、だったんだね」

仏教と六という名前の関係はわからなかったが、ここでずけずけと突っ込めるほど図太くはない。所在無くティーカップの取っ手をもてあそぶ水琴に、雪輪は小さく頭を下げた。

「すみません、いきなり重い話をしちゃって。でも俺、ラッキーだったんですよ。すぐ今の両親に引き取ってもらって、何不自由無く育ててもらいましたし…水琴さんにも出逢えましたし」

「…僕は、雪輪くんにそこまで思ってもらえるほどの人間じゃないよ」

「そこまでの人ですよ。水琴さんみたいな人に、俺は初めて出逢ったんですから」

屈託の無い笑顔に、再び疑問が渦巻く。…雪輪は何故ここまで水琴に好意を示してくれるのか。高祖母に生き写しだというこの顔が人目を引くことはさすがに自覚したが、都会には綺麗《きれい》な人がたくさん居るし、水琴は雪輪に絵を勉強中の学生だとしか話していないのに。

背筋がかすかにざわめいた。頭の奥に幻影が滲《にじ》み出る。夜空に皓々《こうこう》と輝く満月と、垂れこめるひと群れの雲。いつかどこかで見たような…ああ、そうだ。これは『リアンノン』に宿泊した時に見た夢と同じ…。

「それに、心の支えはもう一つ出来ましたし。…水琴さん、もう見ましたか?」

頬を強張《こわば》らせる水琴に、雪輪はスマートフォンの画面を見せる。表示されたSNSは写真や画像を共有するシステムがメインで、ユーザー数は三千万人を超える。世界で最も使われているSNSと言っていいだろう。

通常の投稿の他、二十四時間限定の動画をアップロードしたり、ライブを配信する機能も備えており、この配信だけで生活している有名ユーザーも存在するほどだ。だが雪輪が見せてくれたアカウントの主がアップしているのは一枚の画像…金魚柄の浴衣《ゆかた》を纏《まと》い、山百合《やまゆり》の花を手に微笑《ほほえ》むあどけない少女の水彩画だけだ。

にもかかわらずフォロワー数は十万人以上。画像に付けられたハートマークやコメントは、水琴が眺めている間にもどんどん増えていく。コメントは日本語だけではなく英語やフランス語、中国語など、多岐にわたっていた。全てを理解することは出来ないが、コメントの主の熱意はひしひしと伝わってくる。

「一週間くらい前、いきなり現れたアカウントなんですけど…これ絶対、『妖精画家』ですよね。あの偽者とは違う。今度こそ本物ですよ」

熱心に言い募る雪輪が、アカウント名を指差す。

そこには『ｆａｉｒｙ』と表示されていた。


雪輪と別れた後、水琴は食料品を買い足してから泉里と暮らすマンションに帰った。ふだんは泉里が経営する銀座《ぎんざ》のギャラリー『エレウシス』に向かい、細々とした仕事を手伝っているのだが、最近は専門学校からマンションに直帰することの方が多い。

「『描くことに専念しなさい』、か……」

出てしまいそうになった溜息を呑《の》み込み、夕食の支度にかかる。泉里は家事代行業者かデリバリーを頼めばいいと言ってくれたが断り、自分でやらせてもらっていた。

……わかってる。泉里さんは全部、僕のためにしてくれてるんだって。

ギャラリーの手伝いを減らしたのも、家事を業者に任せようとしたのも、全ては水琴が絵に集中出来るようにという配慮だ。睡眠以外の全ての時間を描くことに費やす道を選んだのは水琴自身だし、それが許される環境に居るのはありがたいことである。クラスメイトの中には学費や生活費のためのアルバイトに追われ、なかなか創作の時間を作れない者も少なくないのだから。

素晴らしい才能を持ち、在学中にいくつもの賞を獲得した生徒でさえ、卒業後は仕事や発表の場を得るために奔走するのが普通だ。…彼らに比べたら、水琴はありえないくらい恵まれている。不満を抱いたらばちが当たる。

……でも……。

悩みながらも手はてきぱきと動き、三十分もかからずに夕食の準備を終えた。今日は泉里の好きな赤貝が安かったので葱《ねぎ》と一緒にぬたにする。メインは味噌《みそ》漬けにしておいた豚肉だ。熱いうちに食べて欲しいから、肉は泉里が帰る直前に焼くことにして、付け合わせと味噌汁だけ作っておく。

ＢＧＭ代わりに点《つ》けておいたテレビを見れば、まだ午後五時半だった。泉里が帰宅するまであと一時間はある。

水琴はダイニングの椅子に座り、スマートフォンをタップした。泉里に教わった通りアプリを操作し、表示させたのは『ｆａｉｒｙ』のアカウント画面だ。さっき雪輪から見せられた時は心臓が止まるかと思った。泉里や自分のスマートフォンでは何度も確認したが、他人に見せてもらうのは初めてだったからだ。

「また増えてる…」

フォロワー数もハートマークも、カフェで見た時より五百近く増えていた。このペースでは週末中にフォロワー二十万人を超えてしまうかもしれない。水琴自身はあまりＳＮＳに詳しくないが、友人の橋本《はしもと》いわく人気モデルやタレント並みだそうだ。例として教えられたタレントは、水琴でも知っている有名人ばかりだった。

もっとも彼らは元々知名度が高く、ひんぱんに投稿もしている。一週間前に水彩画一枚をアップしたきり何の音沙汰《さた》も無く、プロフィールは空欄のまま、どのアカウントともつながっていないにもかかわらずフォロワー数を増やし続ける『ｆａｉｒｙ』は明らかに異質だった。

この程度は当然だろう、と泉里は断言したが、いまだに信じられない。こんなにたくさんの人々が水琴に…妖精画家に注目しているなんて。

『俺は君を、最高の形でデビューさせてみせる』

妖精画家の偽者騒動が解決し、画家になると決意したしばらく後、泉里はそう宣言した。まず指示されたのは、かつて水琴が知らない間にアップされ、今や世界じゅうに拡散されたスケッチを完成させることだ。

言われるがまま彩色した浴衣姿の少女は華やかさと透明感を増し、泉里を唸《うな》らせた。そして泉里は少女の絵を撮影し、新たに作成したＳＮＳのアカウント…『ｆａｉｒｙ』にアップロードしたのだ。

他に何の情報も載せないのではＰＲにならない。誰にも気付いてもらえないだろうと思っていたのに、現実は水琴の予想と正反対の方向に進んだ。少女の絵はすさまじい勢いで世界じゅうに拡散され、フォロワー数とハートマークも秒単位で増え続けた。

『皆、君が現れるのを待っていたんだよ』

泉里は言った。一度でも水琴の絵を見れば、決して忘れられなくなる。だからスケッチがアップされて一年以上経《た》ったにもかかわらず、完成された少女の絵に数多《あまた》の人々が惹き付けられたのだと。

『知らないものほど知りたくなり、見えないものほど見たくなる。手の届かないものほど手を伸ばしたくなる。それが人の性《さが》だ』

アカウント作成から数日も経てば、水琴も泉里の戦略をうっすらと理解出来ていた。敢《あ》えて情報量を絞ることで、泉里は人々を飢えさせたのだ。今まで沈黙を保っていた妖精画家が、突然現れたのは何故か。いったいどんな人となりなのか。次に新たな絵がアップされるのはいつなのか。

人々は想像を逞《たくま》しくし、常に『ｆａｉｒｙ』の動きをチェックせずにはいられなくなる。彼らの情熱は妖精画家を知らなかった層にも広まり、新たなファンの増加に一役買うことになった。今では妖精画家の正体を考察する動画がいくつも動画共有サイトにアップされているが、橋本のように元々水琴が妖精画家だと知る関係者以外、公私共に泉里に守られた水琴にたどり着けた者は居ない。

正体不明の妖精画家はさらなる関心を集め続ける。そうして人々の熱意が最高潮に達した頃を見計らい、泉里は水琴を世に送り出すつもりなのだろう。むろんSNSだけに頼るのではなく、画商として築き上げてきた人脈を余すところ無く活用し、胡桃沢水琴という画家を売り出そうとしている。

『ひょっとしたら、来年の今頃にはばんばん個展とか開かれて、本物の妖精画家を拝めるようになってるかもしれないですよね。楽しみだなあ』

雪輪の無邪気な笑顔を思い出し、ずん、と肩が重たくなる。…まだ詳しい展開を聞いてはいないけれど、泉里のことだ。遅くとも一年後には、水琴は泉里が用意してくれた輝かしいデビューの門をくぐっているだろう。

その時、自分は…自分を取り巻く環境はどうなっているのか。自分の描く絵は、ちゃんと売れているのか。SNSでの評判は良くても、いざ売り出してみたら鳴かず飛ばずだったアーティストは何人も居るのだと橋本が教えてくれた。まあお前に限ってはありえないけど、とも言っていたが、どうしても不安ばかりが先走ってしまう。

こんなことは初めてだった。今までの水琴はただ描くことが楽しくて、描きたいから描いていただけなのだ。

けれどプロの画家としてデビューすれば、『描きたい』だけではやっていけない。泉里の仕事ぶりを間近で見れば、嫌でもわかるようになった。同じ画布に描かれた絵なのに、それぞれに付けられた値段はピンからキリまで様々だ。中には桁《けた》が一つ、下手をすれば二つ違う絵もざらにある。それぞれの描き手は、当然そのことを知っているだろう。描きたいから描いた絵に値段が付けられる。自分の価値を、価格という形で否応無しに思い知らされるのだ。

付けられた価値にどれだけ納得がいかなくても、画家でありたいのなら描き続けなければならない。重圧から逃れたければ筆を折るしかない。

…水琴に耐えられるのだろうか。

画家になると宣言したことを後悔しているのではない。水琴の才能を一番早く見出《みいだ》し、パトロンとしても恋人としても導いてくれた泉里。その返し切れないほどの恩と献身に、水琴は画家として報いられるのか。水琴の値札に書き込まれる価格が期待外れだった時、泉里はどんな反応をするのだろうか。

見捨てられることは無いと思う。容易《たやす》く想像出来る。君のせいじゃないと囁《ささや》き、水琴を優しく抱き締める泉里を。どんなに世間が妖精画家をこき下ろしても、泉里の腕の中に居れば、罵《ば》声《せい》一つ聞こえてこないだろう。

けれどそれは水琴が泉里の恋人だからだ。『エレウシス』で扱う画家の全てが、泉里の慈悲にあずかれるわけではない。

水琴は守られている。当然のことだと泉里は言う。世間のわずらわしいこと全てから解き放たれ、描くことに集中すればいいと。

……でも、それじゃあ僕は、いつまで経っても……。

またあのもやもやしたものがじわりと胸に広がりそうになる。水琴は頭を振って追い払い、アプリを終了すると、スマートフォンをテーブルに置いた。

泉里が帰るまで、気付けばあともう十五分くらいだ。そろそろメインを焼いても構わないだろう。水琴は立ち上がり、愛用のフライパンをコンロにかけた。じゅうぶんに温まったのを確かめ、味噌漬けの豚肉を焼こうとした時だ。廊下から長身の男が現れたのは。

「ただいま、水琴」

「…泉里さん！」

慌ててコンロのスイッチを切り、駆け寄ろうとする水琴を、泉里は軽く手を挙げて制した。丈の長いスプリングコートを脱ぐ仕草は、もう何度も見ているにもかかわらず、うっとりするほどさまになっている。

「どうした？」

泉里は微笑み、ぼうっとする水琴を背後から抱き込んだ。馴染んだ泉里の匂いと温《ぬく》もりに包まれ、水琴はスーツの腕に頬を擦《す》り寄せてしまう。

「あの、…泉里さんが格好良かったから、見惚《みと》れちゃってました」

「…何度も見ているのに？」

俺なんて見てもつまらないだろう、と苦笑する泉里に、水琴は抗議する。

「つまらなくなんてないです。何度見ても格好いいものは格好いいですから」

「………」

呆気《あっけ》に取られたような沈黙の後、くい、と顎を掬《すく》い上げられた。覗き込んできた泉里が涼しげな目元を緩め、そっと唇を重ねる。

「ん…、…う…っ……」

ぬるりと入り込んでくる肉厚な舌を、水琴は従順に受け容れた。無理な体勢のせいで少し息苦しいけれど、離れていた間の寂しさを埋めるように求められるのは心地よい。教えられた通りに互いの舌を絡め、唾液を分かち合う。

うっすらとまぶたを開ければ、泉里の黒い瞳は欲情の炎を宿していた。

初めて会った時は誰も足を踏み入れられない銀嶺《ぎんれい》のような人だと思ったのに、水琴に注がれる欲望も愛情も、肌を探る手も、全てが火傷《やけど》をしてしまいそうなほど熱い。いつでも仕立ての良いスーツを隙《すき》無く着こなし、画商として辣腕《らつわん》を振るう泉里の中にひそむ熱を知るのは、きっと水琴だけだ。

「……本当だな」

やがて離れた泉里は、はあはあと息をする水琴の濡《ぬ》れた唇を名残惜しそうに舐《な》めた。均整の取れた長身は、スーツ越しにも熱を帯びている。

「何、…が…？」

「君の言う通り、いいものは何度見てもいい。…君が俺の腕の中で乱れてくれるところを見ると、たまらなく興奮する…」

「…あ、…っ…！」

シャツの裾から潜り込んだ手がいやらしく腹を這《は》う。同時に項《うなじ》をついばまれ、腰に甘い疼きが走った。よろめきそうになる脚を踏ん張り、水琴はいやいやをするように首を振る。泉里が何を望んでいるのかなんて、確かめるまでもない。

「だ、駄目です、泉里さん…」

「…何故？」

「だって、こんなところで……それに、もうすぐ食事も……」

「俺は食事よりも君を食べたい」

耳朶《じだ》に直接流し込まれる甘い囁きは、蠱惑《こわく》を含んだ蜜《みつ》のようだった。思わずごくんと上下した喉を、泉里はもう一方の手で撫《な》でる。

「…いいだろう？　水琴」

「や、…あ、……あっ……」

「帰る間、君のことばかり考えていた。君が欲しくてどうにかなってしまいそうなんだ」

熱くかすれた語尾に、ぴちゃり…、と濡れた音が重なる。

水琴は女性との関係を持たないまま、泉里という男を刻み込まれた。泉里しか知らない身体《からだ》は耳の孔《あな》を舐め上げられるだけでたやすく熱を孕《はら》んでしまう。

「ひ、……ぁっ、ああ……」

びくん、びくんと首が上下に揺れる。

頷いたのではない。悪戯《いたずら》な指が乳首をきゅっとつまんだせいなのに、泉里は同意を得たことにしてしまったようだ。喉を撫でていた手が水琴のウエストのボタンを器用に外し、ファスナーも下ろすと、下着の中にするりと潜り込む。

「……熱い、な」

大きな掌《てのひら》で水琴の性器を包み込み、泉里は笑みを含んだ声で囁いた。水琴はかっと頰を染める。まだ直接触れられもしないのに反応してしまうはしたないそこを、揶揄《やゆ》されたのかと思ったのだ。

だが泉里はなだめるような口付けを項に落とし、水琴の尻に己の股間《こかん》を押し付ける。そこは水琴以上に硬く隆起し、やわらかな尻のあわいに食い込み、泉里の興奮を思い知らされた。

「わかっただろう？　俺が君を、食べずにはいられない訳が」

「あ…、…あぁ、あっ…」

水琴はがくがくと頷いた。確かにこんな有様では、発散せずにはいられないだろう。ギャラリーでは常に泰然として、祖父と孫ほどに歳《とし》の離れた老練な顧客とも対等に交渉する泉里。俗な欲望とは無縁に見える男の中に、こんな情熱が渦巻いているなんて。

「…泉里…、さん…」

狂おしい炎にも似たそれが今、全て自分に向けられていると思うと、全身がぞくぞくと震えた。水琴が肩越しに眼差しを流せば、泉里はわずかに喉を鳴らして解放してくれる。水琴の双《そう》眸《ぼう》もきっと、泉里のそれと同じくらい濡れているのだろう。

水琴は下着ごとズボンを脱ぎ捨て、キッチンのワークトップに両手をついた。シャツと靴下だけを身に着け、裸の下肢を泉里に突き出す格好だ。

コンロにかけられたままのフライパンとつけっぱなしのテレビから流れるニュースが羞恥心《しゅうちしん》を煽《あお》るが、すぐに何も考えられなくなる。尻にかかっていたシャツの裾がまくられ、剝《む》き出しのあわいに熱い吐息を吹きかけられたせいで。

「あ、あぁっ……」

自分さえまともに見たことの無い蕾を、たぐいまれな審美眼を備えたあの黒い瞳にまじまじと愛《め》でられている。

持ち込まれた絵画を鑑定する泉里の姿を思い出し、水琴はぶるりと震えた。画商の仕事は贋《がん》作《さく》との戦いと言っても過言ではない。冷静に真贋を見極めていた真剣な眼差しが、今は水琴の恥ずかしい部分に注がれている。あの時以上の熱意をたたえて。

「…何度見ても、可憐で愛らしい…」

うっとりと呟《つぶや》き、泉里は何のためらいも無く蕾に口付けた。

「初めて見た時はまだ何も知らない無垢《むく》な蕾だったのに、今は恥じらいながらも俺を誘っている。君に見せてあげたいくらいだよ…」

「…い…、いやぁ…っ…」

水琴はたまらず首を振った。泉里を受け容れたせいで変わってしまった蕾なんて見せられたら、恥ずかしくて死んでしまう。

「どうして嫌なんだ？　こんなに可愛らしいのに」

時折、舌を這わせながら喋るのはやめて欲しい。身じろぐたびに熱い舌が蕾の縁を濡らして、勝手に尻が揺れてしまうから。

「だ、…って、…そんな、恥ずかしいこと…、それに…」

「…それに？」

もうこれ以上答えたくない。疼く蕾を少しでも早く蕩《とろ》かして欲しいけれど、答えなければいつまでも焦《じ》らされてしまいそうだ。

水琴は羞恥を呑み込み、震える声を吐き出す。

「それに、…そこを見ていいのは、泉里さんだけだから…」

「っ……」

息を呑む音の直後、蕾の縁を長い指に拡《ひろ》げられ、ぬるついた舌がぐにゅりと入り込んできた。尻たぶを鷲摑《わしづか》み、かき分ける手の荒々しさが教えてくれる。水琴よりも泉里の方が追い詰められているのだと。

……昨日の夜も、…今朝だって、したのに……。

肌を重ねるようになってから、求められない夜の方が少なかったけれど、最近はほぼ毎晩くたくたになるまで抱かれてしまう。ここしばらくは朝、まだ眠っている間に貫かれ、身体の熱さで目を覚ますことも珍しくない。

こんなふうになったのは、いったいいつから？

「あっ…、ああ、…っ、泉里さん、泉里さん…っ…」

快楽に侵食されかかった頭に、ふっと答えが浮かぶ。…ああ、そうだ。『ｆａｉｒｙ』のアカウントが作成された頃から、泉里の様子は少しだけおかしくなった。自宅で共に過ごす間は決して水琴を離さず、常に傍《そば》に置いておこうとする。『エレウシス』での手伝いの時間が減ったせいだと、そう思っていたけれど…。

「…愛しい、……俺の水琴……」

たっぷり媚肉《びにく》を堪能《たんのう》した舌が、ずるりと這い出ていく。蕾が物足りなさそうにうごめいても、恥ずかしくはなかった。泉里の黒い瞳が愛おしそうに細められ、濡れたそこを見詰めているとわかるから。

胸に生まれかけたもやもやしたものを、全身に巡る熱い血が押し流してゆく。今はこの身体を泉里に拓《ひら》いてもらうことしか考えられない。

「僕も…、泉里さんが好、…きぃっ、あ、ああ、あー……っ！」

突き出した尻に熱い先端があてがわれるや、一気に押し入ってくる。拡がりきっていない中はまだ狭いが、塗《ぬ》り込められた唾液のおかげでどんどん奥へ進んでいく。

「……いい子だ」

覆いかぶさってきた泉里が耳元で甘く囁いた。

少しでも犯されやすいよう身体の力を抜いたことを誉められたのかと思ったが、違うようだ。やんわりと握られた股間の性器は、今にも弾けてしまいそうなほど張り詰めている。水琴が自分を銜《くわ》えただけで勃起《ぼっき》したことが、嬉しくてたまらないらしい。

「あ…、っん、あ、ああ……」

全てを収めた泉里はしばし水琴を抱きすくめ、媚肉の締め付けを堪能していたが、やがてゆっくり腰を動かし始めた。ずるずると出ていく肉棒をとっさに食《は》み締めてしまいそうになり、尻たぶをいやらしく撫でられる。

「心配しなくていい。……好きなだけ突いてやるから」

「……あ、……泉里さ、……っん！」

緩みかけた隘路《あいろ》を、ずちゅんっ、と突き上げられる。ワークトップについた手が滑りそうになり、水琴は反射的に力をこめた。

「や…っあ、あ、あん、あっ…、泉里さん、泉里さんっ…」

「…は…っ、…水琴、……俺の、…っ…」

立ったまま犯されているせいか、硬い先端の当たる位置がふだんと少し違い、いつもより早く快感が押し寄せてくる。もっと抉《えぐ》って欲しくて腰を振れば、興奮しきった吐息が項をくすぐった。

「ひ…ぁっ……！」

やわらかな項に歯を立てられ、びくんと跳ねる背中を泉里の逞しい腕と胸板が押さえ込む。半ば突っ伏す格好になった人工大理石の天板は最初こそ冷たかったが、すぐに水琴の体温を吸って温かくなった。

「…や…ぁぁ…っ、あ、ん…っ、ああ……」

弱いところを的確に突かれ、開きっぱなしになった唇からひっきりなしに甘ったるい悲鳴が漏《も》れる。性器は痛いくらい漲《みなぎ》り、ぽたぽたと歓喜の涙を流していた。根元を泉里の長い指に縛《いまし》められていなければ、とっくに達してしまっていただろう。

「……水琴……」

「…あっ…、や、ああ、あ…」

甘嚙《あまが》みされながら囁かれると、背中がびくびくと震え、腹の中の泉里を勝手に締め上げてしまう。…泉里が水琴の身体で気持ち良くなってくれている。吹きかけられる吐息の熱さが快楽を加速させる。

「好きだ、水琴……君だけを愛している……」

「ぼ…、くも、…好き…っ、泉里さん…っ…」

どくん、と高鳴ったのは泉里と水琴、どちらの心臓だったのか。

最奥まで貫いた先端が大量の精液をほとばしらせると同時に、性器の縛めも解かれた。ぶるんと震えながら吐き出された精液は、泉里の掌に受け止められる。

「あ、…ああ、……あぁ……」

全身を支配していた暴力めいた欲望の熱が、潮のように引いていく。代わりに訪れる凪《なぎ》の時間も、水琴は好きだった。泉里の逞しい身体に包まれ、その重みを受け止めると、深く愛されているのだと実感出来るから。

泉里は水琴の乱れた髪をそっと梳《す》きやり、頰に口付ける。

「……俺だけの、妖精画家……」

甘いはずの睦言《むつごと》は、満たされた水琴の心に何故か波紋をもたらした。

その後、泉里は水琴をバスルームで綺麗に洗い、水琴の代わりに肉を焼いてくれた。水琴も手伝おうとしたのだが、毛布にしっかり包まれてソファに座らされ、立ち上がることすら許してもらえなかった。

水琴と同棲《どうせい》するようになるまで自炊していたという泉里は、危なげ無くキッチンを使いこなし、三十分もすれば湯気をたてる夕食がテーブルに並ぶ。

「美味しそう…！　泉里さん、ありがとうございます」

「俺は肉を焼いただけだ。ほとんど君が作ってくれたんだろう？」

泉里は苦笑し、水琴を抱き上げて食卓まで運んでくれる。理知的な黒い瞳は交わりの余韻に濡れ、目を合わせたら溶かされてしまいそうだった。紅《あか》く染まった頬に口付けされ、椅子に座らせてもらうと、約二時間遅れの夕食がようやく始まる。

食事前に激しい運動をしたせいもあり、用意した皿はあっという間に空になった。食後の緑茶を飲みながら、水琴はふと思い出した疑問をぶつけてみる。

「あの、泉里さん。仏教と六の数って、何か関係があるんですか？」

「どうしたんだ、いきなり」

昼間、学校で偶然雪輪に出逢ったことを話そうとして、水琴はとっさに口をつぐむ。何故かはわからないが、泉里は雪輪をあまり良く思っていないようだった。もし友人になり、連絡先も交換したと知ったら…。

「…今読んでいる本に出て来たので、ちょっと気になって」

「なるほど。…仏教と六、か…」

顎に手をやって思案する泉里から、水琴はぎこちなく目を逸《そ》らした。

……泉里さんに、嘘《うそ》を吐いた。

自分の行動が信じられなかった。共に暮らし始めてから、泉里に偽りを述べたことなんて一度も無かったのに。

「……六道、かな」

しばらくして、泉里はぽつりと呟いた。

「六道…、ですか？」

「ああ。衆生《しゅじょう》、つまり人間を含む生きとし生ける者全てが、生前の業に従って赴く六種類の世界のことだ。地獄道、餓鬼道、畜生道、修羅道、人間道、天道。俺たちにとっては死後の世界と言えるかもしれないな」

どくん、と心臓が跳ねた。…死後の世界。考え方は人それぞれだが、水琴には親に捨てられた赤ん坊に付けるのに相応しい名前とは思えない。雪輪の名付け親だという施設の園長は、いったい何を考えていたのか。

——…すげー…、そう来るかあ。さすが女神。

目を丸くしていた雪輪も、きっと自分の名前の由来を知っているのだろう。明るく朗らかな少年だとばかり思っていたけれど、あの笑顔の下には暗いものを抱えているのかもしれない。

「六道と言えば、今日こんなものをもらったよ」

緑茶を飲み終えた泉里がコートのポケットを探り、折りたたまれたフライヤーをテーブルに置いた。長い指で広げられたそれには毛筆書体で『花開く地獄・橋本真祐《しんすけ》展』と大きく記されている。会場は都内の私立美術館だ。

「橋本、真祐？　…もしかして橋本くんのお父さんですか？」

「そうだ。昼間、懇意にしている職員が挨拶回りのついでに置いていったんだよ」

説明を聞く間にも、水琴はフライヤーから…そこに印刷された絵から目が離せなかった。

咲き乱れる芍薬《しゃくやく》の花畑を背景に、円形の玻璃鏡《はりきょう》を分割し、六つの光景が描かれている。記されたタイトルは『六道絵図』だ。

腐った骸《むくろ》を貪り喰《く》らう、異常に腹の膨《ふく》らんだ餓鬼。針山で串刺しにされ、鬼に責められる亡者。互いの首に喰らい付き、腸《はらわた》をまき散らしながらも戦い続ける人々。財宝に囲まれて肥え太る長者に、押し潰《つぶ》される痩《や》せた人々。人間に酷使される牛馬。美しい衣を纏い、領巾《ひれ》を優雅にたなびかせて舞う天女は、清らかでありながらどこか禍々《まがまが》しい笑みを浮かべている。

精密な筆致で描かれた光景はどれもこれも寒気を覚えるほど凄惨なのに、どぎつさと華麗の狭間《はざま》を貫き、あくまで美しかった。もはや理不尽な暴力と言ってもいいかもしれない。たちの悪い魔性に魅入られた憐《あわ》れな人間のように、惹き付けられずにはいられない。

「…これを、橋本くんのお父さんが描かれたんですね…」

──親父《おやじ》は下衆《げす》だが、芸術家としては間違い無く一流だ。

かつて悔しそうに唇を噛み締め、自分の父親をそう評したのは水琴の友人であり、元クラスメイトの橋本真司《しんじ》だ。

橋本の父、真祐は芸大の教授や文化財団の理事長、有名美術館の館長まで務める日本画界の重鎮である。輝かしい経歴と信奉者に囲まれた真祐は日本画こそが芸術の頂点と信じ、自分の息子にも同じ道を歩むことを強制した。橋本が水琴と同じ専門学校に通っていたのも、父親の命令だったのだ。

だが橋本は父親に押し付けられたのではなく自ら選んだ道を選び、無断で学校を辞めてしまった。長年の鬱屈《うっくつ》から解き放たれた今はフリーのイラストレーター兼デザイナーとして活動しているが、息子の反逆に真祐は激怒し、ほうぼうに手を回して橋本の仕事の妨害をしているらしい。

駆け出しの橋本には、少なからぬ悪影響があったはずだ。けれど橋本は父親の人間性はともかく、芸術家としての資質だけは認めざるを得ないようだった。その理由が、今ようやくわかった気がする。

「それはさっき話した六道を描いたものだ。地獄変相と言って、地獄に堕《お》ちた死者が苦しむ姿を描くジャンルの一つだよ。最近ではあまり好まれる題材ではないが」

「ということは、これは古い絵なんですか？」

「確か、デビューしてしばらく経った頃……三十代の初めに描かれたはずだ。今から二十年以上前だな。橋本先生の出世作にして初期の代表作だ」

「……すごい……」

これだけの絵を、デビューして間も無い画家が描いたなんて。だからこそ橋本はあんなにはっきりした性格にもかかわらず、長年父親の言いなりになっていたのかもしれない。もしも水琴が同じ立場なら、影響を受けずにはいられなかっただろう。

「関係者用のチケットをもらったから、興味があれば行ってみるといい。きっといい参考になるだろう」

「ありがとうございます。…あの、泉里さんは…」

フライヤーに記された開催期間は短く、あと一週間ほどで終了してしまう。来客数によっては入場制限もされるようだから、なるべく早く行った方がいいだろう。

「俺はしばらく時間が取れそうにない。…すまない」

「そんな、とんでもないです…！」

水琴は慌てて首を振った。泉里がいつにも増して忙しいのは水琴のせいだ。夕食の時間に間に合うよう帰宅するだけでも、かなりの無理をしているはずである。

真夜中、隣の温もりが無いので目を覚まし、そっと書斎を覗いてみたら、仕事に打ち込む泉里を見たことがここ数日何度もあった。

……もう、これ以上……。

「『これ以上自分なんかのために時間を割かせるわけにはいかない』――なんて、考えていないだろうな？」

「……っ…!?」

ずばりと言い当てられ、水琴は息を呑んだ。泉里は形の良い眉を寄せ、身を乗り出すと、テーブルに置かれていた水琴の手をそっと握る。

「図星か。…何度言ったらわかってくれる？　君のために尽くすのは俺の…パトロンであり恋人である俺の特権なんだと」

「泉里さん…、…でも…」

「君は何も心配せず、ただ絵を描くことだけ考えていればいい。……俺の傍で」

……でも、それじゃあ僕はいったいいつになったら、泉里さんに守られるだけじゃなくなるんですか？

泉里の眼差しも声音もどこまでも甘く優しいのに、水琴の胸にはまたあのもやもやしたものが立ち込めていた。

翌日の学校の帰り道、水琴は一人で真祐の個展が開催されている美術館を訪れた。

もらったチケットで三人まで入場出来るようだから、誰か誘おうかと思ったのだが、水琴には気軽に誘える友人が少ない。去年の秋、思いがけない事件をきっかけに仲良くなった刑部《おさかべ》慧《けい》と橋本くらいだ。慧は声をかけてみたものの、アルバイトがあると残念そうに断られてしまった。橋本を誘うのは論外、ということで一人で行くことにしたのである。

最終日まで日が無いせいか、美術館でも最も大きな展示ホールはかなりの盛況だったが、幸い待たずに入ることが出来た。フライヤーにも掲載されていた『六道絵図』はメインとしてホール最奥に展示されているようだ。早くこの目で見てみたいけれど、まずは展示順に見ていくことにする。

受付には真祐の来歴と写真が掲載された巨大なパネルが飾られていた。高価そうな紬《つむぎ》の着物を纏った真祐はあくが強そうな顔に厳格な空気を漂わせ、橋木にはあまり似ていない。橋本は真祐よりずっと線が細く、洗練された物腰の青年だ。

……この人が『六道絵図』を描いたのか。

人は見かけによらないな、と感心しながら順路を進んでいく。絵は真祐が描いた順に展示されており、奥に進むほど新しいものになるようだ。『六道絵図』だけが最奥に飾られているのは、代表作の一つだからだろう。

……何だろう、これは。

ガラスの向こう側を眺めながら、水琴は首を傾《かし》げずにはいられなかった。

真祐は自然の題材を好むらしく、花鳥風月を描いた作品が多いが、初期は時折人物画も交じっている。だが初期を過ぎると突然人物画が消えてしまうのだ。例外は二十年前、家族を描いたという一枚だけである。赤ん坊を抱いて微笑む和服姿の美女。美女は橋本の母、赤ん坊は橋本だろう。

橋本には歳の離れた姉、つまり真祐の娘も居るはずだが、彼女らしき姿は無い。跡継ぎになる男の子を期待していたところに生まれてきたので失望され、居ないものとして扱われていたのだと橋本から聞いた覚えがある。

酷《ひど》い話だ。人間として決して許されない仕打ちなのに、それを為《な》した男の手に描き出されたものは全て美しかった。何もかも忘れ、見入らずにはいられないくらいに。そこかしこでうっとりと鑑賞する人々は、真祐の横暴な人となりなど想像もしないだろう。

いつもよりやわらかな筆遣いで描かれた妻子は温かい空気と光に満ち、見る者の心を和ませる。これだけのものが描けるのに、何故人物を描かなくなってしまったのか。

疑問に思いながら進むうちに、水琴はメイン展示にたどり着いた。最奥の壁面展示ケースを埋め尽くす『六道絵図』は五百号（縦約三・三メートル、横約一・九メートル）の大作だ。

……すごい……、圧倒される。

まるでそこに本物の地獄が出現したかのようだ。他の絵が美しい光景や生物を描いたものだけに、この絵の禍々しさが際立っている。

「う……」

小さな呻《うめ》き声に振り返ると、小柄な女性が口元を覆っていた。よろけそうになる彼女を、水琴は慌てて支える。

「だ、大丈夫ですか？　スタッフの人を呼びましょうか？」

「…へ…、平気、です。少しめまいがしただけなので…」

女性はそう言うが、触れた手は氷のように冷たい。やはりスタッフを呼び、どこかで休ませてあげた方がいいだろう。

きょろきょろとあたりを見回す水琴に、聞き覚えのある声がかけられる。

「水琴さん、どうかなさいましたか？」

「……槇《まき》さん！」

順路の奥から現れたのは『ギャラリー・ライアー』のオーナー、槇怜一《れいいち》だった。泉里の同業者であり、水琴の異能を知る数少ない一人でもある。

細身のスーツを着こなし、相変わらず芸能人並みの華やかな容姿を誇る怜一の傍らには、見事なスタイルの若い女性が寄り添っている。サングラスをかけていても整った顔立ちが見て取れる彼女は、おそらく怜一の仕事関係者ではないだろう。

「こちらの方が気分が悪いみたいで、どこかで休ませてあげたいと思ったんですが…」

「そうでしたか。…では、私もお手伝いさせて頂きましょう」

怜一は頷き、サングラスの女性に目配せをした。女性は苦笑し、ひらひらと手を振ってから去っていってしまう。

「槇さん、あの…」

あの女性は怜一の恋人で、デート中ではないのだろうか。水琴の遠慮を、怜一は目敏《めざと》く察したようだ。

「彼女はわきまえた人ですから、ご心配無く。それより、そちらのお嬢さんを早く休めるところにお連れしましょう」

怜一の手を借り、小柄な女性を展示ホールの外の休憩スペースに連れて行く。医務室もあるそうだが、女性がそこまでは必要無いと言うのでソファに座らせた。

「ご親切にありがとうございます。お手間を取らせてしまって…」

怜一が自販機で買ってきたミネラルウォーターのペットボトルを受け取り、女性は頭を下げた。聡明《そうめい》そうな黒い瞳と病的なまでに白い肌が印象的な女性だ。歳はおそらく二十代の半ばくらいだろう。美人と言っていい整った顔立ちだが、顔色の悪さと目元のくまのせいか、どこか幸薄そうに見える。

芸能人顔負けの怜一の容姿を目の当たりにしても、女性はまるで取り乱さなかったが、水琴を無言でまじまじと見詰めてきた。たじろぐ水琴を、怜一がさりげなく背中に隠す。

「どうされました？」

「あ、……不躾《ぶしつけ》にごめんなさい。とても綺麗な方だったので、つい」

女性はぎゅっとペットボトルを両手で握り締め、さっきよりも深く頭を下げた。長い黒髪が肩から滑り落ち、女性の表情を覆い隠す。

「しばらく休めば大丈夫です。迎えも来てくれますから、お一人はホールに戻って下さい」

「わかりました。どうかお大事になさって下さい」

怜一は一礼し、さっときびすを返した。眼差しで促され、水琴も後を追う。

未《いま》だに顔色の悪い女性は気にかかったが、誰かに傍に居られたくないようだから、離れる方が彼女のためだろう。近くにスタッフも控えているから、何かあれば対応してくれるはずだ。

「ありがとうございました、槇さん。おかげで助かりました」

「当然のことをしただけです。水琴さんのお役に立てて嬉しいですよ」

並んで歩きながら頭を下げれば、怜一はやわらかく微笑んだ。美形の麗しい笑みに何人もの女性客が立ち止まり、振り返っていく。

「…それにしても、奥槻さんはどちらにいらっしゃるのですか？」

「あ、今日は僕一人で来たんです。泉里さんはしばらく忙しくて、時間が取れないそうなので」

水琴が答えると、怜一は珍しく目を見開いた。

「水琴さんが一人でこんなところに来ることを、奥槻さんが許したんですか？」

「こんなところって…ちゃんとした美術館じゃないですか」

泉里が水琴のパトロン兼恋人であることも、十歳離れた若い恋人を掌で包み込むように大切にしていることも、怜一は知っている。だが水琴だってもうすぐ二十歳になる大人なのだ。いくら泉里だって、美術館くらい一人で行かせるに決まっているではないか。

「だから問題なんですよ。…私が何故、あれだけ混雑したホールで貴方《あなた》をすぐ見付け出せたと思います？」

「何故って…具合の悪そうな女性と一緒に居たからでしょう？」

「違います。貴方が周囲の注目を一身に集めていたからですよ」

怜一いわく、わざわざ美術館に足を運ぶ者は普通の人間より芸術に関心の強い者が多い。水琴は彼らの高い審美眼をこれ以上無いくらい刺激するのだという。言われてみれば、確かにちらちら見られている気はするが…。

「…槇さんと一緒だからじゃないですか？」

「貴方は……」

怜一は呆気に取られ、やがて額を手で押さえた。

「…本気…、なんですよね…。直すべきか？　いや、下手に自覚させた方が厄介な気も…奥槻さんはいつもこうやって…」

「槇さん？」

「ああ、…いえ、すみません。ほんの少しだけ奥槻さんに同情してしまって」

あくまでほんの少しですよと念を押す怜一は、理由まで教えてくれるつもりは無いようだ。

切り替えるように息を吐き、芝居がかった仕草で左胸に手を当てる。

「そういうことでしたら、私が絵の解説をさせて頂きますよ。橋本先生とは養父《ちち》の代からお付き合いがありますので」

「…いいんですか？　槇さんもお忙しいんじゃ…」

「今日の仕事はもう片付けてきました。それに仕事より、貴方と出逢えた幸運の方がはるかに大切ですよ」

ということはやはりさっきの女性とデート中だったのでは、と思ったが、怜一が嬉しそうなので黙っておいた。連れ立って展示ホールに戻り、今度は怜一の解説を聞きながら順路を巡っていく。先代からの付き合いというだけあって様々なエピソードを交えた解説はわかりやすく、興味深い。

「橋本先生の人物画…特に美人画は市場でも高い人気があったのですが、二十年ほど前から突然描かれなくなってしまわれました」

真祐が突然人物画を描かなくなってしまった件は、水琴が知らなかっただけで、業界では有名なようだ。

「どうして描かなくなってしまったんですか？」

「それが未だにわからないのです。何度質問されても、橋本先生は何もお答えになりませんでしたから。様々な推測が飛び交いましたが…私は宮地圭月《みやじけいげつ》の影響説を推しますね」

「宮地、圭月？」

思いがけない名前が出た。宮地圭月は水琴の祖父が幼い頃に活動していた日本画家だ。不世出の天才と謳《うた》われながら短い人生を放浪に費やした。今もなお人気は衰えず、遺された数少ない作品には熱狂的なファンが群がり、市場に出回ることもめったに無いため、市場価値は高まる一方だ。

そんな天才の作品を、水琴も一枚持っている。『眺月佳人《ちょうげつかじん》』と呼ばれるそれは水琴の高祖母を描いたものだ。水琴にそっくりな若い頃の高祖母が窓辺に佇み、微笑んでいるようにも泣きそうにも見える不思議な表情を浮かべる構図である。

泉里いわく市場に出れば最低でも三千万円は下らないらしいが、元の所有者だった祖父は水琴が故郷を旅立つ際、気前良く贈ってくれた。自分の異能を受け継いだ水琴を、高祖母が傍で見守ってくれるようにと願って。今、『眺月佳人』は水琴の自室に飾られている。

「橋本先生は宮地圭月の熱心なファン…いえ、信奉者でいらっしゃいますからね。私の養父が先生と知己を得たのも、圭月つながりでしたから」

「宮地圭月のファンだから、人物画を描かなくなった……？」

怜一の亡き養父が圭月の熱狂的なマニアだったことは知っている。水琴と怜一、そして泉里が今のような関係になったのも、養父の妄執《もうしゅう》めいた思いがきっかけだった。だが圭月と人物画を描かないこととのつながりがわからない。

「圭月もまた人物画をよく描く人でしたが、放浪の旅に出たのを境に全く描かなくなってしまったのですよ」

「…何故ですか？」

「手記のたぐいが存在しないため、定かではありませんが…圭月は十代までに親兄弟や親しい友人たちのほとんどを亡くしています。その悲しみがあまりに深かったせいで、二度と人間を描けなくなってしまったのではないかと言われていますね」

「え…、でも『眺月佳人』は圭月が旅の途中で描いたもののはずですよね？」

確か、ふらりと桐ヶ島を訪れた圭月に若き日の高祖父が依頼し、自分の妻…高祖母を描いてもらったのだと祖父から聞いている。高祖父は芸術にとんと疎い人だったそうなので、圭月が高名な天才画家だと知らずに頼んだようだが、よく引き受けてもらえたものだ。

「ええ。私もこの目で見ましたが、あれは確かに圭月の…それも限りなく晩年に近い筆致です。人を描かぬはずの天才が何故水琴さんの高祖母君を描いたのか。その理由は、本人にしかわからないでしょう」

「…つまり、もう誰にもわからないんですね」

「そういうことになりますね。…と、まあ、例外は存在しますが、圭月は基本的には人物を描かない画家でした。橋本先生もまた、崇拝する圭月に倣《なら》ったのではないか。画壇ではその説が最有力です。待望のご子息が生まれた時だけは、喜びのあまり禁を破られたようですが」

水琴は複雑な気持ちになった。どんな理由であれ人物を描かないと決めた画家が、息子が生まれた時だけは描かずにはいられなかった。…真祐は確かに橋本を愛していたのだ。だがその愛情は息子にはとうてい受け容れられるものではなく、父子は断絶してしまった。

水琴の表情が暗くなったのに気付いただろうが、怜一は何も追及せず解説を続けてくれた。

再び二人が足を止めたのは『六道絵図』の前だ。やはりこの絵の存在感には、どうしても惹き付けられてしまう。さっきの小柄な女性が具合を悪くしたのも、圧倒的な空気にあてられてしまったからかもしれない。

「すごい迫力ですよね…僕もあと十年経って、これだけの絵が描けるかどうか…」

素直に感嘆すれば、怜一は苦笑した。ひねりの無さすぎる感想に呆《あき》れられたのかと思ったが、そうではないようだ。

「その台詞《せりふ》をフォロワーたちが聞いたら、お前が言うなと突っ込まれそうですね」

「え、…槇さん、もしかして」

「――『ｆａｉｒｙ』」

嫌な予感にかられる水琴の耳元で、怜一は楽しそうに囁いた。思わず声を上げてしまいそうになり、水琴は口を押さえる。

「……知って、たんですね。『ｆａｉｒｙ』のこと」

『ｆａｉｒｙ』のアカウントが公開されて間も無く、橋本を始め、水琴が妖精画家だと知る者たちは驚きのメッセージをくれたり、自分のアカウントでフォローしたりしてくれていた。だが怜一は何の反応も無かったので、気付いていないのかと思っていたのだ。

怜一は呆れたように目をしばたたいた。

「この私が奥槻さんの…いえ、貴方の動きを追わないわけがないでしょう？　短い間にあれだけフォロワー数を伸ばしておいて、気が付かない方がおかしいですよ。……と言いたいところですが」

「……？」

「本当は、事前に知っていたんですよ。奥槻さんが教えて下さったおかげで」

小声で打ち明けられ、水琴は驚いた。怜一と泉里は同業者にもかかわらず、あまり仲は良くない。怜一は友好的なのだが、画商としての方向性の違いのせいか、ことあるごとに水琴に絡んでくるせいか、泉里が怜一を寄せ付けようとしないのだ。なのに泉里自ら『ｆａｉｒｙ』のアカウント公開を知らせるとは。

「私だけではありません。あの方が厳選した業界の関係者…おそらく旧藤咲《ふじさき》財閥の方面まで知らせているはずです」

旧藤咲財閥――藤咲家は現代でも大手企業を多数経営する有数の資産家だ。現当主は泉里の養父だったのだが、実子の不祥事により引退してしまった。しかし今でも経済界に隠然たる影響力を有しており、実子以上に可愛がられ、実質上の後継者と目されている泉里は養父の人脈を大いに活用しているらしい。

「もちろん、水琴さんの正体までは明かしていないでしょうが…報《しら》せを受けた者は確信したはずです。奥槻さんがあの妖精画家を庇護《ひご》していると」

「泉里さんが、そんなことを…」

「貴方が正式にデビューすれば、彼らは貴方の最初の客という栄誉を得るため、こぞって名乗りを上げるでしょう。むろん、この私も」

「………」

ずし、と肩が重くなる。…泉里に感謝すべきだし、そんなにしてもらってありがたいとも思うのに、またあのもやもやしたものが胸に生まれる。いつもならすぐ収まるはずのそれはじわじわと広がり、水琴の胸を満たしてゆく。

「……重たいですか？」

ぱっと顔を上げれば、怜一は泉里よりも淡い色の瞳にかすかな哀れみを滲《にじ》ませていた。

「貴方が今、感じているだろう重さが何か、私には理解出来ます。…私に限らず、誰もが経験のあるものですが」

「…それは…、何ですか？」

「答えられません。貴方が自分自身で気付かなければ、意味の無いものですから」

すげ無く断られても、嫌な気分にはならなかった。むしろ胸の中のもやもやがほんの少しだけ薄くなった気がする。

メイン展示だけあって『六道絵図』の周囲には人が多い。水琴たちは迷惑にならないよう順路を移動した。ふと目を引かれたのは、展示ケースの片隅にひっそりと飾られた一枚だ。ともすれば見過ごしてしまいそうなそれは三号（縦約二十七センチ、横十六センチ）くらいの大きさで、群生する小さな薄紫色の花を描いたものだ。

近くには牡丹《ぼたん》や孔雀《くじゃく》といった華やかな題材の大作が飾られ、ほとんどの客はそちらを鑑賞しているが、水琴はどこか哀愁を帯びた薄紫色の花に見入ってしまった。添えられたカードによればタイトルは『後悔』。『六道絵図』の後に描かれたものらしい。

「この花は…、菊でしょうか？」

「いえ、紫苑《しおん》ですね。菊の仲間ではありますが」

怜一によれば、この『後悔』は一般的な知名度こそ低いものの、画商仲間では有名な作品らしい。というのも――。

「この絵が描かれた当時、橋本先生の熱心なファンがぜひ買い受けたいと申し出たのですが、いくら大金を積まれても先生は手放さなかったのですよ」

その後も買い受けの申し込みは何度もあったが、結局、真祐が首を縦に振ることは無かった。皮肉にもそれがますますマニアの蒐集欲《しゅうしゅうよく》を刺激し、一部で異様な知名度を誇ることになってしまったという。

「それに、タイトルも意味深ですしね」

「『後悔』が、ですか？」

「紫苑の花言葉は一般的に『追憶』もしくは『貴方を忘れない』ですから」

なのに真祐は紫苑の花を描き、後悔と名付けた。しかも絶対に手放そうとしない。そこには何か公には出来ない『いわく』がひそんでいるのでは…と、当時の関係者たちは色めき立ったわけだ。

「まあ、橋本先生のことです。長い間焦らしに焦らし、最高の付加価値が付いたところでもったいぶりながら手放そうとして、時機を逸しただけかもしれませんが」

「へ……？」

いったいどんな『いわく』が、と好奇心を刺激されたところで怜一が肩をすくめたので、水琴はがっくりしてしまった。

「い…、いいんですか？　そんなことをして」

「逆に、水琴さんは何がいけないと思うのですか？」

問い返され、水琴はすぐには答えられなかった。つかの間考え、再び口を開く。

「何も『いわく』が無いのだとしたら、あると信じて買ってしまったお客さんに嘘を吐いたことになるから…」

「橋本先生ご自身が『いわく』があると公言されたわけではありません。先生の言動から、周囲の人間が勝手に解釈しただけ。そして先生はそれを否定も肯定もしなかっただけですよ」

「…僕には、詭弁《きべん》にしか聞こえませんが」

「そうですか？　まあ、奥槻さんはこんなことをわざわざ貴方に教えたりしないでしょうが…画商としての立場から言わせて頂くと、橋本先生のような画家はとても頼もしいですね」

怜一は順路出口の壁を指差した。そこにずらりと並ぶのは真祐の作品ではなく、芸大の学生たちの作品だ。個展開催記念として、真祐の教え子たちの作品も同時に展示されているのである。中には芸大出身の新人画家の作品も交じっている。

「乱暴に言えば、あそこに飾られている絵と橋本先生の作品は『同じ』です。どちらも和紙に岩絵の具で描かれている。しかしあそこの絵に市場価値はほとんど無く、橋本先生の作品は数多の客が大金を投じてでも欲しがります。…彼らと先生の違いは何だと思いますか？」

「…絵の技術と才能…、ではないんですか？」

「もちろん、それも大きな要因ではあります。しかし最も大きいのは、その作品の持つ唯一無二の存在価値《レゾンデートル》です。それを所有する自分も特別な存在だと、顧客が自信を持てる可能性です。

橋本先生は自らの演出によって存在価値を高めていらっしゃる。先生の作品を扱わせて頂く身としては、頼もしいことこの上無いですよ」

とっさに何も返せずにいる水琴に、怜一は真摯《しんし》な表情で問いかける。

「奥槻さんは、こうしたことは何もおっしゃいませんか？」

「……はい。でも……」

「ええ、貴方のためを思って何もおっしゃらないのでしょうね。あの方は貴方を俗世からかけ離れた…それこそ妖精のように扱っておいでですから」

歯に衣着せぬ怜一の指摘が、水琴の胸を突き刺した。痛みを感じるのは、水琴自身、どこかでそう感じていた証《あかし》だ。

「ですが貴方は画家になると…描くことで食べていくのだと決意された。私の考える画家は職業であり、そうである以上は売れなければ意味がありません」

「槇さん、僕は…」

どうすればいいのか。喉元まで出かかった質問を、水琴は呑み込んだ。怜一にぶつけたところで何も答えてはもらえないだろうし、自分で考え出さなければ意味が無いと思ったのだ。ずしりと肩にのしかかり、重みを増すばかりのもやもやした思いも。

怜一は立ち尽くす水琴の前にひざまずき、そっと手を取った。

「…厳しいことばかり言ってしまいましたが、私も貴方と貴方の絵に救われ、魅せられた一人です。何か本当につらいことがあった時は呼んで下さい。いつ、どこに居ようと駆け付けますから」

水琴はその後、車で来館していた怜一にマンションまで送ってもらった。

まだ午後の四時前だから、泉里は当分帰宅しないだろう。夕食の支度をするにも早すぎるので、作業用の服に着替え、絵の仕上げに取りかかることにした。『ｆａｉｒｙ』のアカウントにアップしてもらう用の絵だ。

一枚目は最初にＳＮＳにアップされたスケッチの完成版だったが、二枚目を何にするかは水琴に任されている。これまでに描き溜《た》めてきたスケッチを完成させてもいいし、新たに一から描いてもいい。

悩んだ末に、水琴は中間を選んだ。かつて銀座のギャラリーの近くで見かけた侍と狸《たぬき》のスケッチを元に、新たな絵を描いたのだ。泉里いわく江戸時代の東京は自然豊かだったので、銀座に狸が出てもおかしくないらしい。

自分の足元に擦り寄る狸を、侍は優しく撫でてやっていた。そこから想像を膨らませ、まず時間帯を夜にした。星々さえ輝きをかき消される現代と違い、灯《あか》りが無ければ伸ばした自分の手の先さえ見えない闇の帳《とばり》に包まれる江戸時代の深更。夜道を行く侍を、ふさふさの尻尾《しっぽ》を光らせた狸が先導する。

何も知らない者が見かけたら、狐狸《こり》に化かされた憐れな犠牲者だと思うに違いない。けれど生真面目そうな侍はわずかに頬を緩ませ、愛嬌たっぷりの狸の顔は笑みを浮かべているようにも見える。侍の役に立てて嬉しいのだ。

一人と一匹の間に通い合う、互いにしかわからない温かな情を、絵筆で描き出してゆく。いつしか水琴も夜闇の中に入り込み、狸が灯《とも》した明かりを追いかける。

どこかから聞こえる虫の音。小川のせせらぎ。

夜風に清められた水の匂い。かすかな梅の香り。文明の灯りと引き換えに失われてしまった芳醇《ほうじゅん》な暗闇に、意識は吸い込まれていく。

……ああ、やっぱり僕は描くことが好きだ。

現実を突き付けられても、その気持ちだけは変わらない。変えられない。誰も水琴からこの気持ちを奪うことは出来ない。

『貴方が今、感じているだろう重さが何か、私には理解出来ます。…私に限らず、誰もが経験のあるものですが』

ふっと怜一の言葉がよみがえる。誰もがということは、怜一も……そして泉里も経験したのだろうか。絵の世界に没頭してもなお消えない、この重みを。

怜一と泉里は画商で、水琴は画家の卵。共に芸術の世界に身を置いてはいるが、立ち位置はまるで違う。怜一と泉里にしたって、同じ画商でも方向性は正反対だ。時には水琴を厳しく突き放す怜一と、不都合も不利益も何もかも抱え込んで守ろうとする泉里。

どちらも水琴を思ってくれていることに変わりは無いのに、どこまでも違う。あの二人と、そして水琴にもあるという重さとは、いったい…？

「…琴。……水琴」

「っ……？」

そっと肩を揺らされ、水琴は夜闇の世界から引き上げられた。長身をかがめた泉里が、すまなそうな表情を浮かべている。

「ご…、ごめんなさい。僕、また……？」

慌てて頭を下げたのは、泉里がスーツからルームウェアに着替えていたせいだ。絵に集中しすぎて泉里の帰宅にも気付かないことは何度かあったが、またやらかしてしまったらしい。

「気にするな。君は描くことにだけ専念していればいいんだ」

泉里の微笑みは甘く優しいのに、また肩にのしかかるものがわずかに重くなった。うつむく水琴の頭を撫で、泉里はキャンバスの前に回り込む。夜闇に入り込んでいる間にも手はしっかり動いていたらしく、彩色までほとんど完成していた。

「……素晴らしい」

じっくり見入った後、感嘆の息が漏れた。

「これは以前、銀行に寄った時に描いていた侍と狸だな?」

「はい、そうです」

覚えていてくれたのが嬉しくて、水琴は顔を上げる。泉里の頬は感激に紅潮し、黒い瞳はきらきらと輝いていた。

「以前のスケッチも良かったが、こちらは物語性が出てより没入感が増している。動画全盛期の今だからこそ、人々は思い知ることになるだろう。たった一枚の絵によって、異世界へ引き込まれることがあるのだと」

「…あ…、ありがとうございます……」

初めて会った時から情熱的だった賛辞は、共に暮らすようになってますます熱量を増している。いつもの水琴なら素直に喜び、もっと誉めてもらえるよう頑張ろうと思っただろう。

『まあ、奥槻さんはこんなことをわざわざ貴方に教えたりしないでしょうが』

『奥槻さんは、こうしたことは何もおっしゃいませんか?』

『あの方は貴方を俗世からかけ離れた…それこそ妖精のように扱っておいでですから』

怜一の言葉が浮かんでは消えていく。

…言い返せなかった。怜一の指摘は全て真実だったから。

「一枚目が少女だったから、そちらとの対比にもなっている。アップされれば、きっと一枚目以上に注目を集めるはずだ。フォロワーも倍増するだろうな」

「ば、倍…、ですか？」

現在の倍と言ったら五十万人だ。今でも夢を見ているみたいなのに、そんなにたくさんの人々に注目されるなんて想像も出来ない。

「ああ、倍では利かないかもしれないな。次の絵が公開されるのを、フォロワーたちは今か今かと待ちわびている。三倍もありうるだろう」

「そんな……」

「自信を持て、水琴」

泉里は振り返り、水琴の肩を両手で摑んだ。

「君はこの世でたった一つの才能の主だ。君以外に、この幽玄と幻想の入り混じった世界を創り出せる者は居ない」

「……泉里、さん……」

「だから君は、描くことだけに集中していればいいんだ。……何も憂う必要は無い。君を煩《わずら》わせるもの、脅かすものは全て俺が排除するから」

黒い瞳の奥に燃える情熱の炎が、水琴を惑わせる。

……それは画商としての言葉ですか？　それとも恋人として？

泉里の営むギャラリー『エレウシス』は物故画家以外にも、存命の画家の作品も数多く扱っている。自ら売り込んできた者も居るが、ほとんどが泉里によって才能を見出された者たちだ。

ギャラリーを手伝う間、水琴も作品を持ち込みに来た彼らと泉里が対面するところを何度か見かけたことがある。

泉里はどんな相手であろうと誠実な態度を崩さず、悩める者には適切な援助を惜しまない。冷徹そうな外見にそぐわぬ血の通った対応に誰もが感謝し、作品を完成させた暁にはぜひ『エレウシス』で扱ってもらうのだと満足そうに帰っていった。

けれど彼らの誰一人として、今のような熱い眼差しを泉里から注がれた者は居ない。泉里は画商として彼らに期待をかけてはいるが、彼らがその期待に応えられなければ…売れっ子になれなければ、いずれは見捨ててしまうのだろう。

泉里に限らず、それは画商として当然のことだ。売れない商品を、限りのある棚にいつまでも置いておくわけにはいかない。

……でもきっと、泉里さんは僕が売れなくても見捨てない。

画商である前に、恋人だから。…泉里にとって、水琴は画家でなくても傍に置いておきたい存在だから。

けれど泉里は何気無く描いた水琴のスケッチに惹かれ、誰よりも早く、桐ヶ島の山奥に埋もれていた水琴を見付け出してくれたはずなのに――。

黒い瞳が優しく和んだ。

「…さて、そろそろ切り上げて食事にしよう。腹が減っているだろう？」

「あ、…はい。じゃあ、急いで支度を…」

「支度なら済んでいるから、ダイニングにおいで」

素直に従うと、ダイニングのテーブルにはすでに二人分の夕食が用意されていた。ベーコンとナスのトマトパスタに生ハムのサラダ、オニオングラタンスープだ。スライスされたフランスパンには、オリーブオイルの小瓶《びん》が添えられている。

「…すごい、レストランに来たみたい。泉里さんが作ってくれたんですか?」

「たいしたこと無いさ、これくらい。いつも君が作ってくれる料理の方が、よほど手が込んでいるだろう?」

男の手抜き料理だと泉里は謙遜《けんそん》するが、どれも文句の付けようが無いくらい美味しかった。水琴が絵の世界に没頭している間、泉里は一人でこれだけの料理を作り上げていたのだ。泉里だってギャラリーから帰ったばかりで、疲れていたはずなのに。

水琴は学校に通ってはいるが、働いてはいない。絵を描くことに集中させてもらっていても、その絵はまだ一枚も売れていない…。

胸に立ち込めるもやもやを消し去りたくて首を振れば、美術館から帰宅した時より綺麗に整頓されたリビングが目についた。料理のついでに、泉里が掃除までしておいてくれたのだろう。

肩の重みがまた強くなる。

…泉里と同棲を始める際、家事は可能な限り水琴に受け持たせてもらう約束をした。代行業者に依頼するつもりだった泉里に、半ば無理やり頼み込んだのだ。祖父が差し出そうとした生活費すら受け取ってくれない泉里のために出来ることは、それくらいだったから。

だが水琴の手助けなど無くても、泉里は身の回りのことくらい何でも自分一人でやってしまえる。ならば自分の居る意味は、いったいどこにあるのだろう。

身体は疲れて空腹のはずなのに、どうしても食欲が湧《わ》かない。何とか全ての皿を空にし、水琴は笑顔を作りながら立ち上がった。

「…っ…、ごめんなさい、泉里さん。ちょっと疲れてるみたいで…先にお風呂頂いてもいいですか？」

「もちろんだ。片付けはやっておくから、ゆっくり休みなさい」

快く送り出してくれる泉里に背を向け、バスルームに駆け込む。閉めたドアにもたれ、水琴は左胸を押さえた。

「……僕、何か変だ」

泉里がしてくれることは全て水琴のため。今までそこに何の疑問も抱いたことなんて無かったのに、今日は何故か嫌な気持ちが次々と芽吹いてしまう。あのままずっと泉里と一緒に居たら、疑問がそのまま口を突いたかもしれない。

……きっと絵に集中しすぎたせいで、疲れてるんだ。

だったらお湯に浸《つ》かれば、この嫌な気持ちも抜けていくだろう。水琴はさっと服を脱ぎ、浴室に入った。手早く髪と身体を洗い、バスタブに身を浸す。適温の湯とバスオイルのいい匂いに包まれていると、心はだんだん凪《な》いでいく。

「はあ……」

気持ち良さに目を細め、息を吐き出した時だった。浴室のドアがゆっくりと開き、泉里が顔を覗かせたのは。

「……泉里さん？　ど、どうしたんですか？」

「少し遅いから、眠ってしまったのではないかと心配になったんだが…良かった。起きていたんだな」

「え、もうそんな時間でしたか？」

色々悩んでいたせいで、思ったより長い時間が経っていたらしい。慌てて上がろうとする水琴を止め、泉里は一旦引っ込んだ。再び現れた時には一糸纏わぬ裸になっており、迷わず浴室の中に入ってくる。

「せ、泉里さん…っ…」

自分とは違う、逞しく均整の取れた裸身に水琴は頬を真っ赤に染める。泉里は艶《つや》めいた眼差しを流し、唇に笑みを滲ませた。

「せっかくだから、久しぶりに一緒に入るのもいいだろう？」

「久しぶり、に……？」

肌を重ねた後、動けない身体を運んでもらうのはしょっちゅうだし、最近では気を失っている間に洗ってもらうことも珍しくないのに。

泉里の眼差しがなまめかしさを増した。立ち込める湯気が、項にじっとりと絡み付く。

「久しぶりだろう？　……起きている君と一緒に入るのは」

「……ぁ、…っ…」

赤面したまま口をぱくぱくさせる水琴の頭を愛おしそうに撫で、泉里はさっさと身体を洗ってしまった。バスタブは大きいから、二人一緒でもゆったり湯に浸かることが出来るのだが、隅に寄ろうとした水琴を当然のように引き寄せる。

「――水琴」

いつもより低い声音で囁かれ、とたんに身体の力が抜けた。満足そうに喉を鳴らし、泉里は水琴を背後から抱え込む格好で膝に乗せる。

「泉里…、…さん…」

尻のあわいに当たる泉里のものは湯の中でもそうとわかるほど熱を帯び、硬く兆している。このまま抱かれてしまうのだろうか。一緒に暮らし始めてから、ここで交わったことは何度もあるけれど…。

「…君は、本当に可愛いな」

項に柔らかな唇が押し当てられる。湯に沈んでいた手が水琴の腹をなぞり、喉元まで這い上がってきた。

「あっ……」

「ここで抱かれるのも、俺の裸を見るのも初めてではないくせに、いちいち愛らしく恥じらって。…いつになったら慣れるんだ？」

そんな日はきっと来ない。もう一方の手に乳首をいじられ、こぼれる喘《あえ》ぎを必死に嚙み殺しながら水琴は首を振る。

「慣れるなんて…、…無理、です。…だって、泉里さんはすごく格好良くて…泉里さんに触れられるだけで、僕は…っ…」

「……感じてしまうから、か？」

乳首を押し潰すように指先で抉られ、水琴はこくこくと首を上下させた。ゆらゆら揺れる湯の底で、水琴の股間は触れられもしないのに勃《た》ち上がり始めている。ベッドの外でも中でも、泉里の手は水琴に最上のものだけをくれると知っているから。

「そうだな。君に快楽を教えたのは俺だ」

「あ、…ぁっ……」

喉をいやらしく撫でていた手が再び湯に沈み、もじもじと震える水琴の尻のあわいに潜り込んだ。昨夜もじっくり可愛がられ、湯に温められた蕾は従順にほころび、長い指を呑み込んでいく。

「ここも」

「……っ、あ、あああっ……」

「こちらも。…最初に触れたのは、この俺だ」

腹の中の指が感じるところをぐりっと抉るのと同時に、膨らみかけていた性器を大きな掌に包まれる。やわやわと扱《しご》かれるのは、最近では珍しかった。水琴が尻を突かれる快感だけで達するのを、泉里はことのほか好むから。

……泉里さん、どうして？

いつもより強引な手が無理やり快感を引きずり出そうとしているようで、水琴は戸惑った。背後から絡み付く逞しい二本の腕は、水琴を閉じ込める檻《おり》のようだ。

「──橋本先生の個展で、槇に会ったそうだな」

「…………!?」

反射的に振り返ろうとしたが、出来なかった。無防備にさらされた項に、歯を立てられたせいで。痛みはあまり無かったけれど、歯の食い込む感触は水琴を硬直させた。

「…どう…、して、…知ってるんですか？」

夕食は普段よりだいぶ早く終えてしまったから、今日の出来事を話している時間なんて無かった。かすれた声で問えば、泉里は己が傷付けた項を満足そうに舐め上げる。

「あそこには俺の知人もたくさん招かれている。あの『ギャラリー・ライアー』の槇がわざわざ連れの女を袖にしてまで構うんだ。君が何かトラブルでも巻き込まれたのではないかと心配し、私に連絡してくれたんだよ」

泉里らしくもない棘《とげ》のある言い方に、水琴の心は波打った。その言い方はまるで、怜一が悪意を持って水琴に近付いたかのようではないか。

確かに怜一の『ギャラリー・ライアー』は、業界では悪名の方が高い画廊だし、怜一自身も癖のある男だが、決して悪い人間ではない。水琴の異能を承知の上で、何度も手助けをしてくれてきた。そのことは泉里だってよく知っているはずなのに。

「どうして話さなかった?」

吹き込まれる声音はぞっとするほど甘いのに、詰問の響きを帯びていた。水琴の震えを受け止めた湯に、さざ波が広がっていく。

「…さっきは、時間が…、無かったから…」

「いつもよりずいぶん早く食事を切り上げたからな。……槙のことを話したくなくて、風呂に逃げ込んだんじゃないのか?」

「…な、……っ?」

嘲《あざけ》りを含んだ口調が信じられなかった。年上の寛容な恋人は、田舎育ちの水琴がどんなに鈍くさいことを仕出かそうと苛立《いらだ》ちの欠片《かけら》すら見せなかったのに。

「そんなわけ…、ないじゃないですか。どうして…」

「一緒に展示を鑑賞して回って、ずいぶん長い間話し込んでいたらしいな。あの男は君から離れようとせず、騎士《ナイト》気取りだったとか」

水琴の言葉に耳を貸そうともせず、泉里は手の中の性器をもてあそぶ。待ち望んでいた刺激に身体は素直に歓ぶが、心は冷める一方だった。…今日の泉里はおかしい。相手の言い分も聞かずに責め立てるなんて、いつもの泉里なら絶対にやらないことだ。画廊の仕事で何かあったのかもしれないが、泉里は仕事の苛々を他人にぶつけるような男ではない。

「違い、ます…！　…僕が、…困ってたところを、助けてもらって…、それで、…あんっ…」

「……それで？」

先を促されても、腹の中を探られながら性器を揉《も》みしだかれては、まともに答えることなど出来はしない。泉里だってわかっているだろう。…わかっていて、水琴を翻弄《ほんろう》しているのだ。

「あ…んっ、あっ、あぁ、あっ」

「鳴いていてはわからない。ちゃんと教えてくれないか」

「あ、……あぁ、ん、……ひぁっ……」

ちゃぷちゃぷと湯が波立つ音と水琴の囀《さえず》りが混じり、浴室に虚《むな》しく響く。心を置き去りにした身体が絶頂を迎えようとした瞬間、肉茎の根元をきつく縛められ、目の前に白い火花が散った。

「さあ、水琴」

早く、と腹の中に埋められた指が催促する。ありのまま全てを白状しない限り、この生殺しのような状況からは解放してもらえないだろう。

残された理性をかき集め、水琴は必死に美術館での出来事を話していった。『六道絵図』の前で倒れそうになった女性と遭遇し、困っていたら怜一が助けてくれたことや、ガイド役を買って出てくれたこと。帰りは怜一に送ってもらったことまで。途中、泉里が気まぐれに肌を吸ったり口付けたり、媚肉をかき混ぜたりしたせいでひどくたどたどしく、途切れ途切れになってしまった上、かなり長い時間がかかってしまったけれど。

「…だ…、…から、槇さんに会ったのは、本当に偶然、なんです。…槇さんは、綺麗な女の人と一緒、でしたし…」

やっとの思いで全てを吐き出し、逞しい肩にもたれると、泉里は濡れたつむじに口付けを落としてくれた。水琴にのしかかる重たいものの正体や、何かあったらいつでも呼んで欲しいと言われたことまでは明かさなかったが、泉里もさすがに納得したのだろう。

安堵《あんど》するのは早かった。

「偶然？　ありえないな」

「え、……あぁぁ……っ⁉」

我が物顔で腹の中に居座っていた指が引き抜かれるや、浮かされた尻のあわいに泉里の雄があてがわれたのだ。そのままぐいと引き下ろされ、水琴は自らの体重で指よりももっと熱く脈動する太いものを呑み込まされていく。

「あ…あ、……っ！」

「あの男が君の動向を把握していないわけがない。君が一人で個展に来たのを知って、慌てて駆け付けたんだ。…ご丁寧にも、偶然を装えるよう適当な女まで連れて」

「…ち…、が、……ああ…っ…！」

違う、槇さんはそんな人じゃない。訴えようとするそばから声は甘い悲鳴に変わり、水琴の理性を焼き尽くしていく。

「……ひどい……、です。……どうして、……そんなこと、を…っ……」

脚を絡められ、深々と打ち込まれた肉の楔《くさび》につながれた水琴に出来るのは、肩越しに泉里を睨《にら》みながら弱々しい抗議をこぼすことくらいだった。それすらも男の嗜虐《しぎゃく》心を煽るだけだと、圧迫感を増した雄に教えられてしまったけれど。

「ひどい？　……俺が？」

「ああぁ…っ、あ、…ひぁっ…」

「ひどいのは、人のものを横からさらっていこうとする男の方だろう。違うか？」

断じて賛同など出来なかった。確かに怜一は水琴を自分のもとに誘ったが、それはプレッシャーに押し潰されてしまいそうな水琴を心配してのことだ。

けれど弱い情けどころを硬い先端で執拗《しつよう》に突きまくられ、身体をゆさゆさと揺さぶられるうちに、水琴はがくがくと頷いてしまっていた。行き場の無い熱が身体じゅうをぐるぐる駆け回っている。今すぐ解放しなければ、頭がおかしくなってしまいそうだ。

「……いい子だな」

ようやく耳元で囁かれ、肉茎の縛めを解かれた時には安堵の涙がこぼれた。ぐちゅん、と最奥を突き上げられ、水琴は声にならない悲鳴を上げながら待ち望んだ絶頂の階《きざはし》を駆けのぼっていく。

……泉里さん、どうして……。

身体はやっと与えられた快楽を貪り、びくんびくんと打ち震えているのに、置いてけぼりの心は冷めていた。まだじゅうぶん温かいはずの湯が、水のようにひんやりと感じられる。

「水琴、……は、……して……」

押し寄せる熱に、白く染まった意識が喰われていく。泉里が何か焦ったように呟いているが、ほとんど聞こえない。

——そして、そのまま気を失ってしまったのだろう。

ふっと目覚めた時、水琴はベッドに寝かされていた。毎夜泉里と共に休む寝室のベッドではなく、水琴の自室に置かれたシングルベッドだ。こちらを使うのは泉里の海外出張中や仕事が夜中まで長引いた日など、ごく限られている。バスルームから運び、わざわざパジャマまで着せてくれたのはもちろん泉里だろう。

『すまなかった。明日改めて謝らせて欲しい』

サイドテーブルにはスポーツ飲料のペットボトルと水琴のスマートフォンが置かれ、小さなメモが添えられていた。流麗な筆跡は泉里のものだ。泉里もきっと自分の部屋で休んでいるのだろう。

あのひどい行為を泉里が悔いているとわかり、心は少しだけ和らいだ。夜を一緒に過ごさないのは久しぶりで落ち着かないが、今日はもう顔を合わせない方がいいのだろう。水琴はスポーツ飲料で喉を潤しながら、枕元に飾られた絵を眺める。『眺月佳人』。夭折《ようせつ》の天才画家、宮地圭月が描いた高祖母の姿を。

名画は見る者の心の有り様によって姿を変える。月を見上げる高祖母の表情は、いつもなら穏やかなのに、今宵《こよい》は泣きそうに見えた。…そして、和紙の中に閉じ込められているようにも。

海外から写真機が入ってきたばかりの頃、人々は写真に撮られれば魂を抜き取られてしまうと恐れたらしい。だったら天才が魂を込めた筆もまた、人の魂を捕らえることが出来るのだろうか。

宮地圭月はどこにも安住せず放浪し続け、最期まで絵筆を握っていたという。

そんな画家だったからこそ、魂を絵に封じ、今を生きる人間の心まで摑んで放さないのか。水琴はそこまで、絵に己を捧《ささ》げられるのだろうか。

……泉里さんにひどくされただけで、こんなに心を乱してしまっているのに。

いつもとは別人のようだった泉里を思い出すと、胸がずきんと痛む。溜息を吐いた時、ピコン、とアラームの音が聞こえた。スマートフォンをチェックすれば、新着メッセージが届いている。

「……雪輪くんから？」

まだ使い慣れないアプリを開くと、長いメッセージが表示されていた。先日思いがけず再会出来て嬉しかったこと、改めて水琴と同じ専門学校に行きたいと思ったこと、そのためにアルバイトをいっそう頑張っていることなど、とりとめの無い内容ばかりだが、今の水琴には気晴らしにもなってありがたい。

返事を送ってみると、三十秒もかからず返信があった。しかも水琴が送ったメッセージの倍以上ある。いったいどんな速さでタップしているのだろう。

『……そう言えばホテルで水琴さんと一緒に居た画商の人、めちゃくちゃイケメンだったんで未だに覚えてるんですよ。で、こんなものを描いてみてるんですけど』

そんなメッセージの後に表示された画像は、描きかけのスケッチだった。まだ十代の少年が描いたとは思えない、プロのそれと言われても納得出来てしまいそうな筆致で描かれているのは——泉里の顔だ。完成度はまだ三割程度といったところだが、うまく特徴を捉えているので泉里だとわかる。

『我ながらなかなかの出来ですよね。完成したら見せに行きますから、また一緒に甘いものでも食べましょうよ。俺、いい店たくさん知ってるんですよ』

猫がパフェと戯れるスタンプを最後にメッセージが途切れると、水琴は送られた画像を拡大してみた。技術だけで言えば専門学校の上級生をはるかに凌駕《りょうが》しているだろう。厳しいので有名な教師も唸りそうだ。

けれど水琴が惹き付けられたのは技術ではなく、描き出された泉里の表情だった。

泉里らしい凜《りん》とした表情ではない。微笑んでいるようにも、今にも泣き出しそうにも見える…眺める者の心によって見え方の変わる表情。こんな表情を浮かべる泉里なんて見たことが無いのにどこか懐かしいのは、とてもよく似たものを知っているせいだ。

水琴はそっと眼差しを枕元の『眺月佳人』に移す。

絵の中に閉じ込められた高祖母が、泉里に重なって見えた。


翌朝、深々と頭を下げて詫《わ》びる泉里《せんり》を、水琴《みこと》は許した。反論も許されず犯された記憶はしばらく消えてくれそうになかったけれど、ただでさえ忙しい泉里を追い詰めたのは自分だし、雪《ゆき》輪《わ》との交流を含め、全てを告げているわけではないという負い目もあったからだ。

そうして再びいつもの日常が始まった。しかし泉里と水琴は口付けや抱擁《ほうよう》は交わすものの、それぞれ互いの部屋のベッドで休み、肌を重ねるのは避けるようになった。どちらから提案したのではなく、気付いたらそうなっていたのだ。

きっと泉里も悟っているのだろう。水琴を抱けば、再びあの夜のように責め立ててしまいかねないと。同じことが起きれば、今度こそ二人の間に決定的な亀裂が入ってしまうと。

……どうして、こんなことになってるんだろう。

何もかもが怖いくらい順調なのだ。『ｆａｉｒｙ』のアカウントにアップされた二枚目、侍と狸《たぬき》の絵は泉里の予告通り大好評を博し、フォロワーは三倍以上に膨《ふく》れ上がった。ＳＮＳのトレンドに上がるのはしょっちゅうで、各メディアもこぞって正体不明の妖精画家の特集を組んでいる。どれだけ高値になってもいいから妖精画家の作品を押さえたいと、泉里に申し入れる画廊関係者は増える一方だ。

なのに肝心の水琴と泉里だけが、めまぐるしく動く世界から取り残されてしまった。このままではいけないと承知していても、どうすればいいのかわからずに立ちすくんでいる。

誰かに相談したい。

そう思っていた頃、事件は起きた。

なかなか咲かなかった専門学校の桜が満開になった日、水琴は泉里と共に都内の拘置所を訪れた。ここに収容されている友人、橋本真司《はしもとしんじ》に面会するためだ。窓口で手続きを済ませ、面会室に向かう。

「…大丈夫か、水琴。何なら日を改めても…」

「いえ、平気です。…行きましょう」

心配してくれる泉里には悪いが、橋本とじかに会えるチャンスを無駄にする気は無い。泉里もそれ以上は何も言わず、面会室に入った。待つほども無く、アクリル板の向こうに馴染《なじ》んだ姿が現れる。

「橋本くん……！」

「よお、胡桃沢《くるみざわ》」

久しぶりだな、と笑う顔は最後に会った時よりもやつれ、目元には深いくまが刻まれている。普段の快活な表情を知っているだけに、胸の奥がずきりと疼《うず》いた。

「大事な時なのに、こんなところに来ていいのか？」

同行してきた刑務官と並んで腰を下ろすと、橋本はアクリル板ぎりぎりまで身を乗り出した。自分の方が大変なのに、『ｆａｉｒｙ』として作品を世に出し始めた水琴の心配をしてくれるのだ。

「当たり前だよ。僕は橋本くんを信じてるから」

水琴は断言した。…そうだ、橋本が人を殺したりするわけがない。それも血のつながった父親を。

——一週間前。

衝撃的なニュースがメディアを駆け巡った。日本画の大家、橋本真祐《しんすけ》が殺害されたのだ。

殺害現場は真祐の息子、真司の自宅マンションで、全身をめった刺しにされていた。あらゆる場所に傷を刻まれていたにもかかわらず、何故《なぜ》か顔面だけは無傷だった。

しかも犯人として逮捕されたのは実子の真司である。全身血まみれになって倒れている真祐の傍らに、凶器のナイフを持って立ち尽くしているところを発見されたのだ。その足元には、襟まで血に染まった春物のコートが落ちていた。

折しも真祐の画業三十周年記念個展が開催されたばかり。天才画家が息子に殺された事件は瞬く間に広まり、水琴の耳にも入った。

……橋本くんがお父さんを殺したりするわけがない。きっと何かの間違いだ。

警察の捜査が進めば真犯人は見付かり、橋本は釈放される。水琴はそう信じていた。

しかし逮捕から三日経《た》ち、四日経っても真犯人は捕まらなかった。それどころか警察は橋本を犯人として送検し、起訴に向けて捜査を続けているというのだ。橋本は当然犯行を否認したそうだが、警察には橋本が犯人だと確信するだけの材料が揃《そろ》っていた。

まず動機だ。橋本は父親の期待に背いたことで、イラストレーター兼デザイナーとしての仕事をあちこちで邪魔されていた。その恨みつらみが積み重なり、とうとう爆発したに違いないと警察は見たのだ。

次に証拠である。過熱するばかりの報道によれば、橋本は逮捕される日の朝、父に『今までのことを謝ってやり直したい。今夜十時、部屋に来て欲しい』とメールを送っていたという。そして橋本と同じマンションの住人が当日の夜九時頃、帰宅する橋本の姿をエレベーターで目撃したと証言している。

司法解剖の結果、真祐の死亡推定時刻は橋本が指定した夜の十時前後。橋本が手にしていたナイフが凶器と断定されたが、ナイフから橋本以外の指紋は発見されなかった。落ちていたコートは橋本の私物で、べっとり付着した血は真祐のものだった。めった刺しにした時の返り血だろう。

これらの証拠から警察は橋本が恨みを晴らすために父を自室に呼び出し、殺害に及んだと判断した——というのがマスコミの推測である。

父親に比べれば、橋本は無名に等しい。才能に恵まれなかった息子が逆恨みの末に父親を殺したと、世間は騒ぎ立てた。顔をモザイクで隠した橋本の自称友人だの親族だのが連日メディアに現れては、橋本は父親をいつかぶちのめしてやりたいと言っていただの、いつかこうなるんじゃないかと思っていただのと、好き勝手にコメントを垂れ流した。

そんな映像を見るたび、水琴の心は痛んだ。

確かに橋本と真祐の親子仲は悪かったが、あの橋本がわざわざ父親を呼び出してまで殺すはずがない。

橋本はいつもまっすぐに前だけを見据《みす》えていた。父親の妨害を受けようと腐らず仕事に取り組み、最近は同じフリーのイラストレーター仲間と事務所を立ち上げるつもりだと話してくれていたのだ。…何よりも、初めて水琴の友人と呼べる存在になってくれた橋本が人を殺すなんて、信じられるわけがないではないか。

橋本に会いたい。何の力にもなれないかもしれないけれど、会って自分は橋本を信じていると伝えたい。

水琴の願いを、泉里は叶《かな》えてくれた。橋本が勾留《こうりゅう》されている拘置所を調べ、逮捕から一週間が経った今日、面会に連れて来てくれたのだ。橋本が水琴にとって大切な友人であることは泉里も知っている。ここ最近二人の間に漂っていたぎこちない空気も、今ばかりはどこかへ退散していた。

「……俺は、親父《おやじ》を殺してなんかいない」

橋本はアクリル板越しにじっと水琴を見詰め返した。連日の取り調べで疲労が蓄積しているだろうが、その瞳はまだ生気を失ってはいない。

「わかってる。橋本くんはお父さんを殺すような人じゃない」

「俺がマンションに帰った時、親父はもう死んでたんだ。…全身血まみれになって、倒れていた…」

いつもとは違う乾いた口調で、橋本はぽつぽつと話していく。報道では語られない真実を。

逮捕されたあの日。ダイニングに倒れていた父親を発見し、橋本は頭が真っ白になりつつも駆け寄った。まだ真祐が生きているかもしれないと思ったのだそうだ。

だが助け起こした真祐はぴくりとも動かず、死んでいるのが明らかだった。傍《そば》には血に染まったナイフが落ちている。これで親父は殺されたのか？　ほとんど無意識に拾い上げ、ぼんやり眺めていた時、現れたのが恋人の兵頭紫苑《ひょうどうしおん》だった。

紫苑は凶器を手にした橋本が真祐を殺してしまったのだと思い込み、警察に通報した。そして駆け付けた警察官により橋本は逮捕され、今に至るのだ。

「…橋本くん、彼女が居たの？」

水琴は目をぱちくりさせた。橋本とは定期的に顔を合わせているが、恋人の存在なんて一度も聞いたことが無かったのだ。

「あー…、実はそうなんだ。俺が拝み倒して付き合ってもらったようなもんだから、こっ恥ずかしくて言えなかったんだけどさ…」

土気色だった橋本の頰に、わずかな赤みが差す。恋人、紫苑とは橋本が専門学校を中退して間も無い頃から付き合い始めたそうだ。紫苑もまたイラストレーター志望で、橋本と共通の友人を通して知り合い、付き合うようになったのだという。

紫苑は橋本の事務所立ち上げを献身的にサポートし、今では秘書かマネージャーのような役割も果たしてくれている。そのため橋本からは部屋の合鍵も渡されており、予告無しに部屋を訪れることも珍しくなかった。橋本が逮捕されたあの日も、事務所の物件について相談したいことがあって訪れたのだと警察に証言したそうだ。

「…その、兵頭さんは、面会には？」

おずおずと問えば、橋本は無言で首を振った。胸がちくんと痛む。橋本が憔悴《しょうすい》しきっているる原因は無実の罪で責められているせいだけではなく、恋人の通報によって逮捕され、その恋人が一度も会いに来てくれない——自分を犯人だと疑っているかもしれないせいもあるのだろう。

「…あいつが俺を疑ってたとしても、無理は無いんだ。あんな場面を見せちまったし…それに、警察は俺を頭から犯人と決めてかかってるからな。俺がいくら違うって言っても、まともに取り合いやしねえ」

「それは…、どういうこと？」

橋本は唇を嚙《か》み、説明してくれた。橋本が帰宅したのは同じマンションの住人が証言した午後九時ではなく、午後十一時前なのだと。

あの日、クライアントとの打ち合わせが予想以上に長引き、終わったのは午後八時半頃だった。空腹だったが外食する気にはなれず、屋台で買ったパンをさびれた公園で食べ、歩いて帰ったのだそうだ。もちろん、父親にメールを送った覚えも無い。

水琴ははっとした。それが事実なら、橋本が真祐を殺すのは不可能だ。真祐の死亡推定時刻である午後十時、橋本はまだ帰宅する途中だったのだから。

だが、ことはそう簡単ではないらしい。橋本の顔が口惜《くや》しそうにゆがむ。

「俺だって何度もそう訴えたさ。でも警察の奴《やつ》ら、一時間程度なら誤差のうちだし、俺のアリバイを証言してくれる人も居ないだろうってほざきやがった」

「アリバイって…、誰か、家に帰る途中の橋本くんを見た人ってこと…ですよね」

隣に視線を向ければ、泉里はそうだと頷《うなず》いてくれた。

泉里の苦い顔の理由は、水琴にもわかる。…そんな人間を見付け出すなんて不可能に等しい。橋本が帰宅する途中にも、パンを食べた公園にも人は居ただろうが、暗い夜道ですれ違っただけの橋本を覚えている者は居まい。

「スマートフォンの位置情報や通話履歴は？　行動経路上の防犯カメラの映像は調べられたのか？」

泉里が初めて口を挟んだ。確かに、犯行が行われた時間帯に橋本のスマートフォンの位置情報がマンションから離れたところにあれば、犯行を否定してくれるはずだ。橋本の移動ルート上にある防犯カメラが犯行時刻に橋本の姿を捉《とら》えていれば、アリバイを証明してくれるはずである。

にわかに芽生えた期待は、すぐに打ち砕かれた。

「位置情報は常にオフにしてましたし、誰かと通話もしませんでした。住宅街を通ったので、防犯カメラもほとんど無くて…」

ということは、警察もきちんと一通りの捜査はしたのだ。その上で橋本の犯行を否定する証拠が見付からなかったから、起訴に向けて動いている。

目の前が真っ暗になったようで、水琴は額を掌《てのひら》で覆った。

「…そんな…、それじゃあもう…」

「いや、待ってくれ、胡桃沢」

もはや橋本の濡《ぬ》れ衣《ぎぬ》を晴らすすべは無いのではないか。絶望に襲われそうになった時、橋本が拳《こぶし》を握った。

「居るんだ。俺のアリバイを証言してくれる人は」

「えっ？」

そんな人が居るのなら、何故橋本は未《いま》だ拘束されているのか。いぶかしむ水琴と泉里に、橋本は帰り道で出逢《であ》ったという不思議な少年のことを話し出す。

公園でパンを食べた後、人ごみを避けて入り込んだ住宅街。見通しの悪い交差点に、その少年はぼんやり佇《たたず》んでいたという。

『君、大丈夫か？』

思い詰めたような表情と顔色の悪さ、がりがりに痩《や》せた身体《からだ》が気になって、橋本は声をかけた。だが少年は振り返りもせず、じっと交差点の真ん中を見詰めている。

そこは橋本でも知っているくらい、事故が多発するので有名な交差点だった。基本的に面倒見のいい橋本は年下の少年を放っておけず、半ば強引に路肩の隅へ避けさせ、近くの自販機で買った温かいココアを差し出してやった。

少年はきょとんとした顔で受け取りはしたものの、やはり何も言わなかった。しかし橋本が構わずに寄り添っていると、根負けしたように口を開いたのだ。

『…どうして、何も聞かないの?』

『別に、何か聞きたくてここに居るわけじゃない。君が何か話したいっていうのなら聞くけど、話したくないのなら黙っていればいい』

『……変なやつ』

少年は苦笑し、何度かためらった末に再び口を開いた。

『……なあ。十六年前にここで起きた交通事故のこと、知ってる?』

『事故?…いや、知らないけど』

橋本が首を振ると、少年は失望の色を浮かべながらまた問いかけてくる。

『じゃあ、ここで起きた交通事故の加害者と被害者を調べるにはどうすればいい?』

『交通事故の加害者と、被害者だって?』

この少年は、さっきからどうして妙なことばかり知りたがるのだろう。不思議ではあったが、橋本は答えてやった。少年があまりにも真剣な表情だったからだ。

『…そうだなあ…事件の概要くらいなら、検索すればネットニュースなんかでも見付かるんじゃないか。でもよっぽど大きな事故でもない限り、当事者の具体的な情報なんて出て来ないだろう。もちろん警察には情報があるだろうが、無関係な他人が問い合わせたって何も教えてくれないはずだ。どうしても知りたいなら、加害者か被害者本人に聞くしかないんじゃないか?』

『…そっか。……そうだよな』

少年はうつむき、しばらく黙り込んでいたが、やがて橋本のバッグを指差し『それ何?』と聞いてきた。仕事用の大きなトートバッグには打ち合わせに使ったポートフォリオのスケッチブックが入っているので、気になったらしい。

『俺の飯の種だよ。…ほら』

『――わあ!』

橋本が描き溜《た》めていた様々なイラストを見せてやると、少年は消沈しきっていた顔を輝かせた。ぱらぱらページをめくるたび歓声を上げてくれるのに気を良くした橋本は、白紙のページにデフォルメした少年を即席で描いてやる。

『俺だ。…すごい!』

『それをやるから、家に帰れ。家の人が心配しているだろう』

少年は不満そうだったが渋々頷き、橋本からもらったイラストを大事そうに持って去っていったという。

「……あの少年と交差点で出くわしたのが、だいたい夜の九時半過ぎだ。それからなんだかんだで一時間は一緒に居て、三十分歩いて、マンションにたどり着いたのが十一時前」

「つまり…、…お父さんが殺された夜十時、橋本くんはその子と一緒に居たってことだよね」

闇に閉ざされかけていた水琴の心に一条の光が差す。その少年が橋本と一緒に居たことを証言してくれれば、橋本の疑いは晴れるのだ。

だが、橋本は口惜しそうに眉を寄せた。

「警察にもこのことは話したし、少年の似顔絵も描いて見せた。…それで、一応あのあたり一帯に聞き込み調査をしてくれたみたいなんだけど…」

「見付からなかったんだな」

淡々と言う泉里は、最初から予想がついていたのだろう。考えてみればもっともだ。その少年が発見されているのなら、橋本はとっくに自由の身のはずである。

橋本はよれたシャツの襟に顎をうずめた。

「……そうだ。あの少年はあたり一帯のどこにも住んでいなかったし、少年を知る住人も居なかった。それで警察は俺が苦し紛れに吐いた嘘《うそ》だと思い込み、ますます怪しまれることになってしまったんだ」

「そんなことが……」

何て運の悪さだろう。全ての流れが橋本に冤罪《えんざい》を押し付けようとしている。

頭の奥に、美術館で見た『六道絵図《りくどう》』が浮かぶ。どこに生まれ落ちようと、業に苦しめられる逃げ場の無い地獄。あの地獄に、橋本も堕《お》とされてしまったかのようだ。

「――頼む、胡桃沢。あの少年を捜してくれ」

顔面がテーブルにぶつかるほど深く、橋本は頭を下げた。

「俺を信じてくれるのはもう、一緒に事務所を立ち上げようとしていた仲間たちと、お前くらいしか居ないんだ。仲間たちは懸命に捜してくれているけど、いっこうに見付からない」

「は、橋本くん……」

こんなふうに頭を下げられたのは初めてで、水琴は面食らった。けれどテーブルについた橋本の拳が小刻みに震えているのに気付いた瞬間、心はすとんと定まる。

「――わかった。どこまで出来るかわからないけど、僕も捜してみるよ」

「…っ…、ありがとう……」

弾《はじ》かれたように顔を上げ、橋本は涙の滲《にじ》んだまなじりを擦《こす》った。

「……ごめんなさい、泉里さん……！」

しばらく橋本と話し込み、拘置所を出てすぐ、水琴はがばりと頭を下げた。

何も相談せず橋本の願いを引き受けてしまったが、今はデビューに向けて動いている大切な時期だ。勝手に面倒ごとを背負い込まれては、泉里は困ってしまうだろう。ましてやこの事件は、世間から大きな注目を集めているのだ。下手に関わっているのがバレれば、妖精画家としての活動に支障が出るかもしれない。

「今がどういう時期か、わかっているのか？　…と言いたいところだが」

厳しい声がふっと和らいだ。大きな掌に頭を撫《な》でられる。

「橋本くんの話の途中から、こうなるだろうと薄々察していた。その上で止めなかったんだから、俺に君を責める資格は無いよ」

「…いいんですか？」

「本当に引き受けさせたくなかったら、引きずってでも連れ帰っていたさ。…助けたいんだろう？　大切な友達を」

「……はい」

橋本は東京《とうきょう》に引っ越してきて初めて出来た友人だ。両親のもとで暮らしていた頃は皆から気味悪がられていたから、生まれて初めての友人かもしれない。

落ち込んだ時、絵が描けなくなってしまった時、橋本はいつだって何の見返りも求めず手を差し伸べてくれた。引っ込み思案な水琴がクラスメイトたちと打ち解けられたのも、橋本が懸け橋になってくれたおかげだ。

「橋本くんは僕を何度も助けてくれました。今度は僕が、橋本くんを助けたいです」

「…君の願いを叶えるのが俺の義務であり特権だ。君が橋本くんの罪を晴らしたいと望むなら、俺は全力で支えるよ」

「泉里さん…、……ありがとうございます」

優しい微笑《ほほえ》みに、胸がほわりと温かくなった。もやもやしたものが少し薄くなる。

……良かった。いつもの泉里さんだ。

ここ最近の泉里は、やはり『ｆａｉｒｙ』が予想外の反響を呼び、いつにも増して忙殺されていたせいだったのだろう。もうしばらく時間が経てば、普段の余裕を取り戻してくれるに違いない。

水琴は安堵《あんど》し、メッセージアプリに登録されている数少ない連絡先にメッセージを送った。相手は橋本の友人であり、事務所立ち上げメンバーの一人でもある南部《なんぶ》だ。一度橋本と一緒に居る時に出くわしたことがあり、連絡先も交換していた。拘置所を出たら南部に連絡するよう、橋本に頼まれていたのだ。

南部はすぐに返信をくれ、水琴も例の少年捜しを手伝うと知って喜んだ。そして十三、四歳くらいの痩せた少年を描いたスケッチの画像を送ってくれる。南部が橋本と面会した際、特徴を聞き取って描いたという例の少年の似顔絵だ。橋本からはそっくりだと太鼓判を押されたという。

少年の名前すらわからない今、少年を捜すための大きな手掛かりだ。水琴は礼を伝え、泉里にも画像を送っておいた。南部とはお互い何か捜索に進展があったら連絡すると約束し、スマートフォンを仕舞う。

「さて、これからどうする?」

泉里に問われ、水琴は少し考えてから答えた。

「…橋本くんが例の少年に会った交差点に行ってみたいです。ひょっとしたら、警察が気付かなかった手掛かりがあるかもしれませんし」

泉里も賛成してくれたので、さっそく向かうことにした。橋本からだいたいの場所は聞いてある。泉里に車を出してもらえば、拘置所から三十分もかからなかった。

「これは…確かに危ないな…」

問題の交差点にたどり着いてすぐ、泉里は唸《うな》った。

そこは住宅街を走る片側一車線の狭い道路が交差しており、それぞれの角に建つ家の壁が敷地のぎりぎりまで高くそびえているため、非常に見通しが悪い。自治体から何度も道路幅拡張の案が出されているのだが、そのたびに古くからの住人が土地の収用に反対するせいで立ち消えになり、狭いままなのだという。

近くを通っている大きな国道が常に渋滞しているので、迂回路《うかいろ》として使うドライバーも多いようだ。にもかかわらず信号機も横断歩道も無くては、事故が多発するのも当然に思えた。

……あの日の夜九時半頃、橋本くんはここで少年と出逢った。

橋本の主張が正しいのなら、橋本を夜九時に目撃したという証言者は嘘を吐《つ》いていることになる。橋本のアカウントから送信されたメールも、橋本以外の誰かの仕業だろう。凶器に付着した橋本の指紋は、真犯人が手袋か何かをして犯行に及び、その後橋本が凶器を拾い上げた時に付いたのだと考えればつじつまは合う。

強い寒気が全身を貫いた。

「……っ……」

「…水琴?」

ぶるりと震えた水琴の肩に、泉里が腕を回す。その温《ぬく》もりに強張《こわば》りが抜けていくのを感じながら、水琴は息を吐いた。

「大丈夫です。…その、橋本くんは、真犯人に罠《わな》に嵌《は》められたってことなんですよね」

「そうなるな。真犯人は相当、橋本くんに対し強い恨みを抱いているようだ」

わざわざ橋本の父親を呼び出して殺害し、父親殺しの罪と汚名を着せる。泉里の言う通り、そこには強い怨恨の気配が感じられる。

「それに…思ったんですが、橋本くんとお父さんの仲の悪さを知ってたり、橋本くんのアカウントからメールを送信したり出来るのは、橋本くんの身近に居る人だけですよね…」

「ああ。…俺もそう思っていた」

「信じられません。あの橋本くんが、そこまでの恨みを買うなんて…」

橋本は出逢って間も無い頃から水琴に親切にしてくれたし、中退する前はクラスメイトたちとも仲良くやっていた。彼らから橋本に対する不満や悪口など聞いた覚えが無い。コミュニケーション能力が水琴と比べ物にならないくらい高いせいか、ずけずけものを言うくせに人を嫌な気持ちにさせないのだ。

もちろん人間だから、誰からも好かれるなんて不可能である。けれど人を殺し、罠に嵌めてやりたいとまで恨まれることなんて無いはずなのに。

「……本当にそうかな？」

「え？」

低い呟《つぶや》きに顔を上げれば、泉里は無表情に交差点を見詰めていた。

「君が知る橋本くんは、橋本真司という人間の一面でしかない。君の知らない他の面で、人を殺してでも破滅させてやりたいと思うほどの恨みを買ったのかもしれないぞ」

「泉里さん…、…何を言ってるんですか？」

泉里らしくもない言葉に、弱まっていたもやもやがまた胸に広がる。

黙ったままの泉里に、もう一度問いかけようとした時だった。視界の端におぼろな陽炎《かげろう》のようなものが映ったのは。

「っ……」

「…見えたのか？」

何が、とは聞かない。泉里の目には映らなくても、知っているのだ。水琴には見えていると。この世に留《とど》まった死者の姿…彼らの遺《のこ》した思いが。

「はい。…あれは、……もしかして……？」

目を見開く水琴の前で、陽炎は人の姿を取っていく。痩せた身体、肉付きが悪いせいでぎょろりと大きく見える双眸《そうぼう》や伸び放題の癖毛……間違い無い。水琴はスマートフォンを取り出し、南部が描いた少年の似顔絵を表示させる。

「…僕に見えるのは、この少年です」

「何だと？」

息を呑《の》む泉里の横で、水琴も青ざめる。

橋本は泉里と同様、死者の姿を見ることは出来ないはずだ。ならば橋本が出逢った時の少年は間違い無く生きていた。

なのに少年は今、水琴にしか見えない陽炎となってここに居る。つまり橋本と別れた後、何らかの原因で死んでしまったということか。だとすれば警察の捜査に引っかからなかったのも納得だが、橋本のアリバイを証言出来る唯一の存在が死んだということは、冤罪を晴らす手段も失われてしまったということだ。

真祐の描いた『六道絵図』が頭に浮かぶ。地獄の鬼に責められている罪人の顔が、橋本のそれに変わっていく。

——なあ、あんた。

「えっ……？」

どこかから呼びかけられ、水琴は我に返った。少し高い声は泉里のものではない。きょろきょろ見回すが、交差点に人影は無かった。近くに居るのは泉里と、おぼろな陽炎と化した少年だけで…。

陽炎の少年は業を煮やしたように唇を曲げると、水琴の前に回り込んできた。半透明の細い指を、びっと水琴に突き付ける。

——そこの綺麗《きれい》な顔した兄ちゃん、あんただよ。俺のこと、見えてるんだろ？

「え、ええっ…？」

「…水琴？　何があった？」

「それが…、この少年が、『俺のこと見えてるんだろ』って話しかけてきて……」

「……声が聞こえるのか？」

泉里が驚愕《きょうがく》するのも無理は無い。今まで水琴は数え切れないほどの死者の姿を見、彼らの遺した思いを読み取ってきた。彼らに導かれ、事件を解決したこともある。だが彼岸に属する彼らの存在は陽炎のような姿と同じく不安定で、こうも明瞭《めいりょう》に話しかけてきたことは今まで一度も無かったのだ。

「……早すぎる……」

焦燥を滲ませた泉里が何か口走ったが、聞き返す余裕は無かった。少年が大きな目でじっと見上げ、水琴の返事を待っているから。

水琴はどきどきと脈打つ心臓を宥《なだ》めながら身をかがめ、少年と視線を合わせた。何故この少年に限って会話が成立するのかはわからない。だが少年と意志の疎通が叶うのなら、橋本に有利な情報を聞き出せるかも――。

「――聞こえているよ。僕は胡桃沢水琴。…君の名前は？」

――……、……萱《かや》。

少年は胸の前で何度も両手の指を絡めたり離したりをくり返していたが、やがてぼそりと答えた。

「萱くんか。名字も教えてもらえるかな？」

――わからない。覚えてない。

萱はゆるゆると首を振る。嘘を吐いているようには見えない。

萱の言葉を泉里にも伝え、水琴はスマートフォンに橋本の写真を表示させた。橋本が専門学校を中退する前、一緒に撮ったものだ。

「僕と一緒に映ってるこの人なんだけど、君は最近会ったことがあると思うんだ。覚えていないかな？」

――……、……わからない。覚えてない。

萱は再び首を振る。その後水琴は橋本と萱が出逢った日付や時間帯、橋本が萱のためにスケッチを描いてやったことなども伝えてみたが、答えは全て『わからない。覚えてない』だった。

――俺、名前以外何も思い出せないんだ。気が付いたらここに居て、どこにも行けない。

じっと己の組み合わせた手を見詰める萱はひどく頼りなく、今にも消えてしまいそうだった。とうに死んでいる少年に頼りないも何もないのだが、言葉を交わせる死者に初めて遭遇したせいか、どうしても気になってしまう。

……萱くんがこの交差点に居るのは、ここで死んだから？

今までの経験上、死者は生前に思い入れのあった場所に漂っていることが多い。だが萱は生きて橋本と話している間もこの交差点に居て、十六年前ここで起きた交通事故について知りたがっていたという。純粋にここに思い入れがあったせいで、別の場所で死んだ後、囚《とら》われてしまったのかもしれない。

それにしても何故、生前の萱はこの交差点で起きた交通事故になど執着していたのだろう。十六年前と言えば、萱が生まれる前のはずだが…。

「…一度『エレウシス』に戻ってみないか？」

考え込む水琴に、萱の話を伝えられた泉里が提案する。

「彼がここで亡くなったとしたら、事故の可能性が高い。それも橋本くんと出逢った後だから、長くともここ数日の出来事だ。覚えている人間も多いだろう。インターネットのデータベースを検索すれば、身元が判明する可能性は高い」

「…身元が判明したら、ご遺族と連絡を取れるかもしれませんね。橋本くんがあげたイラストが遺品の中にあれば、アリバイを証明出来るかもしれない…」

「そういうことだ。…わかったら行くぞ」

泉里は水琴の手を引き、さっさと交差点を離れようとする。きつく握られた手がわずかに痛み、水琴は戸惑った。この強引さは何なのだろう。さっきから妙にそわそわしていたし、まるで一秒でも早くここから離れたいかのようだ。

すぐにでも行動すべきなのは水琴もわかっているが、心はどうしても萱に引き寄せられる。

「待って下さい。萱くんが…、…っ…!?」

訴えたとたん忌々《いまいま》しそうな舌打ちが聞こえ、軽々と抱き上げられる。

そのまま足早に立ち去る泉里を、萱はぼんやりと見送っていた。


それから水琴を近くのパーキングに停《と》めてあった車に押し込み、『エレウシス』に戻るまで、泉里は一言も口をきかなかった。何度も話しかけているのに無視されるなんて、出逢って以来初めてだ。

一人で車を降りようとした水琴を問答無用で抱き上げ、泉里はバックヤードまで運ぶ。ソファに下ろされてすぐ、水琴は再び抗議した。

「泉里さん、どうしてこんなことを…！」

「――橋本くんのためだ」

またもや無視されるかもしれないと思ったが、泉里は隣に腰を下ろしながら答えた。理知的な黒い瞳は、ぞっとするほど冷たい光を宿している。

思わず後ずさりしそうになったら、逃さないとばかりに腕を引き寄せられた。

「橋本くんは今、警察に勾留され、警察と検察の取り調べを受けている状態だ。本人は否定しているが、あれだけ証拠が揃っていては勾留延長は免れないだろう。その間にアリバイを証明出来なければ、殺人罪で起訴される」

「…殺人罪…」

一度刑事裁判の被告人になってしまったら、無罪を勝ち取るのは非常に難しい。

人殺し、それも父親殺しの汚名を着せられたまま、橋本は長い人生を送るかもしれないのだ。クリエイターとしてはおろか、まっとうな社会人として生きていくことすら難しくなってしまうだろう。

「だから一刻も早く、あの萱という少年の身元を割り出す必要があるんだ。…わかるな？」

「…それは…、わかりますが……」

──本当に、それだけなんですか？

喉元までせり上がってきた問いを呑み込んだのは、とてつもなく嫌な予感に襲われたからだ。これをぶつけてしまったら最後、泉里との間に取り返しのつかないひびが入ってしまうような…胸の中に巣食うもやもやが、得体の知れない何かに化けてしまいそうな。

まっすぐに見詰めてくる黒い瞳から目を逸《そ》らし、水琴ははっとする。泉里の肩に、何か黒っぽい靄《もや》のようなものが見えたのだ。だがまばたきの後、靄は綺麗に消え去ってしまう。

……錯覚？　でも、それにしては妙な感じがしたけど……。

じっと目を凝らそうとした時、カランカランと玄関のベルが鳴った。今日、予約は入っていないはずだから、飛び込みの客が訪れたらしい。

無言で応対に出る泉里の後を、水琴も追いかけた。何故か今、泉里を一人にしてはいけない気がしたのだ。

「こんにちは。突然申し訳ありません」

玄関に佇んでいたのは、すらりと背の高い女性だった。飾り気の無いシンプルなパンツスーツ姿なのに、不思議と目を引き寄せられる華がある。歳《とし》は泉里とあまり変わらないだろう。ギャラリーで高価な絵画を買い求めるタイプには見えないが、きりりとした気の強そうな顔立ちには覚えがあった。

「…貴方は…、桐ヶ島《きりがしま》でお会いした…？」

「あら、覚えていて下さったの？　光栄だわ」

嬉《うれ》しそうに微笑む女性は、かつて夫と共に旅行で桐ヶ島を訪れた際、スケッチ中の水琴と偶然出くわした。女性が水琴のスケッチを撮影し、自分のSNSにアップしたのがきっかけで、泉里がはるばる東京から水琴を尋ねてくることになったのだ。水琴の人生を変えた一人とも言える女性だが、彼女との縁はそれだけではない。

「橋本芹《せり》と申します。愚弟の真司がいつもお世話になっております」

芹は水琴と泉里に一枚ずつ名刺を渡してくれた。そう、彼女は橋本の実の姉なのだ。そのことは以前橋本から明かされていたのだが、こうして対面するのは桐ヶ島以来である。

「『エレウシス』のオーナー、奥槻泉里です。橋本先生には生前、ひとかたならぬお世話になりました。お悔やみを申し上げます」

折り目正しく一礼する泉里は、いつもの冷静な泉里だ。芹もお辞儀を返し、真剣な表情で申し出る。

「いきなり押しかけてきて重ね重ね申し訳無いのですが、折り入ってお話があります。ほんの少しで構いませんから、お時間を割いて頂けないでしょうか。奥槻さんと、…出来たら胡桃沢くんにも」

「…それは…」

「もちろんです。僕で良ければ喜んで」

泉里が断りそうな気配を察し、水琴はさっと割り込んだ。芹がこのタイミングで訪れた理由は、橋本の事件以外に考えられない。

さすがの泉里も他人の前で強引な手段には訴えられなかったのか、水琴と共に芹を応接間に案内した。芹はお茶も断り、早々に本題を切り出す。

「お察しかと思いますが、伺いたいのは弟のことです。ひょっとしたら胡桃沢くんは、真司と面会して下さったのではないかと思って…」

「はい。ちょうど今日、拘置所に行って来たばかりですが…」

芹は亡き父親に冷遇され、早々に家を飛び出してしまったそうだが、弟との仲は良好だったはずだ。『母親よりも口うるさい』と辟易《へきえき》しつつも、橋本も年の離れた姉を慕っている。そんな芹なら、とうに弟のもとへ面会に訪れていると思っていたのだが。

芹は膝に置いた手をきゅっと握り締めた。

「あの子が逮捕されたと聞いてすぐ、拘置所に飛んで行ったんです。でもあの子、何度行っても会ってくれなくて」

「え？　何故そんな…」

「たぶん私の事務所のことを心配したんだと思います。マスコミの報道は、ひどくなる一方ですから…」

横暴な父親に嫌気がさした芹は高校卒業と同時に家を飛び出し、しばらくの間モデルとして活動していたそうだ。今はモデル時代に知り合った夫と共に小さなモデル事務所を経営している。元カメラマンの夫は裏方に徹しており、結婚する際も迷わず芹の籍に入ったというから相当惚《ほ》れ込んでいるのだろう。

社長の芹が殺人の罪を疑われている自分の姉だと知れれば、事務所もバッシングを受けてしまうかもしれない。橋本はきっとそう考え、姉の面会を断ったのだ。

「失礼ですが、橋本先生のご夫人…お母上はどうなさっているのですか？　お姉さんの面会が断られているのなら、お母上も彼に会えていないと思うのですが」

泉里が口を挟んだ。言われてみればそうだ。母親なら息子に会えなければ心配でたまらなくなるはずだし、芹と一緒に訪れても良さそうなものである。

「……母は父が殺されたショックで倒れ、今は入院しています。父の葬儀も真司のことも、全て私に任せると言っていますが……」

芹は綺麗に口紅の塗《ぬ》られた唇を皮肉げにゆがめた。

「実際は現実と向き合いたくないだけです。父が殺されたことも、犯人が自分の息子かもしれないことも、全部無かったことにしたいんでしょう。画壇の大御所夫人であることだけが、あの人のアイデンティティですから」

容赦無い物言いの端々に棘《とげ》がひそんでいる。芹は結婚後一度も実家に顔を出していないそうだから、母親との関係も良好ではないのだろう。険悪だった父の葬儀を丸投げした上、弟の危機に何もしようとしない母親に苛立《いらだ》ちを抱いている。

「そういうわけですから、真司の身内は私だけです。あの子が今、どんな様子なのか…教えて下さい。お願いします」

深く頭を下げる芹に、水琴は話してやった。橋本が連日の取り調べで疲れ切っていたこと。だが絶対に父親を殺していないと主張し、無罪を諦《あきら》めていないこと。橋本の供述と警察の捜査が食い違っていること。

聞き終えた芹の顔色は真っ青だった。

「…そうでしたか。私が考えていたよりずっと、あの子の置かれた状況は悪いんですね」

「でも、橋本くんのアリバイを証明してくれそうな少年が居て、今皆で捜しているところなんです」

水琴は南部からもらった萱の似顔絵を芹にも見せてやった。萱の名前やすでに死んでしまっていることまではさすがに明かせないし、芹が萱を知っているとも思えないが、芹にも助けてもらえば萱の身元を早く探り当てられるかもしれない。

「あら？　……この子、どこかで見たような……」

だが予想に反し、芹は似顔絵をじっと眺めながら呟いた。水琴は思わず泉里と顔を見合わせ、身を乗り出す。

「ご存知なんですか⁉」

「え、ええ。ちょっと待って下さいね」

芹は水琴のスマートフォンを受け取り、しばらく矯《た》めつ眇《すが》めつしていたが、やがて残念そうに首を振った。

「……ごめんなさい。確かに見覚えはあるんですが、どこで見たのかが思い出せなくて」

「お姉さんだけがご存知ということは、お仕事関係のお知り合いでしょうか」

泉里が助け船を出す。芹は額に手をやって考え込んだが、やはり思い出せないようだった。出逢ったのは相当昔なのだろうか。

「家に帰って、アルバムを手あたり次第探してみます。仕事柄写真は山ほどあるので時間がかかってしまうかもしれませんが、思い出したらすぐ連絡しますから」

「わかりました。僕も何か進展があったらご連絡します」

芹は水琴と電話番号を交換し、何度も礼を言いながら帰っていった。

…思いがけないところから情報が出た。モデル事務所を経営する芹の知り合いということは、萱は芸能関係者なのだろうか。確かにやつれていても、目鼻立ちの整った少年ではあったが…。

「――水琴」

低く呼びかけられ、昂《たかぶ》っていた気分は冷や水を浴びせられたように鎮まった。芹が居る間はかぶっていた有能なオーナーの仮面は、すでに外されている。

……何だ？　また……。

目の奥がちりっと痛み、しばたたけば泉里の肩にまたあの黒い靄のようなものが見えた。今度はまばたきをくり返しても消えず、じわじわと揺らめいている。まるで死者の姿をかたどる陽炎が、真っ黒に染まったかのようだ。

「泉里さん…、貴方は……」

「君は——」

何か言いかけるのと同時に、泉里のスマートフォンが鳴った。無視出来ない相手だったようで、ディスプレイを確認した泉里は苦虫を噛み潰《つぶ》したような顔で応接間を出て行ってしまう。

いつの間にか詰めていた息を吐き、水琴はどさりとソファに腰を下ろした。泉里が居なくなってくれてほっとしたなんて、初めてではないだろうか。

……あれは、何？

泉里の肩を漂う黒い靄。あんなもの、昨日までは無かった。水琴にしか見えないということは、死者なのか？　いや、水琴が今まで視《み》てきた彼らは様々な思いを抱えこそすれ、あんなに禍々《まがまが》しい姿ではなかった。そう、こんなふうに——。

水琴は常に持ち歩いているスケッチブックを広げ、新しいページに鉛筆を走らせる。描くのは交差点に佇んでいた少年…萱だ。

この目に焼き付いた姿を浮かべれば勝手に手が動き、水琴にしか見えない存在をこの世に描き出す。だが萱の姿を思い描いた瞬間、ずきんと頭が割れそうに痛んだ。とっさに額を押さえれば、頭の奥に見知らぬ光景が奔流のように流れていく。

白い天井。何本もの点滴の管がつながれた細い腕。覗《のぞ》き込んでくる若い女性の顔は、悲しそうにゆがんでいる。

——……、……や。……、して。

「……琴」

若い女性が必死に何かを叫び、縋《すが》り付こうとする。背後から抱きすくめて止めている女性は、看護師の制服を着ていた。ここは病室なのか。

——……や、駄目。まだ、死……は、……。

女性がまた悲鳴を上げる。もっと集中すればしっかり聞き取れそうだ。耳を澄ませれば、ぐいと何かに引き寄せられた。中へ——奥へ。

……ああ……、これは、駄目だ。

「……水琴っ！」

このままでは戻って来られなくなる。背筋が凍り付きそうな恐怖に襲われた時、反対側から強い力で引っ張られた。見知らぬ光景は遠ざかり、肺を酸素が急速に満たしていく。

「げほ、…つ、……泉里さん？」

咳《せ》き込みながら見上げれば、泉里が水琴の肩を背後からがっしりと摑《つか》んでいた。黒い瞳は水琴ではなく、膝の上に置いたスケッチブックに注がれている。

白い天井、何かを叫ぶ若い女性、点滴につながれた細い腕。白紙だったページには、さっき水琴が見た光景がそのまま写し取られていた。ぞくりと悪寒がしたのは、確かに自分の筆致にもかかわらず、描いた覚えがまるで無いせいだ。

描いている間、現実から切り離され、絵の世界に入り込んでしまうのはいつものことだが、それでもちゃんと自分で鉛筆や筆を動かしている感覚はある。

けれどこのスケッチは……あの、絵の中に引きずり込まれてしまいそうだった感覚は……。

「…何だ、これは」

地を這《は》うような低い声の問いは、隠し切れない怒気を孕《はら》んでいた。

「さっき見た、…萱くんを描こうとしたんです。でも途中で知らない景色が見えて…気が付いたらこんな絵を…」

「これは、その景色を描いたのか？」

「…だと、思います」

あいまいな答えに、泉里は眉根を上げる。滲み出る怒気に促されるがまま味わったばかりの妙な感覚について話せば、顔色が一変した。

「……もう、橋本くんの事件に関わることは許さない。君は描くことだけに専念しなさい」

「…な…っ、いきなり何を言うんですか⁉」

ついさっき、水琴が望むなら全力で支えると約束してくれたばかりではないか。驚愕する水琴の前に回り込み、泉里は膝をついた。

「萱という少年については俺が調べる。芹さんとも俺が連絡を取ればいい」

「でも、僕が萱くんを探し出すって、橋本くんと約束を…」

「誰が探し出しても結果は同じだ。橋本くんのためを思うなら、早ければ早いほどいい。…それとも君は、俺より迅速に萱くんの身元を突き止められる自信でもあるのか?」

問いかけに滲む嘲《あざけ》りの気配が、水琴の心を深く突き刺した。山奥から出て来たばかりの水琴がどんな振る舞いをしても、絵に没頭して我を忘れても、決して馬鹿になどしなかった泉里。初めて出来た橋本という友人の存在を、心から喜んでくれた泉里。

…なのに、その泉里が。

「貴方が…、…そんなことを、言うなんて…」

「水琴、俺は…」

厳しかった泉里の顔に動揺が走る。視界がやけにぼやけていて、自分が涙を流しているのだと気付いた。

悔しい。泣いて怯《ひる》ませたいわけじゃない。

でも、抑えきれない。ぽろぽろと溢《あふ》れ出る涙も、胸の中に溜まりきったもやもやも。

「……泉里さんは僕を、何も知らないひな鳥か何かみたいに思ってるんですよね」

吐き出した瞬間、泉里の顔がゆがむ。決して口にしてはいけないことを言ったのだと、即座に理解した。だが一度堰《せき》を切ってしまった言葉は止まらない。今になって湧《わ》いて出たわけではなく、ずっと水琴の中にあったのだから。

「泉里さんに比べたら、僕なんて頼りなくて危なっかしくて、とても見ていられないのかもしれません。でも…」

「水琴、違う。そうじゃない」

ためらいがちに伸ばされた手を、水琴はぱしっと払いのけた。今まで何度も水琴を助け、慰めてくれた手。…違う。今はそんなものが欲しいんじゃない。

……僕は、泉里さんに認められたい。

生まれ出た思いは、すとんと水琴の心に馴染《なじ》んだ。

――そうだ。水琴はずっと泉里に認めて欲しかったのだ。

大切に守ってもらえるのは嬉しい。絵に集中出来る環境を用意してもらえることも。

けれど水琴は未《いま》だ一人前の画家とは言えず、泉里に何の対価も与えられていない。それでもいいのだと、水琴に尽くすのが特権だと泉里は言う。

――恋人だから。

水琴が画家である前に恋人だから、泉里は何の見返りも求めず、掌に囲って守ろうとする。いくら失敗しても売れなくても、文句一つ言わない。…それは人として対等な関係とは、とても呼べない。

「…僕だって、一人の人間なんです」

「……、……っ……」

「泉里さんとは違う、一人の人間です。…僕には僕の考えがあります。いくら泉里さんの言うことでも、間違っていると思ったら聞けません」

自分の吐いた息の音が、ばくばくと脈打つ鼓動に重なった。

……言った。言ってしまった。

泉里に真っ向から歯向かうなんて初めてだ。泉里はいつだって正しく、水琴なんて及びもつかない大人の男だったから。

でも後悔は無い。泉里に止められようと、水琴は萱を捜すつもりなのだから。

橋本は水琴の友人だ。水琴が助けたいと思うのを、泉里に止められる理由は無い。

「……ない」

「えっ…?」

「俺を捨てるなんて、絶対に許さない……!」

違うと反論しかけ、水琴は息を呑んだ。…泉里の肩に巣食っていた黒い靄がぶわりと膨れ上がり、泉里を包んでいく。まるで夜空に湧き出《い》で、月を覆い隠す群雲のように。

「泉里さん、駄目っ……」

叫ぶ水琴の唇は、荒々しくぶつけられた泉里のそれにふさがれてしまった。

暗闇の中、ふっと意識が浮上する。

「…っ…、ごほっ……」

息を吸おうとした拍子に噎《む》せてしまい、水琴は咳き込んだ。喉がひどく渇いている。サイドテーブルに置かれたペットボトルを取ろうと腕を伸ばしたとたん、どろりと身体の奥から生温かいものがこぼれ出た。

「あ、……っ…」

恐る恐る尻のあわいに触れた指先は、白い粘液に濡れていた。

数時間前にようやく終わった後、バスルームに運ばれた記憶はかろうじて残っているから、眠っている間にまた抱かれてしまったようだ。清められたはずの肌もあちこちべたつき、吸い痕《あと》や噛み痕が増えている。

寝室に泉里の姿は無い。ほっと息を吐き、もたつきながらペットボトルの水で喉を潤すと、水琴はやわらかなベッドに倒れ込んだ。身体の汚れは気になるが、寝室に備えられたバスルームまで移動する余裕など残っていなかった。再び眠りに誘おうとする睡魔の誘惑を振り払い、意識を保つので精いっぱいだ。

……あれから、何日経ったんだろう。

『俺を捨てるなんて、絶対に許さない……！』

初めて泉里に逆らい、泉里を黒い靄が包み込んだあの日。水琴はギャラリーで荒々しく犯され、ふと目覚めたらマンションの寝室に寝かされていた。衣服は全て脱がされ、白い肌のいたるところに紅い痕が刻まれていた。

『当分の間、ここから出さない』

絶句する水琴に、泉里は冷酷に宣言した。

『…当分の、間…？』

『俺が出していいと思えるまで…、だ』

そんな横暴、従えるはずがない。橋本が有罪にされてしまうまで、余裕は無いと言ったのは泉里ではないか。

『決して不自由はさせないから安心しなさい。君が望むものは何でも用意してあげよう』

『…なら、ここから出して下さい。僕の望みはそれだけです』

『それだけは許すわけにはいかないな。外は君を狂わせる。…純粋な君の心を汚してしまう』

酷薄な笑みをたゆたわせる泉里の瞳に、あの黒い靄が宿っていた。あれを受け容《い》れてしまったのか。身震いする水琴をきつく抱きすくめ、泉里は愛《いと》おしそうに囁《ささや》いた。

『君は俺のもの…、俺だけの天使だ』

『泉里さ…っ、苦し、いっ…』

『きっと、わかるようになる。君の居場所は俺の掌の中だりだと。…その美しい瞳に俺だけを映し、俺だけを受け容れてくれれば…』

泉里が独占欲を露《あら》わにするのは初めてではない。今まで何度も情熱的に口説かれ、そのたびに水琴の心は弾んだ。同性として憧れずにいられない泉里が自分にだけ執着してくれるのは、気恥ずかしくも嬉しかったからだ。

…でも今は、恐怖しか感じなかった。

泉里は水琴から全ての自由を奪い、代わりに自分で満たそうとしている。水琴の意志を踏みにじって。それを可能にするだけの力が、泉里にはある。

『外に出る以外なら、どんな願いでも叶えてあげよう。絶対に不自由はさせない』

泉里の言葉に嘘は無かった。身に着けるものは最上のものが用意されたし、欲しいと言った本はその日のうちに届けられた。食事は一流店から毎度運ばれる。窓を開けることは出来ないが、ふんだんに日の差し込む室内は空調が行き届き、常に快適な温度が保たれていた。

けれどそこは、水琴にとって牢獄《ろうごく》以外の何物でもなかった。

スマートフォンやパソコンなど、外部との通信手段はことごとく奪われた。絵を描く道具は望むだけ与えられたけれど、描くのは泉里が傍にいる時以外許されず、一人では鉛筆にすら触れさせてもらえない。

そして、橋本のことを尋ねるたび――。

遠くから足音が聞こえ、水琴はとっさにブランケットに包《くる》まった。まぶたを閉じ、寝たふりを決め込む。

「……水琴」

眠る水琴を起こさないよう静かにドアを開け、そっと入ってくるのは泉里以外に居ない。かちり、と小さなロック音がした。水琴が抱き潰されて昏睡《こんすい》している間に、泉里が電子ロックを設置してしまったのだ。外側からも内側からも、開けられるのは指紋を登録した泉里だけである。

ぎし、とマットレスがかすかに沈んだ。泉里がベッドの端に腰かけたらしい。

「…眠っているのか」

呟きに安堵の響きを感じ取り、水琴は複雑な気持ちになる。起きている水琴と対峙《たいじ》するのがつらいのなら、どうしてこんな真似《まね》をするのか。

「可愛《かわい》い水琴……」

するりとブランケットを剝《は》がされる。かき分けられた尻たぶのあわいに熱い吐息を感じ、身じろぎそうになるのを耐えた。精液をこぼし続ける蕾《つぼみ》が泉里の目にさらされていると思うだけで、羞恥《しゅうち》で死んでしまいそうだ。

「あ……」

「…っう、……」

にゅうっと入り込んできた指に昨夜もさんざん擦られた媚肉《びにく》をなぞられ、びくんと爪先が跳ねる。起きているのがバレてしまったかと不安になったが、指はそのままさらに奥へ侵入し、敏感な内部を抉《えぐ》っていく。

「……、……ぁ、……」

ぐうっと一点を指先に押され、水琴は唇を噛んだ。さもなくば、そこじゃない、もっと奥とはしたなくねだってしまいそうで。

ぬちゅ、ぐちゅ、ずちゅうっ。

いつの間にか二本に増やされた指が腹の中をうごめくたび、注がれていた精液がどろどろと溢れていく。いっこうに絶えないその感覚に、水琴はひそかに喘《あえ》いだ。自分が眠っている間に泉里はどれだけこの身をもてあそんだのか。

肝心なところは避けてばかりだった指が、疼く媚肉を抉る。

「ひ、……ぁっ！」

完全な不意討ちに、噛み殺しきれなかった嬌声《きょうせい》が漏《も》れた。くく、と耳元で泉里が喉を鳴らす。

「…起きているんだろう？」

背後から抱かれ、背中に胸板を密着させられた。どくどくと脈打つ鼓動が、水琴の背中を打つ。

「い…つ、から…、…気が、付いて……」

前に回された手に肉茎を握り込まれてしまっては、もう偽ることは出来ない。悶《もだ》える水琴の髪に口付け、泉里は己の精液で濡れた肉を探る。

「部屋に入った時からに決まっているだろう？　君は狸寝入《たぬき》りが下手だからな」

「…ぁ、…っ、…ああ…、……あー……っ…！」

濡れた指が引き抜かれた直後、指よりもはるかに太く長いモノが一気に奥まで貫いた。持ち上げられた片脚を折り曲げられ、ぐうっと引き寄せられる。ひしゃげた腹に銜《くわ》え込まされた雄の熱と形を、まざまざと感じさせられる。

「やっ…、だ…、…やめ、て…、もう、もうこれ以上は…」

「持たないか？」

囁きに、水琴は荒い息を吐きながらこくこくと頷いた。

眠っている間も抱かれたせいで、体力は消耗しきっている。また交わったら、起き上がることすらままならなくなってしまう。

「そうか」

「い…っ、あ、ああああ……っ！」

ずるずると引き抜かれていく感覚に安堵した瞬間、根元まで一息に突き入れられた。強すぎる快感が突き抜け、頭が真っ白に染まる。

「…もうすっかり、ここでいくことを覚えたな」

小刻みに腰を揺らしながら、泉里は肉茎を扱《しご》いた。確かに絶頂を極めたはずなのに、そこは萎《な》えたままだ。

精液なんてとっくに絞り尽くされてしまっている。絞られる時だって肉茎には一切触れられず、執拗《しつよう》に腹の中を突かれて射精させられた。吐き出したものは全て泉里が掌に受け止め、美味《うま》そうに舐《な》め取った。

「…や、ぁ…っ、泉里さん、何で……」

「裸のままじどけなくベッドに横たわって、俺の精液を垂れ流して…あんな姿を見せられたら、男なら誰でもその気になる」

悪いのはお前だとばかりに情けどころを突きまくられ、水琴は涙を流した。…いったいどうしろと言うのか。裸なのは毎夜抱き潰されては寝落ちし、衣服を着る余裕など無いせいだし、精液を垂れ流してしまうのは泉里が眠る水琴を犯すせいだ。

「ひん…っ、いっ、あ、あああっ、だ…め、いっちゃう…、よた、いっちゃうっ……」

「…いけばいい。俺のものを銜えたまま、何度でも…」

嫌、嫌と水琴は激しくかぶりを振った。

ここに閉じ込められてからというもの、朝な夕なに犯されるせいか、身体が以前よりはるかに感じやすくなってしまっている。絵を描いたり、贈られる本を読む余裕があったのは最初のうちだけ。起きている間はほとんど泉里に抱かれ、甘い悲鳴を上げさせられる。ことが終われば気絶するように眠りに落ちる。そのくり返し。

刻み込まれる快楽に、身体が馴らされていく。現実が一つ一つ、ぽろぽろと抜け落ちていってしまう。

このままでは。

「…泉里さんしか…、考えられなく、なっちゃう…っ…」

途切れ途切れに訴えた瞬間、ごくりと息を呑む音が聞こえた。わななく媚肉をこねくり回していた雄が引き抜かれ、あお向けに身体を押さえ付けられる。

「ひっ……」

「水琴……っ！」

短い悲鳴は、泉里の狂おしい叫びにかき消された。両脚を担ぎ上げられ、さらけ出された蕾に再び雄が突き入れられる。

さんざん蕩《とろ》かされていた媚肉は戻ってきてくれた雄を歓喜しながら食《は》み締め、二度と離さないとばかりに絡み付いた。水琴の意志を置き去りにして。

「…そうだ…、俺のことだけを思ってくれ……」

「ああぁ…っ、ああ、あんっ、あ…っ」

「俺はとっくに狂ってる。…君も狂ってくれ。そうして俺と同じところに…、…っ、……」

こんな時でさえ端整な顔が苦痛にゆがむ。何かを払うように首を振り、水琴をまっすぐ見下ろす泉里の双眸は闇に染まっていた。

……あの時も、そうだった。

まだ二人が結ばれる前。水琴は泉里と共に生と死の狭間《はざま》の世界に迷い込んだ。泉里はその時から水琴に強い恋心を抱いており、しがらみだらけの現実に戻るくらいなら水琴と死の闇に堕ちた方がましだと、水琴の無垢《むく》な身体を狂おしく貪《むさぼ》った。

一歩でも踏み外したら、死の世界に真っ逆さま。あの狭間の世界から、二人一緒に脱出したはずだ。

なのに何故、泉里はあの時と同じ目をしているのだろう？

「あ…、…あ、……あ……？」

覚えのある匂いを嗅《か》いだ気がした。だがひくりと鼻をうごめかせても、鼻腔《びこう》を満たすのは汗と精液の青い匂いだけだ。

……何の、匂いだったっけ……？

「泉里さん…、泉里さんっ……」

開きっぱなしになった唇からひっきりなしに泉里の名がこぼれる。

限界が近いと悟ったのだろう。泉里は抱え上げていた太股《ふともも》を水琴の腹に押し付け、上から押し潰すように圧《の》しかかる。

「早く来い…、水琴…。俺の、…傍に…っ…」

「……っあ、あああ、あー………っ！」

泉里しかたどり着けない最奥に、どくんと脈打った雄が大量の熱液を注ぎ込む。媚肉を焼かれる感触に悶える水琴を、泉里は背骨が軋《きし》むほど強く抱きすくめた。水琴の薄い腹はその重みに潰され、中に出された精液が泡立ちながらじわじわと染み込んでいく。

こうして何度も泉里とつながり、精を取り込み続ければ、いつか泉里と一つになってしまうのだろうか。きっとそれこそが、泉里の望みなのだろうけれど。

――あの方は貴方を俗世からかけ離れた…それこそ妖精のように扱っておいでですから。

今なら、怜一《れいいち》の真意がわかる。泉里は水琴の意志を無視してでも己の『正しさ』に嵌め込もうとしていると、怜一は言いたかったのだ。…妖精は意志を持たないから。ただまぶしい光を振りまきながら、好きなように舞っているだけで許される存在だから。

でも、水琴は妖精なんかじゃない。人間だ。たとえ全ての自由を奪われ、狭い世界から出られなくても。

「…水琴…、愛している……」

泉里が愛おしそうに頬を擦り寄せる。おとなしく腕の中に収まり、指一本動かせず、自分の精液を従順に受け止める水琴がそんなに嬉しいのだろうか。闇に染まった瞳を、歓喜に輝かせるくらいに…。

「…教え…て、…泉里、さん。……橋本くんは、…どう、なって…」

乾ききった喉を振り絞ったのは、絶対にこの闇に呑まれてはならないと思ったからだ。突然泉里に宿った闇。この闇が泉里を狂気に走らせた。けれど水琴には、どうすれば闇を追い払えるのかわからない。

「――まだ、足りなかったようだな」

甘く蕩けていた双眸に不穏な光が宿る。中に居座ったままの雄がみるまに逞《たくま》しさを取り戻し、濡れた媚肉を内側から押し広げていく。ここを支配するのは自分だと、知らしめるように。

「その心に俺以外の何も思い浮かべるな。……何度言えばわかるんだ?」

「ひ…ぃっ、あ、ああっ……!」

下肢ごと抱えられ、真上から肉の楔《くさび》を打ち込まれる。

衝撃で達する瞬間、水琴はまたあの匂いを嗅いだ。

……ああ……、これは、岩絵の具の匂いだ。

日本画には欠かせない、砕いた鉱石を膠《にかわ》で溶いた絵具。水琴も授業で使ったし、『眺月佳人《ちょうげつかじん》』や『六道絵図《りくどう》』にも用いられている。

その匂いが何故、泉里から漂うのだろう。泉里がギャラリーで扱う日本画は完成からそれなりに時間が経過したもののはずだ。岩絵の具の匂いが染み付くことなんて無いはずだし、今まで匂ったことも無かったのに。

「愛している…、愛しているんだ。君さえ居てくれれば、俺は……」

疑問も葛藤《かっとう》も、耳に吹き込まれ続ける睦言《むつごと》が押し流していく。

流されてしまわないよう、水琴はたくましい背中にしがみ付いた。


再び意識が浮上した時、腰に何か重たいものが巻き付いていた。ブラインドの隙間《すきま》から差し込む朝日を頼りに目を凝らせば、泉里が水琴の腰に縋り付き、健やかとは言いがたい寝息を立てている。

「……泉里さん」

目元に深く刻まれたくまが悲しかった。泉里は毎夜水琴を抱き、水琴が眠っている間にギャラリーへ赴き、帰れば水琴の分まで家事をこなし、目覚めた水琴を抱く。そんな日々をもうどれくらいくり返しているのか。いくら泉里が体力に恵まれていても、疲労は確実に蓄積し、身体をむしばんでいるはずだ。少なくとも泉里が水琴に無防備な寝姿をさらすなんて、閉じ込められて以来初めてである。

少しぱさついた黒髪をそっと撫でれば、泉里は頭を掌に押し付けてきた。起こしてしまったのかと焦ったが、長いまつげに縁取られたまぶたは閉ざされたままだ。

……この人が好きだ。

身体を揺さぶられながらさんざん泣かされ、涸《か》れたと思っていた涙がぽろりとこぼれた。

いつもの泉里らしくない言葉を投げ付けられるたびに胸がかきむしられるのも、乱暴に抱かれるたび泣き叫びたくなるのも、まだ泉里が好きだからだ。

どんなに酷《ひど》い仕打ちをされても嫌いにはなれない。早く狂えと泉里は責めるけれど、水琴もじゅうぶん狂っている。

「……う、……っ……」

ふいに泉里が苦悶《くもん》し、己の左胸を押さえる。まさか本当に身体を悪くしてしまったのか。水琴は慌てたが、すぐに泉里は表情を和らげ、寝息も安らかになった。こっそり脈を確かめてみても、異常は無いようだ。

「良かった……」

この有様では、たとえ泉里が急病に倒れても救急車を呼ぶことすら叶わない。水琴はほっと胸を撫で下ろしたが、安堵は長く続かなかった。

このまま水琴が囚われ続けたら、泉里はいつか必ず倒れてしまうだろう。その前に水琴の体力が尽きるかもしれないが、そうなったら愛情深すぎる恋人はきっと後を追う。いずれにせよ待っているのは共倒れである。

そんなのは絶対に嫌だ。どうにかしてここから逃れなければならない。そして泉里も自分も生き延びるすべを探し、橋本の無実も晴らすのだ。

……でも、どうやって？

必死に頭を回転させていると、きい、と小さな音が聞こえた。見れば、寝室のドアが細く開いている。昨日はちゃんと閉まっていたはずだから、泉里がきちんと閉め損なってしまったのだろう。普段ドアの開閉には神経を使っているのに、こんなミスにも気付かないほど疲労しきっているのだ。

泉里はまだ目覚めない。絡み付いていた腕は解《ほど》けている。

水琴は騒ぐ心臓を深呼吸で鎮め、そうっとベッドから抜け出した。昨夜も容赦無く責められたせいで全身が軋むが、何とか歩ける。

落ちていたシャツとズボンを適当に身に着け、足音を忍ばせて寝室を出る。よろけながら向かったのは泉里の書斎だ。

ウォールナットのデスクの引き出しを探せば、予想通り水琴のスマートフォンが仕舞われていた。泉里は水琴のものを取り上げても、勝手に処分はしないと思っていたのだ。

ちゃんと使えるよう充電もされていたようで、問題無く電源が入った。起動したディスプレイに表示された日付は、泉里に閉じ込められた二週間後だ。いくつも通知が表示されるが、確認している余裕は無い。泉里が起きる前にここを脱出し、どこかに身を寄せなければ。泉里の手の届かないどこかへ。

——何か本当につらいことがあった時は呼んで下さい。いつ、どこに居ようと駆け付けますから。

真っ先に思い浮かんだのは、真剣な表情でひざまずく怜一だった。泉里から水琴を隠し通せるのは、あの男しか居ない。

水琴は裸足で靴を履き、玄関を出た。財布くらい持ち出したかったが、捜している間に泉里が起きてしまっては全てが水の泡だ。

『水琴さん、ご無事ですか⁉』

よたよたとマンションの外に出てすぐ怜一に電話をかけると、ワンコールもかからずつながった。怜一らしくもない憔悴しきった声が不安な心をなだめてくれる。この人は自分をずっと心配してくれていたのだ。

「…槇《まき》さん…、……お願いします。助けて下さい」

『もちろんです。私の手は貴方《あなた》のために存在するのですから』

怜一は水琴が自宅マンションを出たところだと聞き出すと、十分で行くと告げて通話を切った。ダークブルーの車がエントランスの前に停まったのは五分後だ。

「水琴さん……！」

「ま、槇さん？」

運転席から飛び出してきた怜一の姿に、水琴は目を瞠《みは》った。

いつも余裕の笑みを絶やさない秀麗な顔がやつれていたのにも驚いたが、予想より早すぎる到着はどういうことだろう。一度連れて行かれたことのある怜一の自宅は、ここからだと車でも一時間はかかるはずだが。

驚いているのは怜一も同じだった。水琴の手を取り、涼やかな目を痛ましそうに細める。

「ああ、こんなに痩せて…。でも、無事で良かった……」

「槇さん、僕は」

「わかっています。すぐにここを離れましょう」

怜一は水琴を助手席までエスコートし、車を発進させた。水琴は思わず車窓に張り付いたが、エントランスから誰かが出て来る様子は無い。

……ここを、こんなふうに出て行くことになるなんて。

引っ越してきた時は浮かれていたと思う。何もかも泉里に用意してもらって、泉里に手を引かれて。これから素晴らしい未来が待っているのだと疑いもしなかった。あの時の自分が今の自分を見たら、どんな顔をするのだろう。

引き結んだ唇を震わせる水琴に、怜一は何も尋ねようとはしなかった。カーオーディオから流れる小さなクラシックピアノの音色が、ささくれた神経にじんわり染み渡る。

十分ほど車を走らせ、到着したのは自宅から駅を挟んで反対側のマンションだった。一流ホテルと見まごうばかりの瀟洒《しょうしゃ》な建物の最上階に水琴を導くと、怜一はまずバスルームに連れて行ってくれる。

その理由は、脱衣所の鏡に映る自分を見た瞬間に悟った。水琴が羽織ったシャツは泉里のものだったらしくだぼだぼで、丸見えの項《うなじ》や胸元から紅い噛み痕がいくつも覗いている。水琴の身に何が起きたのか、一目瞭然《りょうぜん》だ。

水琴は羞恥で真っ赤になりながらシャワーを借り、戸棚に用意されていた服に着替えた。シンプルだが肌ざわりのいいシャツとパンツは、誂《あつら》えたようにぴったりだ。

「お風呂と着替え、ありがとうございました。あの…」

入浴が済んだらリビングに来るよう言われていたので従うと、怜一はソファで誰かと電話をしているところだった。水琴に気付いたとたん通話を切り、スマートフォンを胸ポケットに滑り込ませる。

「…ごめんなさい。お仕事の邪魔をしてしまって…」

必死だったからすっかり忘れていたが、今はまだ早朝なのだ。普通の人間は仕事に向かう時間帯である。

「とんでもない。わからずやのクソ野郎にお説教をしていただけですので、どうか気になさらず」

怜一らしくもない言葉遣いにぴんときた。…泉里が水琴の脱出に気付いたのだ。

「……大丈夫。安心して」

いつになく優しい怜一の声が耳元で聞こえる。

背中をなだめるように撫でられ、水琴は自分が震えていることに気が付いた。立ち上がった怜一にやんわりと抱き締められていることにも。

「ここに居る限り、貴方は安全です。何があろうと奥槻さんに手出しなどさせない」

「槇さん…、僕は、泉里さんに…」

「あらかたのことは本人から伺いました。この一週間、貴方は奥槻《おくつき》さんに監禁され、意に染まぬ行為を強要されていた。外部との連絡手段の一切を絶たれて。…合っていますか？」

こくりと頷きつつも、水琴は少し驚いた。泉里は怜一に事実をありのまま告げたのか。水琴を閉じ込めるのは水琴のためだと、自分の正しさを信じて疑っていなかったのに。

「…泉里さんは、何て？」

「貴方が突然消えてしまい、うろたえきっている様子でした。すぐさま私に思い当たったのはさすがですが、貴方を返せと言われても、今のあの方に返すわけにはいきません。きっぱりとお断りしました」

「……ありがとう、ございます」

唇を震わせる水琴の背中をぽんと叩《たた》き、怜一はソファに座るよう促した。素直に従えば、マグカップに入ったスープを差し出される。優しい味付けのそれは、弱った胃をじんわりと温めてくれた。

「……いつか、こんなことになるだろうと思っていました」

向かい側のソファに腰かけ、怜一は溜息《ためいき》を吐いた。

「奥槻さんの愛情は激しく、重すぎるのです。一人の人間としてだけではなく、画家としての貴方さえも押し潰してしまいかねないほどに。あの人の愛はいつか貴方を殺してしまう。私はずっと危ぶんできました」

「……」

「はっきり申し上げます。…水琴さん。貴方は私の元からデビューすべきだ」

まっすぐな眼差《まなざ》しは真摯《しんし》で、だからこそ水琴は目を離せなかった。…この人は泉里とは違う。水琴が傷付くからと、妥協も容赦もしないだろう。それが怜一の誠実さなのだ。

「もう、おわかりになったでしょう。奥槻さんは優秀な方ですが、貴方が絡むと我を忘れてしまう」

「…それは…」

「画商と画家の恋を否定するわけではありません。よくあることですから。ただ、画商として接する時、自分が画商であること…見定める側であることを忘れてはならないのに、奥槻さんにはそれが出来なかった」

怜一の一言一言がぐさぐさと心に突き刺さる。…痛い。けれど、甘んじて受け止めなければならない痛みだった。だってこの痛みは、今まで水琴が見ようとしなかったツケが回ってきただけなのだから。

TOKUMA SHOTEN
COMIC＆YOUNG BOOK
INFORMATION for GIRLS／2022.6:No.303
徳間書店 2022年6月刊行案内 〒141-8202 東京都品川区上大崎3-1-1 ☎049(293)5521

Chara ［キャラ］2022 8月号

偶数月22日発売／定価760円（税込）
絶賛発売中!!
祝♥創刊27周年!!
ダブル応募者全員サービス!!
1 オリジナル図書カード 全10種 2号連続
2 6月刊コミックス＆文庫連動 特製豪華小冊子

表紙イラスト
原作 吉原理恵子 作画 円陣闇丸
［二重螺旋］
男子高校生を狙った、連続暴行事件が発生!?
働く方言男子♥待望の新シリーズ!!
巻頭カラー＆新連載!! 見多ほむろ［好みじゃなかと 3rd］
同僚の結婚式で、背負うものの大きさを意識し始めた幸典は…!?
カラー 九號［羊の皮を着たケモノ］
待望の続編!! 凪良ゆう＆北野 仁［美しい彼］
カラー＆初登場!! 池 泉／四宮 和
豪華連載陣 新連載 柳ゆと／いちかわ壱／高城リョウ
浅井 西／吉原理恵子＆禾田みちる etc.

Charaコミックス 6／24(金)発売！

●基本定価：660円（税込）／B6判 ●本屋さんで注文すると確実に手に入るよ。
実施中!! 特製豪華小冊子応募者全員サービス!!

映画化決定!!
凪良ゆう＆北野 仁
［美しい彼①］

幼い頃から吃音症で、クラス最底辺の平良《ひら》。そんな彼が出会ったのは、美しく不遜な王《キング》・清居《きよい》だ。清居に全身全霊を捧げたい——。側にいたい一心で、パシリとして使われる日々が始まって!?
●好評既刊「最低な男の腕の中」

Charaコミックス 7／25(月)発売！

●基本定価：660円（税込）／B6判

安堂ろめだ

Charaコミックス初登場!!
クールなワケアリ義兄×頑張り屋の子犬系男子♥
［あまえんぼとラブソング］

＆高緒 拾
二つ年上の義兄と育む、ひとつ屋根の下の青春ラブ♥

…ーフェア2022

…ブルプレゼント!!

…全国一斉スタート!! ※6月以降の新刊は除く

フェア帯限定!

描き下ろしスタンドキャンバス

フェア帯がついた対象商品を買うと、
描きおろしミニ色紙がもれなくもらえるよ♪

サイン入り♥

全20種

コミックス

[リセット]…冬真&蒼
[美しい彼]…平良&清居
[恋をするなら二度目が上等]…岩永&宮田
[黒い聖者は甘く囁く]…鋼&暁
[寄宿舎の黒猫は夜をしらない]…ユキ&ジーン
[玉の輿ご用意しました]…青依&印南
[僕はすべてを知っている]…金沢&加賀
[ページをめくるその前に]…梶間&ヒロ
[ギンモクセイの仕立て屋]…生吹&灯生
[好みじゃなかと]…幸典&槇

ノベルズ

[DEADLOCK《デッドロック》]…ディック&ユウト
[暴君竜を飼いならせ]…竜嵜ファミリー
[氷雪の王子と神の心臓]…イスハン&ロシェレディア
[毎日晴天!]…明信&龍
[王を統べる運命の子]…王&七使徒
[FLESH&BLOOD《フレッシュ ブラッド》]…ビセンテ&レオ
[悪食]…水琴&泉里
[不浄の回廊]…歩&西条
[二重螺旋]…尚人&雅紀
[鳴けない小鳥と贖いの王]…ルル&クラウス

トリプルプレゼント 応募券を**3枚**集めてもらっちゃおう♪

全32作品

『Charaレーベル♥ ペーパーコレクション』

Charaコミックス、キャラ文庫の番外編を集めたペーパーのセットを2コースご用意♪

Aコース 16枚	犬飼のの/九號 鯛野ニッケ/松岡なつき etc.
Bコース 16枚	尾上与一/木下けい子 高久尚子/吉原理恵子 etc.

…hara公式サイトを見てね➡ http://www.chara-info.net

7/27(水) 発…

新人の俺が、トップデザイナーのアシスタントに大抜擢!?

再会した憧れの人と恋人同士に!! けれど正体はやはり謎のままで…!?

★このイラストはカバーとは異なります

錬金術で錬成したのは、亡くなった師匠——!?

★このイラストはカバーとは異なります

水無月さらら イラスト◆北沢きょう

TVドラマも大ヒットのキャラ文庫の大人気シリーズ!!

…ガジンChar@ …に番外編掲載!!

安眠の秘訣は、イケメンとのエッチ!? お人好しワンコ×不眠アラサーの恋♥

…となり、不眠症
…睡魔と疲労がピ
…通りすがりのイ
…れる。勢いでエッ
…に快眠できて!?
…」他

栗城…

…リーズ 3弾!!

…た③

Chara
コミックス
初登場!!

彼氏が上司の娘と結婚し、失恋して会社を辞めた匠《たくみ》。出戻った実家の銭湯で出会ったのは、下宿人の大学生・早月《さつき》だ。アラサーで無職でゲイの自分とは無縁だと思っていたけれど、好きだと告白されて!?

過去の恋愛がト
に悩むライターの
ークに達したある
ケメン・枕崎《まくらざき》に助
チしたら、なぜか
●好評既刊「ネコのち、

WEBマガジン キャラット
Chara@
VOL.59
表紙イラスト◆
三上志乃
「Renta!」
「コミックシーモア」
「honto」他にて
6/24(金)～
配信開始!!
定価300円+税
コミックス6月刊番外編
藤峰式
「眠れぬ森にキス」
三上志乃
「湯気のむこうに朝をみる」
カラー
初登場! 櫻井ナナコ
新連載スタート!!
北別府ニカ
果桃なばこ
75
最終回 不破慎理
連載再開 坂崎 春

祝
［DEADLOCK］
15周年記念特集!!
絶賛発売中!!
宮緒 葵
［悪食］番外編
CUT◆みずかねりょう

…そうだ。本当はずっと前から疑問に思っていた。泉里が水琴を特別扱いするのは水琴の才能ゆえではなく、自分の恋人だからではないか——恋人でなければ、『エレウシス』に作品を持ち込む他の画家たちと同じ扱いを受けていたのではないか、と。

恋人としてさえも、水琴は泉里が与えてくれる分を返せていない。家事も仕事も、水琴に出来ることは泉里も全て出来てしまうのだから。

画家として成功したいのなら、怜一に付いて行くべきなのかもしれない——けれど。

「……ごめんなさい」

「水琴さん…」

「今すぐ答えを出すことは出来ません。……少しだけ、待って頂けませんか」

助けてくれた恩人に対し、どこまでも卑怯《ひきょう》な返事だった。今すぐ出て行けと激昂《げっこう》されても文句は言えない。でも水琴を離さないよう抱きすくめ、疲れ果てた顔で眠る泉里を思うと、どうしても思い切れなかった。

「……はあ」

怜一が息を吐いた。

呆《あき》れられたのではないようだ。秀麗な顔には安堵の表情が滲んでいる。

「良かった。奥槻さんのところに戻りたいと泣かれたら、どうしようかと思っていました」

「…さすがに、そんなことは言いませんよ」

泉里は水琴が居た時よりも落ち着いたようだが、戻ったら同じことのくり返しだ。胸は痛むけれど、今の水琴と泉里が一緒に居ても、お互い不幸にしかならない。それくらいわかっている。

「それは失礼」

怜一は芝居がかった仕草で肩をすくめ、居住まいを正した。

「急《せ》かすつもりはありません。貴方の一生に関わることですから、納得いくまで熟考なさって下さい。もちろん、その間はこちらに滞在して頂きたい」

「え…、いいんですか？」

桐ヶ島の祖父以外、頼れる身内の居ない水琴にはありがたい申し出だが、泉里は水琴が怜一のもとに居ることを知っている。

ましてや水琴をデビューさせるため、あれこれ根回しをしている最中だ。泉里に抗議されたら、怜一はまずい立場に追い込まれてしまうのではないか。

「もちろんですよ。心配なさらなくても、貴方がこちらに滞在することは奥槻さんも承知なさいましたから」

「泉里さんが？　…本当ですか？」

「ええ。まだ諦めきれない様子でしたが、最後には貴方を頼むと奥槻さんの方からおっしゃいました」

水琴は奇妙な違和感に襲われた。怜一に真実をありのまま告げたことといい、泉里はほんの少しだがいつもの冷静さを取り戻したような気がする。

……僕が離れたから？

違和感と言えば、思い出すのは岩絵の具の匂いだ。泉里から漂うはずのない匂い。水琴も自宅では岩絵の具なんて使ったことは無いのに。

『実は俺、高校卒業したらあの専門学校に進学しようかと思ってて。日本画コースがあるの、このへんじゃあそこだけなんですよね』

頭の底から浮かんできた記憶に、水琴ははっとした。『リアンノン』に滞在した際、雪輪から岩絵の具を溶く膠の匂いを嗅いだと泉里も言っていたではないか。

……でも、泉里さんと雪輪くんは何の関係も無い。

あの二人は『リアンノン』で顔を合わせてはいるが、まともに会話したことはほとんど無いはずだ。頭を巡らせるうちに水琴は思い出す。雪輪が送ってきた、描きかけの泉里のスケッチを。宮地圭月《みやじけいげつ》を彷彿《ほうふつ》とさせる筆致に、微笑んでいるようにも泣いているようにも見える不思議な表情。

まるで、絵の中に囚われてしまったかのような…。

「……水琴さん、つらいのなら少し休みますか？」

「あ…っ、いいえ、すみません…！　大丈夫です。ちょっとぼうっとしていただけですから」

心配そうに問われ、水琴は我に返った。…何を考えているのだろう。泉里が絵の中に囚われてしまったからおかしくなったなんて、あるはずないのに。

「それなら良いのですが…。貴方はご自分で思うよりずっと体力を消耗しています。油断は禁物ですよ」

「はい。ありがとうございます」

水琴が素直に頭を下げると、怜一は微笑み、小さなカードをテーブルに置いた。

「ここのカードキーです。持っていればエントランスと部屋を自由に出入り出来るようになりますから、常に持ち歩くようにして下さい」

「わかりました。…あの、今さらなんですが、ここは槇さんのご自宅なんですか？　以前お邪魔したお邸《やしき》とは違うと思うんですが…」

「ああ、あの家は養父が亡くなった後に処分しました。私一人では持て余す大きさですし、うるさいことを言う親族は居なくなりましたしね」

そこで怜一はこのマンションに引っ越し、ギャラリーにもここから出勤しているそうだ。だからさっきも驚くほどの速さで駆け付けてくれたのかと思ったら、そうではないらしい。

「もっとも、ここしばらくは奥槻さんのマンションのすぐ近くにあるホテルに泊まり込んでいましたが」

「ホテルに？」

「貴方に何度メッセージを送っても、既読にもならない。『エレウシス』を訪ねれば、奥槻さんに無言で追い返される。…貴方に何か起きたと、すぐに直感しましたよ」

だから怜一は少しでも水琴の近くに居座り、水琴から連絡があればただちに動けるよう控えていたのだそうだ。怜一の言うホテルはマンションから歩いて五分くらいのところにあるシティホテルだろう。あそこからなら、確かに五分で駆け付けられる。

「僕のために、そこまで…」

ありがたくはあったが、不思議に思う気持ちの方が強かった。だって水琴は、怜一のために何かしたわけではない。これだけしてもらっても、怜一のもとからデビューするかどうかはわからないのに。

「…貴方はすでに、返し切れないほどの恩を私に施しているのですよ」

「えっ……」

「まるで自覚が無いのは、貴方らしいですね。私を下僕としてこき使えるのは、貴方だけなのに」

「げ、下僕なんて、そんな」

どぎまぎする水琴に、怜一は下僕らしからぬ艶《つや》めいた笑みを流した。泉里の愛情は重たいと言うが、この男もまた違う重さを感じる。

「下僕は何の見返りも求めず、ただ主《あるじ》に尽くすものです。貴方が望むならどんなことでも実現させてみせましょう。何なりとお命じ下さい」

「僕の、望み…」

真っ先に思い付くのは泉里を元の泉里に戻すことだが、それはさすがに無理だろう。他の望みは、一つしか無い。

「…僕の友人…、橋本くんが今どうなっているのか知りたいです。そして出来れば、彼の無実を証明したい」

「橋本真祐先生のご子息ですね」

職業柄、怜一は橋本の事件について情報を集めていたそうだ。タブレットを操作し、新聞のデータベースを見せてくれる。記事の日付は昨日で、見出しには『橋本画伯の子息を起訴』と記されていた。橋本はとうとう容疑者から被告人になってしまったのだ。

……間に合わなかったのか。

くらりとめまいに襲われる。閉じ込められている間、南部《なんぶ》や芹たちが萱の身元を突き止めてくれないかと淡い期待を抱いていたのだが、叶わなかったようだ。

「諦めるのはまだ早いですよ。殺人事件なら必ず裁判員裁判になります。その場合、公判前整理手続きに付されることがほとんどですから」

公判前整理手続きとは、怜一によれば一回目の裁判が始まる前、事件の争点や証拠などをあらかじめ確認しておく準備手続きだそうだ。弁護側、検察側、裁判官側を交えて行われる。法律の素人の裁判員に、裁判の流れや目的をわかりやすくするためだ。第一回目の公判が開かれるのはその後である。

「…第一回目の公判の時、無実の証拠が提出されれば、橋本くんは助かるんですね」

「その可能性は高いと思います」

つまり公判前整理手続きが行われ、第一回目の公判が開かれるまでが、水琴に与えられた猶予ということだ。ずっと拘束されている橋本を思えば、一日でも早く解放してあげたい。

唇を引き結ぶ水琴に、怜一は気遣わしげに言った。

「橋本先生のご子息は犯行を否定されています。つまり裁判は犯行がご子息によって行われたかどうか、それ自体を争うことになる。こうした裁判は、罪を認めた上で情状酌量を乞う裁判より長引く傾向にあります。殺人罪なら判決までに二、三年かかってもおかしくない」

「そんな…！　それじゃあ橋本くんは…」

無実が証明されなければ、三年も裁判によって拘束された挙句、殺人犯として懲役《ちょうえき》刑を科されることになるのだ。怜一によれば、殺人罪での懲役刑は一般的に十五年前後だという。

二十年近い時間を、犯してもいない罪のために奪われてしまう。前途に希望を抱く若者にとって、死よりも惨《むご》い罰だ。

「ご子息を救うには、誰もが認めざるを得ない無実の証拠を提出しなければなりません。…水琴さん、貴方にその心当たりはおありですか？」

「……、はい」

水琴はぐっと拳を握り締め、拘置所で橋本から聞いた話を説明した。その後泉里と共に問題の交差点に赴いた際、死者となった少年…萱に出逢ったことや、橋本の姉の芹が『エレウシス』を訪れ、萱の顔に覚えがあると言ったことも。

聞き終えた怜一は、形の良い眉をひそめた。

「……その萱という少年も気になりますが……私には、ご子息の恋人の女性の方が引っかかりますね」

「兵頭紫苑さんのことですか？」

「ええ。一概には言えませんが、恋人がたとえ凶器を持って遺体の傍に立ち尽くしていたからといって、問答無用で通報するものでしょうか。兵頭さんという女性は長年ご子息と付き合っていたのなら、その人柄もよくご存知のはずでしょう？」

「…確かに、そうですね」

橋本はあんな状況だったから通報されても仕方無いと言っていたが、仮に水琴が同じ状況の泉里と遭遇したら、まず事情を確認すると思う。通報するのはその後だ。

「それと、彼女が登場したタイミングも気になります。いくら合鍵を持っていて、ひんぱんに出入りしているといっても、あまりにタイミングが良すぎはしませんか？　まるでご子息を犯人に仕立て上げる、絶好のチャンスを狙《ねら》っていたかのようです」

「槇さん…貴方はもしかして…」

……兵頭さんが橋本くんを陥れたと言いたいんですか？　彼女は橋本くんの恋人なのに。

喉元まで出かけた質問を、水琴は呑み込んだ。…確かに紫苑なら橋本を陥れられる、と理解してしまったのだ。

たとえば橋本が真祐に送ったとされるメール。あれはアカウントとパスワードがわかっていれば誰でもログインし、送受信することが可能だ。警察は確かに橋本の自宅のパソコンから送信されたものだと説明したそうだが、合鍵を持つ紫苑なら自宅のパソコンからメールを送るのは可能である。

そして犯行。紫苑ならば事前に橋本の部屋にひそみ、やって来た真祐を殺すことが出来る。

夜九時頃に橋本を見たという証言は、証言者自身を買収するか、橋本に背格好の似た誰かを目立つよう出入りさせ、目撃させておけばいい。遺体の傍に落ちていたという血まみれのコートは、返り血を防ぐために紫苑が橋本のクロゼットから持ち出し、犯行後に脱ぎ捨てておいたのだろう。

「そう。考えれば考えるほど兵頭さんの行動は不自然で、怪しいのです」

水琴が同じ結論に達したと確信したのか、黙っていた怜一が再び口を開いた。

「私たちが気付いたくらいですから、当然、警察も兵頭さんを調査したでしょう。その上でご子息が起訴されたのは…」

「橋本くんにはお父さんを殺す動機があって、兵頭さんにはお父さんを殺す動機も、橋本くんを陥れる動機も無いから……ですね」

「その通りです」

だが逆に言えば、紫苑に動機さえあれば、橋本の主張の全てにつじつまが合うのだ。

どこかに動機がひそんでいるのではないだろうか。真祐を殺し、橋本を罠に嵌める動機が。

「……うっ……」

「水琴さん！」

さらに頭を働かせようとした瞬間、視界が二重にぶれた。ぐらりとよろけ、前に倒れそうになった水琴を、素早く移動した怜一が受け止めてくれる。

「…す…、すみません。何だか一瞬、めまいがして…」

「だから申し上げたじゃありませんか。貴方はご自分が思うよりずっとお疲れなのだと」

怜一は水琴を抱き上げ、リビングの隣の部屋に運んだ。日当たりの良い広々とした部屋には一通りの家具が揃えられ、すぐにでも生活出来るよう整えられている。

「今は何も考えず眠って下さい。他人の心配をするのは、自分の体調を万全に戻してからです」

水琴をベッドに寝かせ、いつになく厳しい表情でそう告げると、怜一は去っていった。真新しいふかふかのベッドはほんのりと太陽の匂いがして、水琴をあっという間に眠りへと誘う。

無意識に隣に眠る人を探ろうとした手を引っ込め、水琴はまぶたを閉じた。

「……泉里、さん……」

かすれた囁きは誰にも届かず、薄闇に溶けて消えた。


翌日、目を覚ましたのは午後の二時過ぎだった。

ベッドに入ったのは昨日の午前中だったから、丸一日以上眠り続けていたことになる。怜一《れいいち》の言う通り、疲労が溜《た》まりきっていたようだ。

怜一はすでに出勤していて不在だったが、目覚めたら連絡するようにと枕元に書き置きとスマートフォンが置かれていた。『今起きました』とメッセージを送るとすぐに返信があり、三十分ほどで戻るという。

その間に水琴《みこと》はシャワーを浴び、スマートフォンをチェックすることにした。二週間も空いただけあって、通知が溜まっている。南部《なんぶ》からは未《いま》だ萱《かや》が見付からないとのメッセージが、芹《せり》からは予想以上に写真が多いのでもう少し時間がかかりそうだとのメッセージがそれぞれ入っていた。あとは専門学校からの通達や、メールマガジンが何件か。

……泉里《せんり》さんからはメールも着信も無し、か。

安堵《あんど》すべきなのに、心にぽっかりと穴が空いたような気分だった。泉里はもう、自分に反抗した水琴などどうでも良くなってしまったのだろうか。

胸の疼《うず》きを感じながらスマートフォンを操作していると、見知らぬアカウントからメッセージが届いていることに気付いた。

広告か何かだろうか。何気無くタップし、水琴は目を見開く。

『突然メッセージをお送りしてしまい、申し訳ありません。私は兵頭紫苑《ひょうどうしおん》と申します。真司《しんじ》くんのことでお話があるのですが、一度お会い出来ませんでしょうか』

何と、紫苑からのメッセージだ。日付は三日前である。

メッセージには続きがあり、南部から水琴のアカウントを教えてもらったとのことだった。南部は橋本《はしもと》の友人だから、紫苑とも面識があるのだろう。

けれど何故《なぜ》、南部たちとは別行動の水琴に会いたがるのかがわからない。橋本の情報を得たいのなら、南部の方が適役だ。

「…それで僕、兵頭さんに会ってみようと思うんですが…」

悩んだ末、水琴は怜一に相談することにした。水琴のために料亭の仕出し弁当を持ち帰ってくれた怜一は、紫苑のメッセージを一読して頷《うなず》く。

「何の用件かは想像もつきませんが、いいチャンスですね。実際に会ってみれば彼女の人となりも摑《つか》めるでしょうし、人目の多い場所を指定すれば危険も少ないでしょう」

「……」

「念のため、彼女との会話は録音しておいた方が良いですね。小型のボイスレコーダーを用意しますから、そちらを……水琴さん？　どうしました？」

いぶかしそうな視線を向けられ、水琴は慌てて首を振った。

「す、すみません。そんなにあっさり行かせてもらえるとは思わなかったので…」

「だって貴方《あなた》は、兵頭さんに会ってみたいのでしょう？　……ああ」

怜一は納得したように掌《てのひら》を打った。

「奥槻《おくつき》さんなら真っ先に反対して、最終的には自分が付いて行くことを条件に渋々会うことを許すのでしょうね」

「…はい。そうだと思います」

「私は自分の足で歩ける方を背負って歩くような真似《まね》はしませんので、ご安心下さい。失敗からしか得られない経験もあります。もちろん求められればアドバイスしますし、危険に飛び込むようなら求められなくても全力で止めますが」

優しく微笑《ほほえ》まれ、水琴は改めて思い知った。…泉里は水琴に自分の『正しさ』を押し付けていたかもしれないが、水琴もまたそんな泉里に甘えていた。そういういびつな状態を、当たり前だと思い込んでいたのだと。

ずし、と肩が重たくなる。泉里に閉じ込められる前、ずっと感じていたのとは違う重さだ。あの頃は憂鬱《ゆううつ》で仕方無かったけれど、今はこの重さがどこか心地よい。

「お望みなら、兵頭さんとの面談に同行しますが？」

「――いえ。僕一人で行きます。橋本くんを助けるって約束したのは、僕ですから」

きっぱり断言すると、怜一の笑みが満足そうなものになった。促されるがまま紫苑にメッセージを送る。

『ご連絡ありがとうございます。橋本くんのことなら、僕もぜひお会いしてお話ししたいと思います。さっそくですが明日、K駅前のホテルのティーラウンジでお会いできませんか？　時間帯はお任せします』

すると一分もかからずに既読になり、返信があった。水琴からの連絡を、紫苑は待ちわびていたようだ。

『こちらこそありがとうございます。では明日の午前十一時頃、ティーラウンジでお待ちしております』

話はまとまった。橋本を陥れたかもしれない存在と一人で会うのは緊張するが、胸は熱く弾んでいる。

「私も兵頭さんについて調べてみましょう。表沙汰《ざた》にならないような情報でも、養父の伝手《つて》を使えば集められますから」

「ありがとうございます。よろしくお願いします」

怜一の養父は戦争末期の動乱期に身を立て、最近亡くなるまで美術業界の闇を牛耳っていたと言われる人物だ。警察すら調べられなかった情報でもたどり着けるかもしれない。

その日はまだ本調子ではないからと、食事が済んで早々にベッドに送り込まれ、夜も早くに休まされた。おかげで体力はすっかり回復し、翌日の朝早く、自然とまぶたが開いた。

怜一に許可を得て、二人分の朝食を作る。あまり食材が無かったのでスクランブルエッグにベーコン、サラダとスープ、そしてトーストというありふれたメニューになってしまったが、怜一は喜んでくれた。

「とても美味《おい》しいです。水琴さんは料理人にもなれますね」

「嬉《うれ》しいですけど、おおげさですよ。ありあわせで作っただけなのに」

「とんでもない。こんなに手の込んだ温かい朝食を頂いたのは久しぶりですよ」

やわらかな声にはかすかに懐古が滲《にじ》んでいる。怜一なら一流シェフの作った朝食を何度も食べたことがあるはずだが、『温かい』とはそういうことではないのだろう。

……泉里さんも、いつもそう言って喜んでくれたな。

君の作ってくれるものは温かいと、食事を作るたびに誉《ほ》めてくれた。考えてみれば怜一と泉里の境遇は似ている。どちらも肉親との縁が薄く、理不尽な試練を強いられながら、逞《たくま》しく生き抜いて成功を手にした。

水琴が消えたマンションで、泉里はどう過ごしているのだろうか。ちゃんと食事は取っているのか。画廊には出ているのだろうか…。

和やかに朝食を終えると、怜一は洒落《しゃれ》たデザインの革財布を手渡してきた。水琴が上の空だったことも、その理由も察しているだろうが、おくびにも出さない。

「当座の資金を入れておきましたので使って下さい。足りないようでしたら、おっしゃって下されればいつでも追加しますから」

ありがたく受け取って中身を確認し、水琴はしばし言葉を失った。財布の中の一万円札は、ぱっと見ただけでも二十枚以上あるだろう。しかもカード入れには何枚ものＩＣカードやクレジットカードが収まっている。

どう考えても『当座の資金』には多すぎる金額だが、にこにこ笑っている怜一は絶対に受け取ってくれないだろう。後で必ず返すことにして、これまた怜一が用意してくれたブランドもののバッグに財布を仕舞う。

「それと、こちらも持って行って下さい」

ことん、と怜一がテーブルに置いたのは黒い万年筆だった。漆塗《うるしぬ》りの高価そうなそれは、何とボイスレコーダーなのだという。尻軸の部分がスイッチになっていて、軽く押すだけで録音が開始されるそうだ。

「筆記用具としても使えます。話している間、ずっとテーブルに置いておいても見破られることはないでしょう」

「――さて」

確かに、と水琴は頷いた。何も知らずに置いておかれて、水琴なら怪しむことすらしないだろう。

細かな打ち合わせを済ませた後、水琴は怜一と共にマンションを出て、K駅前まで車で送ってもらった。紫苑との約束の時間にはあと二時間ほど余裕がある。

水琴は駅ビルの文房具店に寄り、スケッチブックとデッサン用の鉛筆を購入した。愛用のスケッチブックは泉里のマンションに置いて来てしまったが、常に絵を描く道具を持ち歩いていないと落ち着かない。

しばらく時間を潰《つぶ》し、約束の十分前にホテルに到着する。ティーラウンジのウエイトレスに待ち合わせであることを告げると、中庭に面した窓際の席に案内してくれた。そこには紫色のスカーフを巻いた小柄な女性が座り、紅茶を飲んでいる。

「あっ……」

話しかけようとして、水琴は呆然《ぼうぜん》とした。振り向いた女性は真祐《しんすけ》の個展に赴いた際、『六道《りくどう》絵図』の前で倒れそうになり、偶然居合わせた怜一と共に助けたあの女性だったのだ。相手も水琴を覚えていてくれたようで、ぱちぱちと目をしばたたいている。

「…あの…、貴方が胡桃沢水琴《くるみざわみこと》さん？」

驚きの滲む声で問われ、水琴は慌てて頷いた。

「は、はい。僕が胡桃沢水琴です。貴方が……兵頭、紫苑さん？」

「ええ、そう。まさかあの時助けて下さった方が、胡桃沢さんだったなんて……」

紫苑は感慨深そうに水琴を見詰めていたが、やがて我に返り、水琴に向かい側の席を勧めた。水琴が腰を下ろすと、深々と頭を下げる。

「改めまして、あの時はありがとうございました。ろくにお礼も出来なくて…」

「とんでもないです。当然のことをしただけですから、気にしないで下さい」

その後、ご体調はいかがですかと続けようとして、水琴は言葉を呑《の》み込んだ。個展で出逢《であ》った時よりも悪い顔色や、痩《や》せた頬のラインを見れば、紫苑の体調が最悪なのは問うまでもない。

……あれ、は？

折れてしまいそうなほど細い肩に、おぼろな陽炎《かげろう》のようなものが揺らめいている。

死者の姿だろうか。それにしては妙だ。今まで水琴が視《み》てきた死者たちと違い中心のあたりが薄墨色に染まり、禍々《まがまが》しい気配を発散させている。ぐるぐると渦巻く中心から漏《も》れ出るかすかな雑音、あれは何だろう…？

「胡桃沢さんは優しいんですね。真司くんが言っていた通り」

肩の気配にも雑音にも、紫苑は気付いていないようだ。水琴も彼女の肩からそっと視線を逸《そ》らし、通りがかったウエイトレスにアイスティーを注文する。

「橋本くんが、僕のことを？」

「ええ。自分なんて及びもつかない才能があるのに驕《おご》らず、何があっても前を向いて進み続ける自慢の友達だって。今の自分が在るのは貴方のおかげだって、いつも誇らしそうに話しているんですよ。きっと真司くんにとって、胡桃沢さんは一番の友達なんでしょうね」

「そんな…、恥ずかしいです。僕は橋本くんにそんなふうに言ってもらえるような人間じゃありませんし、橋本くんなら僕以外にもたくさんお友達が居るでしょう?」

南部をはじめとする仲間たちは水琴よりずっと付き合いも長いし、橋本の無実を信じ、冤罪《えんざい》を晴らすべく奔走している。社交的な橋本だから、水琴の知らない友人も多いだろう。

紫苑は艶《つや》を失った髪をかき上げ、苦笑した。

「確かに、真司くんの友達は多いけど……きっと胡桃沢さんは特別な存在ですよ」

「そ、…そう…、ですか? だとしたら嬉しいですが」

「ええ、きっと。……恋人の私が妬《や》いてしまうくらいに」

ぼそりと紫苑が呟《つぶや》いた瞬間、薄墨色の陽炎がにわかに黒く染まった。そこでアイスティーが運ばれてきたので、呟きの内容までは聞き取れなかったのだが、問い返す前に紫苑は表情を改める。

「…胡桃沢さんは、真司くんの無実を晴らそうとしているんですよね?」

「はい。僕だけじゃなく、南部くんたちも一緒ですが」

「実は私…、南部くんたちとは距離を置かれているんです。私が何も考えずに通報してしまったせいで、真司くんは逮捕されてしまったから…」

紫苑は長いまつげを震わせた。

肩の陽炎は元の薄墨色に戻ったが、相変わらず禍々しい気配をまき散らしている。紫苑の体調を損ねているのは、そのせいではないだろうか。

「…ずっと後悔しています。どうしてあの日、真司くんに何も聞かずに警察を呼んでしまったんだろうと。真司くんがお父様を殺すなんて、絶対にありえないのに」

「兵頭さんは、橋本くんを信じているんですね？」

「当然です。真司くんは人を殺したりなんか出来ません。ましてやお父様を…」

これは真司くんには内緒にしておいて欲しいんですが、と前置きし、紫苑は打ち明けてくれた。彼女が真祐の個展に赴いたのは、橋本が個展の公式サイトを眺めては行きたそうにしていたからなのだそうだ。

「真司くんはお父様を嫌っています。でも同時に、芸術家としてははるかな高みに居るお父様を尊敬してもいるんです」

「…それは、僕もそう思います」

――親父は下衆だが、芸術家としては間違い無く一流だ。

橋本は心にも無いことは絶対に言わない。同じ創作の世界に身を置くからこそ、あの父子の関係はこじれにこじれてしまったのだろう。

「あの日は気が動転していたせいで、通報してしまったけれど…」

じわりとまなじりに滲んだ涙をハンカチで拭《ふ》き、紫苑は拝むように掌を合わせた。

「お願い、胡桃沢さん。私にも真司くんを解放するための手伝いをさせて下さい。南部くんたちはまともに話もしてくれなくて…、貴方だけが頼りなんです」

「兵頭さん……」

まっすぐ見詰めてくる濡《ぬ》れた瞳に、嘘《うそ》は無いように見えた。この人が本当に橋本を陥れたのだろうか。それが真実だとして、いったい何のために？

「…わかりました。協力して頂けるのなら、僕もありがたいです」

心の中の疑問を押し隠して頷けば、紫苑は顔を輝かせた。

「ありがとう、胡桃沢さん。私に出来ることなら何でもします」

「まずは、お互いの情報を交換しませんか？　橋本くんが逮捕された日、兵頭さんが目撃したことについても聞きたいんですが」

紫苑は快く承諾してくれた。互いに話し出す前に、水琴は手帳と一緒に万年筆型のボイスレコーダーを取り出し、スイッチを入れる。予想通り、紫苑は怪しむ素振りすら無い。

最初に話したのは紫苑だったが、その内容は拘置所で橋本から聞いたものとほとんど変わらなかった。唯一にして最大の収穫は、橋本の隣人…橋本を逮捕当日の夜九時に見たと証言した男の情報である。

「あの人、松林《まつばやし》さんって言うんですが、一度真司くんとトラブルになったことがあるんです」

「トラブル、ですか。いったいどんな?」

「去年の夏くらいだったか…。松林さんの部屋からものすごい悪臭が漂ってきて、真司くんが何度インターホンを鳴らしても応答が無かったから、管理人さんに連絡したんです」

もしや誰にも知られぬうちに孤独死し、遺体が腐っているのでは。動転した管理人が合鍵で室内に踏み込むと、大量の生ゴミに囲まれた松林が一心不乱にオンラインゲームに興じていたという。悪臭の源は腐った生ゴミだった。

松林は三十代の独身サラリーマンだが、勤め先でパワハラに遭い、逃げるように退職してからはろくに外にも出ず引き籠《こ》もっていたらしい。引き籠もっていたことは保証人でもある故郷の両親には秘密にしていた。だがこの一件で管理人から両親に連絡がいってしまい、引き籠もりがバレてしまったのだ。

「…それで松林さん、『父さんと母さんに怒られたのはお前のせいだ!』って激怒しながら真司くんの部屋に乗り込んできたんです」

「ええ…、橋本くん、何も悪いことなんてしてないじゃないですか」

「ですよね。でも、あちらにはあちらの事情があったみたいで」

松林は会社を辞めた後、再就職先を探すのを条件に、両親から生活費の援助を受けていたそうだ。だが真面目に探すのがだんだん面倒になり、援助の金はオンラインゲームの課金に消えていった。その事実が管理人の連絡によって両親に露見し、怒った両親は援助を取りやめてしまったという。

「…それでゲームに課金出来なくなったから、怒鳴り込んできたんですか？　自業自得だと思うんですが」

「普通はそう思いますよね。でもああいう人は中毒になっていて、常識とか現実とかが頭からごっそり抜け落ちてしまっているみたいです」

結局、松林は『あまりにしつこいなら警察を呼ぶ』と言ったら引き下がったそうだが、廊下などで橋本とすれ違うたび暴言を吐いていたという。そんな人間が橋本に不利な証言をした。水琴が警察官なら、とても信用など出来ないと思うのだが。

「そのこと、警察には話したんですか？」

「もちろん。管理人さんにもお願いして、証言してもらいました。でも松林さんが怒鳴り込んできたことや、暴言までは管理人さんも見ていないから、証拠にはならないって」

松林が怒鳴り込んできた時は紫苑も遊びに来ていたそうだが、恋人の紫苑の証言では証拠にはならないのだろう。恋人を庇《かば》いたいあまり、偽りの証言をしたと思われてしまったのだ。

紫苑が空になったティーカップにポットからお代わりを注ぎ、角砂糖を落とした。一つ、二つ、三つ。とても甘くなっただろう紅茶に、甘党の少年を思い出す。

「でも私、松林さんはやっぱり嘘を吐《つ》いていると思います」

「橋本くんに仕返しをするために…、ですね」

「それもあります。でも、もう一つ……」

紫苑はうつむいてしばらく考え込み、やがて首を振った。

「……ごめんなさい。まだ確証が無いのでお話し出来ないんです。確証を得たら、すぐにお伝えしますから」

「わかりました。では次は僕の番ですね」

水琴は拘置所で橋本から聞いた話を手短に述べていった。紫苑が面会に来ないことを悲しんでいたと聞き、紫苑は瞳を潤ませる。

「面会に行かなかったんじゃなくて、行けなかったんです。真司くんは私のせいで逮捕されてしまって…、きっと恨まれていると思ったら、怖くて…」

「橋本くんは兵頭さんを恨んだりなんかしていません。あんな場面を見せてしまったと、むしろ悔やんでいましたよ」

「真司くん…」

こぼれかけた涙を堪《こら》え、紫苑は毅然《きぜん》と顔を上げた。痩せた頬に生気が漲《みなぎ》っている。どんな苦境でも己を失わないこの強さにこそ、橋本は惹《ひ》かれたに違いない。

「…私、絶対に諦《あきら》めません。交差点で出逢った少年を見付け出して証言してもらえたら、真司くんは無実を証明出来るんですよね」

「はい、きっと。…あとは、橋本くんを罠《わな》に嵌《は》めた真犯人の手掛かりが掴めたら…」

軽く鎌をかけてみても、紫苑に変化は無かった。

あったのは肩の陽炎だ。水琴の握り拳くらいの大きさだったのが、紫苑の頭を覆い尽くさんばかりにぶわりと広がる。

――ナイ……、……サ、……イ……。

つられて大きくなった雑音が水琴の耳に届いた。これは…、人の呻《うめ》き声だ。すぐに陽炎が元の大きさに戻ってしまい、呻き声も聞こえなくなってしまったけれど、女性の声だったような気がする。

「その少年は南部くんや胡桃沢さんが捜して下さっているんですよね。では私は、私に出来ることをしてみます」

おそらくさっき話してくれた松林に関することなのだろう。確証を得られない限り、まだ話してはくれまい。

紫苑は丁寧に礼を言って去ってゆき、水琴もしばらくしてティーラウンジを出た。最寄り駅から地下鉄に乗り、窓に映る自分をじっと見詰める。普通の人より色素の薄い瞳は、いつもと変わりが無いように見えるが…。

……何かが、変化している？

紫苑の肩に渦巻いていた、薄墨色の陽炎。かすかに聞こえた女性の呻き声。萱を描こうとして視えた、知らない光景。

ここ数日で、今まで無かったことばかりが起きている。

『君が見ているのは死者の霊そのものではなく、彼らの遺《のこ》した思いではないか』

かつて泉里は、水琴が高祖母から受け継いだ異能をそう評した。だから恨みや憎しみといった負の感情を宿す死者とは遭遇しなかったのではないかと。きっとそうだと、水琴も思っていた。普通は忌避される死者の存在に幼い水琴が惹かれたのは、彼らが生きた人間より無垢《むく》だったからだ。

でも今日、紫苑の肩に巣食っていたアレは、絶対に良いモノではない。

「せん…、……」

震える唇を、水琴はきつく引き結んだ。

さもなくば、愛《いと》しい恋人の面影にみっともなく縋《すが》ってしまいそうで。

その後は怜一のマンションに戻り、一通りの家事をこなしてから買ったばかりのスケッチブックを開いた。紫苑の肩にうごめいていたあの薄墨色の陽炎を、描き出せないかと思ったのだ。けれど鉛筆を握った手はまるで動いてくれず、真っ白な紙面と一時間ほど睨《にら》み合ってからようやくスケッチブックを閉じた。

……あれはいったい、何だったのだろう？

紫苑とゆかりのある死者なのか。だとしたらいったい誰で、どうしてあんな禍々しい気配をまき散らしているのか。

水琴が橋本を罠に嵌めた真犯人について言及したとたん大きくなり、女性の声で苦しそうに呻いていた。つまりあの死者は女性で、橋本のことも知っている？　紫苑と橋本が交際を始めたのはここ一年ほどのことだから、あの死者が亡くなったのも最近なのか？

つらつら考えているうちに怜一が帰宅し、共に夕食を取った。

食事の間、紫苑とのやり取りを簡単に報告しておき、片付けが済んでからボイスレコーダーを再生しようとして問題が起きる。何度スイッチを操作しても、ボイスレコーダーが反応しないのだ。

「壊れてしまったんでしょうか…？」

「昨日部下に購入させてきたばかりですから、そんなことはないと思いますが…」

怜一は部下と電話しながらしばしボイスレコーダーと格闘していたが、五分ほどで諦めた。素人が下手にいじくり回して本当に壊してしまったら、元も子も無い。

「すみません、僕が手荒に扱ってしまったのかも」

「こういう道具はある程度の衝撃には耐えられるよう作られていますから、貴方のせいではありませんよ。兵頭さんとのお話は、水琴さんから聞いてわかりましたし」

ボイスレコーダーは機械関係に強い怜一の部下に託されることになった。それでも直らないようなら、メーカーに修理を依頼するそうだ。

怜一からも報告があった。

「橋本真祐先生のご夫人が、遺産として受け継ぐ先生の作品を売りたいと、付き合いのある画商に秘密裏に打診しています」

「ご夫人って…橋本くんのお母さんですよね。まだ橋本くんの裁判も終わっていないのに、勝手に先生の遺品を売りさばくなんて可能なんですか？」

亡くなった真祐には妻と二人の子…橋本と芹が居る。この場合、妻と芹、そして橋本の三人が相続人になるはずだ。真祐の遺品を売るのなら、芹と橋本の同意も必要だと思うのだが。

「法的に言えば不可能ですね。遺産分割には相続人全ての同意が必要になります。その上でご夫人が自分の受け継いだ作品を処分するのは自由ですが、遺産分割の済んでいない今、橋本先生の遺産は誰のものでもありません。だからあくまで打診の形を取っているのでしょう」

「…橋本くんのお母さんは、そのことを知らないんでしょうか」

「ご存知の上でやっていらっしゃるんだと思いますよ。法律上、被相続人…この場合は橋本先生ですが、橋本先生を殺害したご子息は相続の欠格事由に該当し、相続人ではなくなってしまいます。お嬢さんの芹さんは相続放棄を申し出られたようですから、先生の遺産はご夫人お一人のものになりますね」

「でも、橋本くんは！」

殺していない、と訴えかけ、水琴は唇を噛《か》んだ。…水琴や紫苑、芹、そして南部たちを除き、世間のほとんどは橋本が父親を殺したと信じている。実の母親でさえ、息子の罪がくつがえることは無いと確信しているのだろう。

「…橋本くんのお母さんは、どうしてこんなに早く先生の作品を売ろうとしているんですか?」

やるせなさを噛み締めながら問えば、怜一はいたわるように目を細めた。

「絵画は保管に手間と費用がかかりますし、持ち歩きも容易ではありませんからね。早々に現金に替えて、海外に移住されるおつもりのようです。…ご夫人にとっても、今の国内は居心地が良くないのでしょう」

橋本の母親は夫を殺された被害者だが、犯人の母親でもあるのだ。世間の風当たりは強いだろう。けれど母親なら息子の無実を信じ、帰りを待ってあげればいいのに。

――画壇の大御所夫人であることだけが、あの人のアイデンティティですから。

芹の嘲笑《ちょうしょう》の意味がわかった気がした。思い出してみれば橋本も母親については一切触れていなかったし、期待するだけ無駄な人なのだろう。そんな環境でも腐らず生きてきた橋本と芹は本当に強い人たちなのだと、改めて尊敬する。

「画商仲間はこの話題で持ち切りですよ。何せ打診されたリストには、かの『六道絵図』が入っていましたから。しかも先生がずっと手元に置かれていた『後悔』まで。きっと数多《あまた》の画商がこぞって手を挙げるでしょうね」

「『後悔』……」

展示ケースにひっそりと飾られていた小さな絵を思い出し、水琴ははっとした。あの絵に描かれていたのは、確か——紫苑だ。今日会ったばかりの、橋本の恋人と同じ名前の花…これは単なる偶然なのか…？

怜一も同じ疑問を抱いていたらしい。

「偶然の一言で片付けるには少々出来すぎだと思います。橋本先生と兵頭さんには何らかの関係があると、疑っていくべきでしょう」

「でも、先生が『後悔』を描かれたのは『六道絵図』の数年後だから、少なくとも二十年以上前ですよね」

紫苑は二十代半ばくらいだから、『後悔』が描かれた頃は赤ん坊かせいぜい幼児のはずだ。

新進気鋭の画家だった真祐とのつながりなど、どこにあるのだろうか。

「それを解明するのは私の仕事です。貴方には貴方にしか出来ないことをやって下さい」

「…萱くんの正体、ですね」

今のところ、南部からも芹からも萱についてめぼしい情報は入っていない。もはや手掛かりは萱本人しか無いのだ。

「明日、例の交差点にもう一度行ってみます。萱くんはどこにも行けないと言っていましたから、まだ居ると思うんです」

「それがいいでしょう」

怜一は満足そうに頷いたが、ほとんど減ってもいない財布の中身を倍以上に増やそうとしたり、部下を同行させようとしたりと、泉里には及ばないもののなかなかの重さを披露してくれる。おかげで何とか全てを断り、ベッドに入った頃にはくたくたになっていた。眠りに落ちるまで、一分もかからなかっただろう。

——そうして、夢を見た。

あちこち物が散乱した薄暗いリビングの中、泉里がぐったりと横たわっている。すぐそこにベッドがあるのに、上がる気力も無いらしい。服装もスーツのままだ。几帳面《きちょうめん》な性格の泉里は帰宅するとすぐ部屋着に着替えるのに。

『泉里さん……』

無言のままぼんやり天井を見上げる姿が悲しくて、水琴は思わず床に投げ出された手を取った。…自ら振り解《ほど》いた手を求めても、夢ならきっと許してもらえる。

『う、……』

泉里の唇から小さな呻きが漏れた。ゆっくりとこちらに向いた黒い瞳が急速に焦点を結び、見開かれる。

『…水琴…っ⁉』

『えっ……』

驚きのあまり反応が遅れ、水琴はぐいと引き寄せられた。

抱きすくめる腕の力強さと温かさにくらくらする。これは本当に夢の中なのだろうか。まるで現実の泉里に抱かれているような…。

『……会いたかった……』

震える囁《ささや》きが薄闇に溶けた。こんなに弱々しい泉里の声を耳にしたのは初めてだ。

『泉里さん…、どうして……』

どうして水琴を閉じ込めたのか。どうしてそんなやつれきった姿で倒れているのか。まるで何もかもどうでもいいかのように。

声にならない問いかけは、泉里に届いたようだ。

『……大切なものが、少しずつ欠けていくんだ』

大切なもの。…欠ける。

ふっと頭を過《よ》ぎったのは、泉里のマンションに置いてきてしまった『眺月佳人《ちょうげつかじん》』だった。

天才の筆致に描きとめられた高祖母。…その視線の先に輝く、満ち欠けする月。

『欠けて空になった部分に、黒いものがどんどん流れ込んでくる。どうにか止めようとしたが…出来なくて、君を、あんな目に…』

『泉里さん、しっかりして下さい…！』

泉里の黒い瞳からだんだん光が失《う》せていく。代わりに滲み出るのは、あの黒い靄《もや》だ。そして漂う、濃厚な岩絵の具の匂い。…誰かの、楽しそうな笑い声。

『……ありが、とう。俺から、逃げて、くれて』

『…や…っ、泉里さん、…泉里さん！』

『全部なくなる前に…、……会えて、……良かった……』

黒い靄に染まりきった泉里の双眸《そうぼう》から、闇が溢《あふ》れ出す。

……呑み込まれる！

水琴はとっさに目をつむった。…何も聞こえてこない。泉里の声も、さっきまで響いていた誰かの笑い声も。

恐る恐る目を開けると、水琴は自分の部屋に立っていた。泉里と暮らすマンションの一室だ。ただし開かれたドアの向こうには闇が広がり、泉里の居たリビングにはたどり着けそうにない。

『これ、は……』

枕元に飾られた『眺月佳人』の前で、水琴は愕然《がくぜん》として立ち尽くした。

高祖母の眼差《まなざ》しの先——夜空に輝く満月がごっそりと欠け、今にも消えてしまいそうな三日月に変化していたからだ。

翌朝の目覚めは最悪だったが、水琴は努めていつも通りに振る舞い、怜一と一緒にマンションを出た。電車に乗り、向かうのは萱の居る交差点だ。

……大丈夫、大丈夫だ。

もし泉里の身に何か起きれば、さすがに怜一が教えてくれるはずである。あれはきっと不安に思う心が見せた悪夢だ。

……でも、夢にしてはリアルだった。

泉里の腕の逞しさも温《ぬく》もりも、現実そのままだった。違ったのは誰かの笑い声と、『眺月佳人』の中の痩せ細った三日月…。

あの声には聞き覚えがある。そう遠くない過去で聞いたはずなのに、どこで誰から聞いたのかが思い出せない。

答えより早く、交差点にたどり着いた。きょろきょろと見回せば、電信柱の陰におぼろな陽炎が揺らめいている。萱だ。

――何だ、また来たのか。

水琴が近付いていくと、萱の方から声をかけてきた。口調こそそっけないが、口元はほころんでいる。誰にも気付いてもらえないので、話し相手に飢えているのかもしれない。

「こんにちは、萱くん。僕のこと、覚えてる？」

――そんな綺麗《きれい》な顔、忘れるわけねえだろ。

萱はきょろきょろあたりを見回し、ほっと胸を撫《な》で下ろした。死者のはずなのに、仕草はやけに生きた人間くさい。

——良かった。あの真っ黒いおっさんは一緒じゃないんだな。

「真っ黒いおっさんって……泉里さんのこと？」

水琴は首を傾《かし》げた。

二十九歳の泉里は、ローティーンの萱から見れば『おっさん』かもしれない。けれど真っ黒いとはどういうことだろう。あの日共にここを訪れた泉里は、春らしいベージュのスプリングコートを着ていたはずなのだが。

——名前は知らないけど、兄ちゃんと一緒に居たおっさんだよ。急に怒りだして、兄ちゃんを無理やり連れて行った奴《やつ》。……あいつ、怖いんだよね。

「……怖い？」

——何か、真っ黒い靄みたいなのがべったりへばり付いててさ。近寄られたらこっちまで引きずり込まれそうで怖かった。

黒い靄…たぶん水琴が視たものと同じだろう。死者の萱にも見えていたというのなら、もしやあの靄は萱と同じ側——彼岸に属するものなのか？

「ひょっとして、前にあまり話してくれなかったのは泉里さんが怖かったから？」

——……そうだよ。

文句あるかとばかりに睨まれ、水琴は慌てて首を振った。

「じゃあ、今日はもっと僕と話してくれる？　君に聞きたいことが色々あるし、君についても話してあげられると思うんだ」

——俺の、ことも？

きょとんとする萱に、水琴は真祐が殺されたあの日、橋本と萱が交わした会話の詳しい内容を教えてやった。かつての自分が十六年前、この交差点で起きた交通事故の被害者と加害者について知りたがっていたと聞かされ、萱は眉を寄せる。

——十六年前の、交通事故……。

「僕の友達…橋本くんは、警察が駄目なら被害者か加害者当人に聞くしかないだろうと答えた。そうしたら君はとてもがっかりしていたそうだよ」

——被害者と、……加害者……。

ちか、と萱の纏《まと》うおぼろな光がにわかに強くなった。きつくまぶたを閉ざした額に、深い皺《しわ》が刻まれていく。死者となってもなお記憶のどこかに留《とど》まっているのか。十六年前の事故に、生前の萱はよほど大きな関心を抱いていたらしい。

やがて萱はふっと目を開き、虚空を見上げた。

——そう、……だ。

喘《あえ》ぐ唇から、死者は持たないはずの吐息が溢れたように見えた。

「萱くん？　……何か、思い出したの？」

──……俺は、ずっと知りたかった。だから苦しくてたまらなくなって、……身体を離れた時、ここに飛んで来たんだ。でも、そのまま動けなくなって……。

途切れながら吐き出される言葉に、水琴は小さな違和感を覚えた。…『身体を離れた』？『死んだ』のではなく？

──でも、どうして？　どうして俺は…、俺は……。

頭を抱えながら悶《もだ》える萱は苦しそうで、見ている方までつらくなってくる。何か、自分にも手助け出来ることは無いのだろうか。

……あの、スケッチ。

混乱する頭に、見知らぬ光景を描いたスケッチが浮かぶ。萱を描こうとして描き上げてしまったあの光景は、もしや萱に関係があるのではないだろうか。…今、本人を視ながら描いたものを見せれば、萱の記憶を呼び覚ます助けになるのでは？

「…く、……っ……」

同時に、底無しの深淵《しんえん》に引きずり込まれそうだった感覚までもがよみがえり、背筋が凍りそうになる。…あの時は泉里が引き戻してくれた。その後なし崩しに閉じ込められてしまったけれど、泉里に助けてもらわなければ、もっと恐ろしいところへ引き込まれてしまったかもしれない。

今は水琴一人だけだ。引き戻してくれる人は居ない。

……でも……！

「――うわあ。これは珍しい」

場違いなくらい明るい声が背後から響いた。水琴は弾《はじ》かれたように振り返り、スケッチブックの入ったバッグを取り落としそうになる。…馬鹿な。どうして彼がここに居る？

「……雪輪《ゆきわ》、……くん……」

「お久しぶりです、水琴さん。…どうしたんですか？　そんな、化け物にでも会ったような顔をして」

美人が台無しですよと苦笑する顔は、以前専門学校で出逢った時とまるで変わらない。だからこそ不気味だった。

だって好奇心に輝く雪輪の大きな双眸は、萱を…水琴にしか見えないはずの死者の姿をまっすぐに捉《とら》えている。見られているとわかるのか、萱も苦悶を忘れて呆然と立ち尽くしていた。

「君は、…彼が、見えているの？」

思い切って問えば、雪輪はあっけらかんと答えた。

「そこの生霊《いきりょう》のことなら、はい。見えてますよ」

「い、……生霊？」

「あれ、わかってなかったんですか？　その霊、魂と肉体をつなぐ糸がまだ完全には切れてな

いじゃないですか」

雪輪は萱の頭のてっぺんあたりを指差し、曲がりくねった糸のような軌跡を空に描いた。魂と肉体をつなぐ糸とやらが、彼にはそこに見えているらしい。

水琴には見えないが、すとんと腑《ふ》に落ちた。萱が『身体を離れた』と表現したのは、自分が生霊であることを――まだ完全に死んだわけではないことを無意識に悟っていたからだったのだと。

――俺、……生きてるの、か？

「うん、そうだよ」

下ろした両手をわなわなと震わせる萱に、応えたのは雪輪だった。

「見た感じ、身体の方はどこもかしこもずたぼろで、そう長く持たなそうだけどね。今はかろうじて生きてるよ」

「ど、……どこで!?」

水琴はたまらず割り込んだ。

何故雪輪がここに居るのか、何故自分よりも詳しく死者が見えているのか。ぶつけたい疑問はいくつもあったが、もし雪輪の言うことが本当なら、肉体に戻れば萱はもうたった一人でこんなところに居なくて済む。…橋本も、冤罪から救われる。

「どうして、そんなことが知りたいんですか？」

「…橋本くん…、僕の友達が、殺人事件の犯人かもしれないって疑われてるんだ。証拠は友達に不利なものばかりで、警察も検察も彼が犯人だと決め付けている」

「ふんふん、それで？」

「事件の日、友達はここで萱くん…この子と偶然出逢い、犯行の時間帯までずっとおしゃべりしてたんだ。だからもし萱くんが自分の身体に戻って、友達と一緒に居たことを証言してくれれば、……雪輪くん？」

いったん言葉を切ったのは、雪輪が両手で顔を覆い、小刻みに肩を震わせ始めたからだ。具合でも悪くなったのかと覗《のぞ》き込もうとして、水琴は凍り付く。指の隙間《すきま》から、にんまりゆがんだ顔が見えてしまったせいで。

「く…、くくく、くっ、ふふ、ふっ」

「ゆ…、雪輪くん……」

「ふふふ…、……あはははははっ！」

雪輪はとうとうのけ反り、腹を抱えて哄笑《こうしょう》した。水琴と萱は思わず後ずさる。水琴は近くに居たら何かに引き込まれてしまいそうだったから。…萱はきっと、本能的な恐怖を覚えたから。

涙の滲んだまなじりを擦《こす》りながら、雪輪はようやく笑いを収めた。

「あー……、すみません。何かもう、おかしくって」

「おかしい……？」

「『ハシモトクン』って、橋本真司のことでしょう？　知ってますよ。ここ最近、ネットはその話題ばっかりですもん」

「……なっ⁉」

知っているなら何故、わざわざ説明させた挙句大笑いするのか。思わず眼差しを鋭くした水琴に、雪輪はうっとりと頬を緩ませる。

「うーん、水琴さん、怒っててもやっぱり綺麗ですねえ」

「雪輪くんっ…」

「何でわざわざ説明させたのかって、そりゃあ不公平だからですよ」

しれっと言い放つ雪輪は、水琴とは別の生き物のようだ。同じ場所に居て同じ言語を喋《しゃべ》っているのに、まるで話が通じない。

「水琴さんは『ハシモトクン』ばっかりで、久しぶりに会えた俺のことは全然知ろうとしてくれないし、自分のことも話してくれない。…不公平でしょう？　俺ばっかり話して、水琴さんが聞くばっかりなのは」

「何を言って…」

「あーあー、俺、拗《す》ねちゃったー。水琴さんに、俺のこと知りたがって欲しいのになあ」

雪輪の大きな瞳がすうっと細められた。

寒気を覚えたのは、肉体を持たない萱も同じだったのだろうか。雪輪はびくつく萱のおぼろな腕に伸ばし、ぐっと摑む。

……嘘……、触れた……⁉

彼岸の存在に、此岸《しがん》の人間は触れられない。それが水琴の常識だった。だが驚愕に染まった萱の顔を見れば、雪輪がしっかり少年の腕を摑んでいることは明らかだ。

「代わりに、お前が知りたがっていることを教えてやる」

――あ、な、…やだ、……何だこれ、何だよっ……。

「十六年前だっけ？　…んー、このへん情報量多くてごっちゃごちゃになってるけど、まあそれくらいなら遡《さかのぼ》れるか。ほら」

異様な光景だった。傷付く肉体を持たない少年が、中肉中背の可愛《かわい》らしい容姿の高校生に怯《おび》えている。

水琴はたまらず雪輪の腕を振り解こうとするが、なめらかな肌に指先が触れた瞬間、頭の中に映像の奔流が押し寄せてくる。萱を描こうとしたあの時と同じように。

…ふらふらと蛇行しながら猛スピードで交差点に突っ込んでくる、黒い車。路肩を歩いていた男性は大慌てで避けようとしたが、狭い道路に逃げ場は無かった。凶器と化した車はスピードを一切落とさないまま、男性を撥《は》ね飛ばす。

どんっ、と鈍い音が響く。

宙高く放り上げられた男性が道路に叩《たた》き付けられた。民家の壁にぶつかってようやく停《と》まった黒い車から、若い男がよろよろと降りてくる。

赤ら顔に、ぷんと鼻をつくアルコールの匂い。…飲酒運転だ。顔面のあたりはぼんやりと霞《かすみ》がかっていてよく見えないが、どことなくあどけなさを感じるからまだ未成年かもしれない。だとすれば免許すら持っているかどうか怪しい。

とんでもないことをしでかしてしまった自覚はあるのだろう。男はわなわなと震えながらしばらく立ち尽くしていたが、やがて最悪の選択をした。警察も救急車も呼ばず、車を捨てて逃走してしまったのだ。

逃げ去っていく男に、撥ねられた男性が最期の力を振り絞って手を伸ばす。だが男は一度も振り返らず、やがて男性の手は力無くアスファルトに落ちた。しばらくして事故に気付いた近所の住人が一一九番通報し、駆け付けた救急隊員が男性の懐から身分証を探し出すと、必死に呼びかける。

『…八重倉《やえくら》さん！　しっかりして下さい、八重倉さん！』

——う……、……あ。

呻いたのは男性ではなく、萱だった。

潮が引くように頭の中の映像が消えてゆき、現実の光景が目の前に広がる。血まみれで倒れる男性も、大破した黒い車も、逃げ去った男も居ない。代わりに居るのは水琴と雪輪と、…肉体を持たぬ少年だけ。

――お、れは。……そうだ、俺は……俺の名前は……。

「駄目、萱くんっ…」

きつく歯を食いしばった萱の唇の隙間から、黒い靄がしゅうしゅうと煙のように漏れ出ている。あれは、この世にあってはいけないモノだ。本能的に察した水琴が止める前に、萱はかっと目を見開いた。

――八重倉、萱。

「え……?」

水琴の背筋を冷たいものが這《は》い上がっていった。

十六年前、ここでひき逃げされて亡くなった男性と萱が同じ名字ということは。

…萱が、事故の加害者と被害者――撥ねた男性を救助もせず逃げた若い男と、無念のうちに死んでいった男性について知りたがっていたということは。

――…ありがとう、怖い兄ちゃん。俺、おかげで思い出したよ。

「うんうん、死んでも恩に着てね。さすがの俺でも、十六年も遡るのは苦労したからね」

雪輪はえへんと胸を張り、青ざめる水琴の胸を指差した。

「それ、出なくていいんですか?」

「あっ……」

水琴はようやく胸ポケットのスマートフォンが着信音を奏でていることに気付いたが、今は電話なんてしている場合ではない。無視しようとしたのを見透かしたように、雪輪が意味深に笑う。

「出た方がいいと思いますよ。きっと水琴さんの助けになりますから」

着信音はいったん途切れたが、何秒か間を置いて再び鳴り始める。よほど急ぎの用件なのか。

……まさか、泉里さんに何か……⁉

昨夜の悪夢を思い出し、水琴は誰からの電話か確認もせずに着信を取った。すると聞こえてきたのは、予想外の人物の声だ。

『もしもし、胡桃沢くん？』

「……芹さん？」

あぜんとする水琴の横を、車がスピードを上げながら走っていった。芹が申し訳無さそうに声のトーンを落とす。

『ごめんなさい、外出中だった？　かけ直しましょうか？』

「いえ、……大丈夫です。何かありましたか？」

『ええ、驚かないで聞いてちょうだいね。…ようやくわかったのよ。事件の日、真司と会った少年が誰なのか』

「ほ…、本当ですか⁉」

南部が描いた萱のスケッチを見た芹は、どこかで見覚えがあると言っていた。その後一度はかどっていないとメッセージがあったきりだったので、正直あまり期待していなかったのだが、まさかここで――このタイミングで見付かるとは。

出て良かったでしょうとばかりに雪輪が微笑む。ともすれば絡みそうになる視線を無理やり逸らし、水琴は芹の話に耳を傾けた。

『まず、結論から言うわね。この少年は八重倉萱くん。今年十六歳になったばかりで……今はS区立病院に入院しているわ』

S区立病院は国道沿いに建つ大病院だ。ここからも歩いて行ける距離にある。

「…ご病気なんですか？」

『二歳の頃に白血病にかかって、それは治療の甲斐《かい》あって寛解《かんかい》したんだけど、中学校に入ってすぐ脳に悪性の腫瘍《しゅよう》が出来ていることが判明したの。手術では腫瘍を取り切れず、放射線治療も上手《うま》くいかなくて…去年、余命一年を宣告されたそうよ』

血の気がさあっと引いていくのがわかった。去年の時点で余命一年なら、いつ亡くなってもおかしくないということだ。

おそらく今、病院のベッドに横たわっているはずの萱の肉体は限りなく死に近付いている。だから肉体と魂のつながりが薄れ、魂だけがずっと執着していたこの交差点に飛んで来てしまったに違いない。

「芹さんは、どうやってそんなに詳しく調べられたんですか?」

くらくらしそうになるのを堪《こら》えながら問えば、芹の声が暗く沈んだ。

『実は、萱くんのお母様の佳乃《よしの》さん、私のモデル時代の先輩だったの。業界のことなんて全然知らない私に、ずいぶん良くしてくれたわ』

佳乃は結婚を期に引退してしまったが、その後も細々と付き合いは続いていたという。十六年前、不妊治療の末に妊娠したと聞いた時には我がことのように喜んだそうだが、すぐに訃報《ふほう》が届いた。

『佳乃さんの旦那様が亡くなったの。帰宅の途中、ひき逃げされて…。まだ萱くんは佳乃さんのお腹の中だった』

「ひき逃げ……」

頭の中を流れていったばかりの光景がまざまざとよみがえる。同時に理解した。…理解してしまった。事件の起きたあの日、萱がいつ死んでもおかしくない身体を引きずってまでここを訪れたわけが。

『私も噂《うわさ》に聞いただけだけど、加害者は飲酒運転の上に無免許の未成年者で、車は盗難車だったって。それでも未成年者だから徹底的に保護されて、たいした罪にもならず、名前が公表されることすら無い。自賠責にも入ってないから無い袖は振れないって開き直られて、損害賠償もほとんど支払われなかったそうよ』

「萱くんは、そのことを知っていたんでしょうか」

『…私の推測だけど、佳乃さんは事故で亡くなったとだけ話していたと思う。重い病に苦しむ我が子に、教えられるような話じゃないでしょう？』

夫を理不尽な事故に奪われ、絶望のどん底に叩き落とされた佳乃にとって、生まれてきた萱は救いの光だっただろう。萱までもが病に侵されてもなお、佳乃はくじけなかった。病弱な身体に鞭《むち》打って働き、治療費を稼いだ。

その甲斐あって萱の白血病は寛解し、日常生活を送れるまでに回復したという。だが今度は佳乃が悲劇に襲われた。長年の無理が祟《たた》ったのか、三年ほど前、萱の脳腫瘍が判明する直前に心筋梗塞《こうそく》で突然死してしまったのだ。

『お葬式に参列した時、遠くから萱くんを見たの。具合が悪そうなのはお母さんを亡くしたせいだと思ったけれど、もう腫瘍にむしばまれていたんでしょうね。見せてもらったスケッチは三年前よりずいぶん面変わりしていたから、思い出すのに時間がかかってしまって…』

スケッチに描かれた少年が佳乃の遺児だとようやく思い出した後、芹は伝手をたどり、萱を引き取った親族と連絡をつけることに成功した。佳乃も亡き父親も両親を亡くしていたため、萱を引き取ったのはかなりの遠縁だったが、佳乃との仲は良好だったようで、佳乃の後輩と名乗ると乞われるがまま萱の近況を話してくれたそうだ。

「…萱くんの、病状は？」

ここに萱が居る以上、ある程度予想はつく。

案の定、芹は重い溜息《ためいき》を吐いた。

『三週間前…ちょうど真司の事件があった頃に容体が急変し、昏睡《こんすい》状態に陥ったそうよ。主治医の話では、このまま一度も目を覚まさずに亡くなるかもしれないと』

「…じゃあ…、容体が急変したのは、橋本くんと会った直後…」

警察がいくら聞き込みをしても、萱を見付けられないわけだ。萱は近所の住人ではなく、病院の入院患者だったのだから。

『昏睡状態に陥る前の日の夜、萱くんはこっそり病室を抜け出したそうよ。どこに行っていたのかは、どんなに問い詰められても白状しなかったそうだけど』

ぎりぎりまで保っていた体力がそこで尽き、魂が肉体を離れるまで弱ってしまった理由は、芹には想像もつかないだろう。けれど水琴には考えればすぐにわかることだった。そのためのヒントは、すでに頭の中に揃《そろ》っている。

『萱くんの容体に何か変化があったら、知らせて頂けることになっているわ。……その時はまた連絡するわね』

そう言って通話を切った芹がやるせなさそうだったのは、萱の身に起きる変化が良いものとは限らないからだろう。いや、もたらされるのは確実に悪い変化だ。このままでは…萱の魂が肉体を離れたままでは。

「ねっ？　俺の言った通りだったでしょ？」

スマートフォンを仕舞うと、雪輪がにこにこと笑いかけてきた。

…ただの高校生だとはもう思えない。水琴と同じく見えないモノを見、聞こえないものを聞き、さらに過去の映像まで見せ付ける少年が、普通の人間であるわけが…。

……うん？　でも、それって……。

胸に何かが引っかかる。けれど今、優先すべきは萱の方だ。

「……萱くん。君はさっき、思い出したって言っていたけど」

「あれ、無視ですか？　悲しいんですけど」

おーいおーい、と呼びかける雪輪には一瞥《いちべつ》もくれず、水琴は萱に向き直った。

しみ出た黒い靄が輪郭をなし、おぼろだった姿は存在感を増している。己を思い出して芯《しん》が通ったせいか、どこかぼやけていた瞳には意志の光まで宿っていた。なまじの生きた人間より、はるかに強い。

――何？　兄ちゃん。

「それは君自身のことと、……君が死んでしまう前に、亡きお父さんを撥ねた犯人を捜し出そうとしていたこと？」

萱は目を丸くし、ぱちぱちと拍手をした。死に近付いているはずなのに、どんどん仕草が生きた人間らしくなっている。

――当たり。すごいね、兄ちゃん。…じゃあ、どうして俺が犯人を捜し出そうとしてたかはわかる？

「…たぶん君は、どこかで知ってしまったんだと思う。お父さんがどうやって亡くなった…いや、殺されたのか」

雪輪に見せられた過去の映像と、芹の話を突き詰めれば、とても『事故』の一言では片付けられない。故意ではなかったにせよ、あれは紛れも無く殺人だった。

しかも犯人は佳乃から夫を、萱から父を奪っておきながら報いらしい報いも受けず、償いもしていない。今頃はきっと、大手を振って太陽の下を闊歩《かっぽ》しているだろう。

だから、当たり前なのだ。…父の事故の真相を知った息子が、のうのうと生きている犯人に報いを受けさせたいと願うのは。

――可哀想《かわいそう》に、って言われたんだよね。

萱はぼそりと呟いた。

――母さんの葬式でさ。初めて会った親戚の奴らが『お父さんがあんな形で亡くなったのに、お母さんまで亡くすなんて可哀想に』って。俺が父さんの事故について何も教えられてないって知ったら、嬉しそうに教えてくれたよ。父さんがどうやって殺されたのか。

「…何てことを…」

その瞬間から、萱の心には復讐《ふくしゅう》の炎が宿ったのだろう。どうにかして犯人を探し出し、父の恨みを晴らそうとしたが、直後に脳腫瘍が判明してしまった。

——俺さあ、母さんに何もしてやれなかったんだ。

萱の唇が皮肉にゆがんだ。

——父さんが殺されて、俺がこんな身体だったから、母さんはずっと働きづめで。美人だったのにお洒落もせず、同じ服ばっかり着てて。…最後にはぼろぼろに擦り切れるみたいにして死んじまった。俺が死なせたんだ。

「萱くん、それは違う。絶対に君のせいなんかじゃない」

必死に訴える水琴の声は、萱には届かない。萱の全身から滲み出る黒い靄が殻となり、自分に都合の悪い言葉を遮断してしまっている。

——あと一年しか生きられないってわかった時、せめて最期に父さんを殺した犯人に復讐してやろうって思ったんだ。だって母さん、憎んでたはずだろ？　復讐したいって思ったはずだろ？　やらなかったのは俺のために働きづめだったせいだ。犯人を殺せば、天国の父さんも母さんもきっと最高の親孝行だって喜んでくれる。

「うんうん、思う思う。絶対にそう思うよ」

雪輪が楽しそうに茶々を入れる。

その横っ面を叩いてやりたい、とまで苛立《いらだ》ったのは生まれて初めてだった。水琴の視線に気付いた雪輪は「おー怖」と両手を挙げ、嬉しそうに離れていく。構ってもらえるなら何でも嬉しい飼い犬のようだ。

――だから俺、母さんの遺品を徹底的に調べたけど……犯人の情報は何も遺されてなかった。おかしいよな。

確かに妙な話だ。いくら犯人が当時未成年者だったからといって、被害者の妻である佳乃には身元くらい知らされたはずである。にもかかわらず犯人の情報が全く遺されていなかったのは、佳乃自身が敢《あ》えて遺さなかったと考える方が自然だろう。

何のために？　…きっと、息子に事故の真相を知らせないために。

――母さんにとって、父さんはどうでもいい存在だったのかな？

萱はぎゅっと眉を寄せ、思いがけない疑問を口にした。

「…何で、そんなことを思うの？」

――だって母さん、本当に何も言わずに死んじまったんだ。父さんがあんな酷《ひど》い死に方をしたことも、犯人への恨み言も何も。…憎かったはずなのに。苦しかったはずなのに。

『俺でさえ、こんなに苦しいのに』

水琴には萱がそう言っているように聞こえた。犯人の顔も、名前すら知らない萱でさえ、残されたわずかな命を燃やし尽くしても構わないと思うほどの憎しみをつのらせたのだ。実際に犯人のしたことを目の当たりにし、その無責任ぶりを見せ付けられた佳乃が、恨みを抱かないはずがない。水琴だってそう思う。

だからこそ、佳乃が犯人の情報を一切遺さなかったことには意味があるはずなのだが、今の萱にはそこまで思い至るだけの余裕は無いらしい。

——何も言わなかったのは、父さんがどうでもいい存在だったからじゃないか？　…病気ばっかの俺に話したって、何にもならないって諦めてたからじゃないのか？

「待って、萱くん。このままじゃ君は…っ」

輪郭をかたどっていた黒い靄は萱の興奮に引きずられるようにうごめき、全身に広がっている。白く残されているのは、今や左胸のあたりだけだ。全てが黒く染まってしまった時、萱はきっと。

「怨霊《おんりょう》になっちゃいますねえ。いや、もうなりかけかな？」

くすくすと雪輪が笑った。心底楽しそうな笑い声に水琴はつかの間戸惑い、はっと思い出す。…昨夜の悪夢で聞こえた、誰かの笑い声。どこかで聞き覚えがあると思っていたあれは、雪輪のものだったのだと。

「雪輪くん、君は…」

どうしてそんなことがわかるのか。何故夢の中で雪輪の声が聞こえたのか。

渦巻く疑問をぶつける前に、萱が黒い炎のように全身を燃え立たせながら告げる。

——証言、してやってもいいよ。

「…っ…？」

——あの日、兄ちゃんの友達とここで会ったって、身体に戻って証言してやってもいい。…父さんを殺した犯人を突き止めて、俺の代わりに殺してくれるなら。

…犯人を、殺す？　水琴がこの手で？

真っ白になった頭に、死にゆく萱の父親の姿が滲んだ。

何も悪くないのに身体をぐちゃぐちゃにされ、血まみれになって、誰にも看取られず、アスファルトの冷たさだけを感じながら死んでいく。…人を殺すとはそういうことだ。橋本を助けたいなら、あの無責任な犯人と同じ罪に手を染めろというのか。

ひゅうっ、と場違いな口笛が響いた。

「すごい。お得な取引じゃないですか、水琴さん」

「…雪輪くん。それ、本気で言っているの？」

だとしたら心の底から軽蔑《けいべつ》する。

無言の抗議が伝わらないはずがないのに、雪輪は笑顔を崩さない。

「その犯人って、どう考えても人間のクズじゃないですか。クズを掃除しただけで大切な『ハシモトクン』が助かるんだから、お得でしょ？　クズが消えたって誰も悲しみませんよ」

「クズ…？　……掃除……？」

「何なら俺が代わりにやってあげますよ。これでもクズ掃除は得意中の得意なんです。バイトで鍛えてますからね」

雪輪は背負っていたリュックを下ろすと、中から一枚のパネルを取り出した。木製のパネルに和紙を張ったもので、日本画を描く時に用いられる。

ほら、とこちらにパネルを向けられ、水琴は雷に打たれたような衝撃に貫かれた。そこに描かれていたのは泉里だったのだ。以前送ってきたスケッチを仕上げたのだろう。彩色まで五割方施された泉里は『眺月佳人』の高祖母と同じ、微笑んでいるような泣いているような不思議な表情を浮かべている。

漂う岩絵の具の匂い。水琴にしか見えない、禍々しい黒い靄。

「…泉里さんが、居る…」

水琴は直感した。泉里は…いや、泉里の一部はこの絵の中に閉じ込められてしまったのだと。泉里はそのせいで冷静さを失い、いつもの泉里らしくもない言動に駆り立てられていたのだと。

まだ絵は完成していない。だから一部で済んでいる。

けれど、完成してしまったら——泉里が完全に、絵の中に囚《とら》われてしまったら。

「死にますね」

雪輪はこともなげに言った。嘘だと詰《なじ》ることは出来ない。あんな悪夢を見てしまっては。

「だから水琴さんが犯人を見付け出してくれれば、俺が描いて殺してあげますよ。アルバイトの延長みたいなものだけど、お代は水琴さんの感謝で結構ですから」

「…アルバイトで絵を描いて、……人を、殺しているの？」

「ん？　だってそういう力があるんだから、活《い》かすのは当たり前じゃないですか。サラリーマンが働いて給料をもらうのと何も変わりませんよ。まあ、この絵は完全なる趣味で描いたんですけど」

ぐらりと視界が回った。…駄目だ。どうあってもわかり合える気がしない。人を殺すことに何の悪気もためらいも持たない、この少年と。

「…ねえ、水琴さん。どうしてもクズ掃除に気乗りしないのなら、こういうのはどうですか？　水琴さんが見事萱くんの怨念を晴らせたら、俺はこの絵を描くのをやめます。もちろん後でこっそり描き続けられないよう焼き捨てますよ」

「…焼き捨てたら、泉里さん自身も炎に焼かれて死んでしまうことは？」

「ありませんよ。実験済みなんで安心して下さい」

実験済み。…つまり雪輪は誰かを描き、何が起こるのかもわからないのに焼いてみたことがあるのだ。

ぞっと身震いをしつつも、水琴は不思議だった。描いた人間を殺す。普通の人間なら一笑に付すだろう荒唐無稽な能力を、自分は当然のものとして受け容《い》れている。…水琴もまた、普通の人間は持たない能力を有しているから。

「さあ、どうします？　『ハシモトクン』とこの黒いお兄さんを助けたいのなら、萱くんのお父さんを殺した犯人を捜し出すしかありませんよ。付け加えるなら、時間はあんまり残されていない」

したり顔で言われるまでもない。ただでさえ弱っている萱の身体は、魂が戻らなければ早晩限界を迎えてしまうだろう。取り残された魂は憎しみに染まり、永遠にこの世をさまよい続けることになる。

…萱の父親を撥ねた犯人を特定するだけなら、おそらく怜一に頼めば難しくはあるまい。けれど見付かってしまえば、犯人は殺される。水琴か、雪輪か、怨霊と成り果てた萱か。誰かの手によって、必ず。

萱は満足するかもしれない。けれど橋本は、そして泉里はどう思うだろう。犯罪者も同然の人間とはいえ、自分たちが助かるために犠牲になったと知ったら。

……二人とも、絶対に喜ばない。

でも二人を助けるには萱の望みを叶《かな》えるしかない。自分の手を汚したくなければ、雪輪に代わってもらうしかない。八方塞《ふさ》がりだ。どこに進んでも血の匂いからは逃れられない。目の前が暗くなってくる。

……泉里さん。泉里さん。

助けて、と口走ってしまいそうになる自分に心底嫌気が差した。雪輪の力にむしばまれ、苦しむ泉里から逃げ出したのは水琴自身なのに。

『何も考えるな。君はただ俺の腕の中に居て、描くことだけに専念していればいい』

絵の中に囚われつつある今でさえ、水琴が縋ればきっと泉里はそう言って抱き締めてくれるだろう。橋本の無罪よりも萱の復讐よりも、…自分の命よりも、水琴の方が大切だと。

でも、それでは駄目なのだ。困ったらすぐ泉里に頼るのでは、今までと何も変わらない。懐で守られるひな鳥のままでいたくなければ、水琴自身の足で立たなければならないのだ。どんなに追い詰められ、助けを求めたくても。

水琴は頭から離れてくれない愛しい面影を振り切り、拳を握り締める。

「……少しだけ、時間を下さい」

肩にまた重たいものが圧しかかる。

ようやく絞り出した声は、みっともないくらいかすれていた。


雪輪たちと別れ、怜一のマンションに帰り着いた時には尋常ではないくらい疲れ果てていた。一歩進むごとに身体が重たくなり、足元がふらつく。コートを脱ぐのももどかしくベッドに倒れ込むと、水琴は失神するように眠りに落ちた。

夢を見た。自分が亡者となり、六道を巡る夢だった。六つの世界であらゆる苦しみを味わったが、一番つらかったのは夢の最後、棺《ひつぎ》の中で冷たくなって横たわる泉里を見せ付けられた瞬間だった。

何度呼びかけても応えてもらえない。触れた手は氷のように冷たい。閉ざされたまぶたは永遠に開かず、水琴を見てくれることも無い。青ざめた唇は二度と愛を囁いてはくれない。

愛する人を失う。それはまさに地獄の苦しみだった。同じ苦しみを、萱の母親…佳乃も味わったに違いない。

けれど彼女は憎しみを己の内だけに秘め、息子には決して告げぬままこの世を去った。

……何故だ？

ぐるぐると回る映像。雪輪に見せられた事故、黒い靄に染まってしまった萱、死の淵《ふち》に立つ泉里、……覗き込んでくる若い女性。

……そう、だ。

萱を描こうとして描いてしまった、見知らぬ光景。点滴の管につながれた腕の主を、心配そうに覗き込んでいた女性…ひょっとして彼女は…。

ピピッ、ピピッ、ピピッ。

あと少しで何かが見えてきそうだったのに、泥の底に沈みそうな意識は明るい電子音に引き戻された。

重たいまぶたを上げ、コートに入れっぱなしだったスマートフォンをかざすと、新しいメッセージが届いている。…紫苑からだ。通知欄に表示された『緊急事態』の四文字に、心臓がどきりと跳ね上がる。

『緊急事態。松林さんと南部くんがカフェで密会しています』

タップして表示されたメッセージは驚くべきものだった。

松林は橋本の隣人で、橋本を事件当日の夜九時に見たと証言し、橋本の逮捕に大きく関与した人物だ。対して南部は橋本の事務所立ち上げの仲間であり、橋本の無実を信じて奔走する友人でもある。絶対に相容《あいい》れない、接点も無いはずの二人が密会？

『どういうことですか。何があったんですか』

慌てて送ったメッセージに、紫苑はすぐ返信をくれた。

『実は年末くらいに真司くんの部屋に行った時、南部くんが松林さんの部屋に入っていくところを見たことがあって…。ずっと気になっていたんです。というのも、南部くんは昔から真司くんを妬《ねた》んでいるみたいだったから』

『南部くんが橋本くんを？　そんなの、初めて聞きました』

『以前、南部くんが他の子に愚痴《ぐち》をこぼしているところを聞いたことがあるんです』

南部は美術界とは何の関係も無い一般家庭の出身だが、日本画界の大御所を父に持つ橋本にひそかな嫉妬《しっと》心を抱いているらしい。父に背いた橋本は仕事を妨害され、恩恵を受けるどころかマイナスにしかなっていないのだが、それでも『橋本真祐の息子』というネームバリューは大きい。今は反目していてもいつかは和解し、大々的に売り出すつもりではないかと、南部は仲間たちにこぼしていたという。

『真司くんは人の良い面しか見ないから、きっと南部くんの気持ちの裏側までは気付いていないとおｍ』

メッセージが不自然に途切れた。三十秒ほど経って、次のメッセージが表示される。

『今、南部くんが松林さんに厚めの封筒を渡しました。…多分、お金だと思います』

『お金⁉』

『私、二人の真後ろの席に居るんですけど、会話が聞こえてきて。南部くん、あんたのおかげであいつを罠に嵌めてやれそうだよって言ってます。それで松林さんは、俺こそあのむかつく奴にお仕置きしてやれてすかっとした、って』

スマートフォンをタップする指先が震え出した。南部が橋本にひそかな嫉妬心を抱いていたらしいという事実と、紫苑が聞いた二人の会話を照らし合わせれば、導き出される答えは一つだけだ。

『…南部くんが橋本先生を殺して、松林さんに嘘の証言を依頼した？』

『その可能性はあるんじゃないかと思っていました。だから胡桃沢さんに会った後、ずっと松林さんを見張っていたんです』

思い返せばティーラウンジで会った時、紫苑は『松林さんはやっぱり嘘を吐いていると思います』と言っていた。あの時から松林と南部の関係を怪しみ、確証を得るために松林を監視していたに違いない。恋人を助けるためとはいえ、何と言う執念だろう。

考えてみれば、南部にも犯行は可能なのだ。共同で事務所を立ち上げるほど仲が良かったのだから、橋本の部屋にもしょっちゅう出入りしていただろう。ひそかにメールの送信予約をすることも、橋本の家の鍵を拝借して合鍵を作ることも、南部になら出来る。…出来てしまう。

……でも、あの南部くんが本当に橋本先生を殺したのか？

橋本を妬んでいたのが事実だとしても、それだけでその父親を殺したりするだろうか。ましてや南部は橋本の無実を証明しようと、先頭に立って奔走しているのだ。それも、自分が疑われないための偽装だというのか？

『お願い、胡桃沢さん。今からこちらに来て下さい』

メッセージと共に地図が表示された。銀座《ぎんざ》の駅前から少し離れたところにある雑居ビルだ。三階に入っているカフェに、紫苑たちは居るらしい。

『二人の会話は録音しました。私はこの録音をもとに、これから二人を問い詰めようと思います。でも女一人だけでは心細くて…一緒に問い詰めて欲しいんです』

人を殺したかもしれない相手をつけ回した挙句、じかに問い詰めようとするなんて紫苑も危険な真似をする。録音データを警察に提出した方がいいのではないかと思ったが、そうすれば南部と松林はただの冗談だと言い逃れる可能性が高い。

『わかりました。すぐに行きますから、それまでは絶対に無茶をしないで下さいね』

了解、のスタンプが返される。

すぐにマンションを出ようとして、水琴は怜一にメッセージを送信しておいた。紫苑が事件について重要な証拠を発見したかもしれないので、彼女のもとに赴くと。

詳細は帰ってから説明すればいいだろう。今はとにかく急がなければ、紫苑の身に危険が及ぶかもしれない。

「うぅ……っ…？」

ドアを開けた直後に寒気に襲われ、水琴はよろめいた。ずいぶん軽くなっていたはずの身体がまた急に重たくなる。まだ疲労が完全に抜けていないのかもしれないが、休んでいる暇など無い。

水琴はちょうどマンションの前を通りがかったタクシーを呼びとめ、紫苑の待つカフェの場所を運転手に告げた。

「オーナー、少々お時間頂けますでしょうか？」

怜一が『ギャラリー・ライアー』で上得意客の接客を終えると、初老の部下に呼びとめられた。今日は予定が詰まっている。後にしろと言いかけ、怜一は頷いた。話しかけてきたのが兵頭紫苑の調査を命じた部下だと思い出したのだ。

養父の時代から仕えるこの部下は、美術業界の表も裏も知り尽くした生き字引のような男だ。反社会組織ともひそかにつながりを持ち、目的のためなら手段を選ばず迅速に命令を遂行するので、亡き養父にもずいぶん重宝がられていた。…水琴には絶対に会わせられない男だが。

「お待たせして申し訳ございません。兵頭紫苑の調査が完了いたしました」

場所を怜一の執務室に移すと、予想通り部下は報告書を差し出した。いつもならすぐに退出するのだが、何故かデスクの前に控えている。

「…どうした?」

「報告書をお読み頂いた上でご報告したいことがございますので」

珍しいこともあるものだと首を傾げながら、怜一は報告書を読み始め——最後のページを読み終えた頃には真っ青になっていた。

「これは……、真実なのか?」

この男が養父の後継者に偽りを告げるはずがないのに、思わず尋ねてしまう。

主人の狼狽《ろうばい》ぶりに、忠実な部下は眉一つ動かさなかった。

「まことにございます。今でこそ兵頭紫苑と名乗っておりますが、生まれた時の彼女の名は早瀬《はやせ》紫苑。…二十数年前、亡き橋本画伯と並んで新進気鋭の画家と脚光を浴び、画伯の親友でもあった村本杜史央《むらもととしお》の実の娘です」

報告書によれば、村本杜史央は南画を思わせる枯淡な画風を評価された新人画家だったが、三十歳の若さで死亡した。死因は『自殺』とある。

天涯孤独だった杜史央には内縁の妻が居り、不遇の時代の杜史央を献身的に支えていたという。その内縁の妻の名が早瀬香織《かおり》。紫苑の母親だ。杜史央が自殺した時、紫苑は香織の腹の中だった。紫苑の誕生から五年後に、橋本は生まれている。

紫苑と真祐、そして橋本のつながりはここにあったのだ。

かつて親友だった前途有望な二人の画家。一人は名声を我が物とし、一人は若くして自ら命を絶った。成功者の息子と、何も得られず死んでいった男の娘との出逢いが、偶然であるわけがない。

「杜史央の自殺後、紫苑を産んだ香織は日本各地を転々としながら転籍をくり返し、五人の男と結婚しましたが、いずれも離婚しています。『兵頭』は香織の五人目の夫の名字です。結婚期間の短さからして、報酬と引き換えに形だけ結婚したものかと」

「何のため…なんて、聞くまでもないな」

自分と紫苑の痕跡《こんせき》を消すためだ。それだけ転籍と結婚と再婚をくり返せば、警察だって彼女たちと杜史央のつながりを見付け出すのは難しい。ましてや香織と杜史央は正式に結婚しておらず、戸籍上は赤の他人である。ＤＮＡ鑑定でも行わない限り、紫苑が杜史央の娘であることは露見しないだろう。

とん、と怜一は報告書を指先でつついた。

「香織は五年前に肺癌《はいがん》で死亡とあるが、杜史央の自殺の理由が無いのは何故だ？」

「今しがた判明したばかりですので、書面を作成し直すよりは直接ご報告した方が早いと判断いたしました。…それに、書面ではいささかお伝えしづらいこともございます」

珍しく言いよどみながら、部下が懐から取り出した万年筆には見覚えがあった。水琴が紫苑と対面する際に持って行ったボイスレコーダーだ。何故か再生されなかったので、修理するよう命じておいたのである。

「結論から申し上げれば、どこにも異常はございませんでした。私も確認いたしましたが、きちんと録音データの再生も出来ております」

「…だが私がチェックした時は、何をしてもうんともすんとも言わなかったぞ。それに、これと杜史央の自殺に何の関係がある？」

「まずは再生してみて下さい。そうすればおわかり頂けます」

眉をひそめつつも、怜一は促されるがままスイッチの尻軸を押した。

ザザ…、ザザザッ……。

まず聞こえてきたのは壁を引っ掻《か》くようなノイズだ。録音に失敗してしまったのだろうか。

怜一は尻軸を回して音量を上げようとし、その姿勢のまま固まった。

『許サ、ナイ』

一瞬にして背筋が凍り付いてしまいそうな禍々しい声は、恨みと憎しみに濁ってはいたが、確かに女性のものだった。若くはない。四十代か五十代だろう。

『許サナイ許サナイ許サナイ、橋本真祐…アノ男ダケハ、絶対ニ』

『仇《かたき》ヲ』

『復讐ヲ』

『アノ人以上ノ苦シミヲ、アノ男ト、アノ男ニツナガル全部ニ』

『ヤルノヨ、紫苑――』

ノイズに交じって延々と紡がれる恨み言を、聞いていられたのはそこまでだった。

怜一はたまらず再生を停止し、ボイスレコーダーをデスクに放り投げる。出来たら二度と触れたくなかった。いつの間にか額にびっしりと冷や汗をかいている。

「な…んだ、これは。兵頭紫苑ではないな？」

「兵頭香織です」

「……すまない。もう一度言ってくれないか」

「その声は紫苑の母親、兵頭香織のものだと申し上げました」

淡々と応じる部下が、冗談のたぐいを口にするような男ではないことは怜一が一番よく知っている。つまりこの声、いや呪詛《じゅそ》の主は本当に、五年前死んだはずの香織なのだ。

「どうやって確かめた？」

「紫苑に関係する女性といえば香織ですので、香織の足跡をたどりました」

そうして行き着いたのはまだ杜史央が存命だった頃、香織が勤めていたナイトクラブだ。彼女は恋人を支えるため、ホステスとして働いていたのである。

店自体はすでになくなっていたが、香織の同僚だった女性と会うことが出来た。多額の報酬と引き換えに他言無用を誓った女性は、ボイスレコーダーの音声を聞いたとたん、『嘘、香織ちゃん⁉』と叫んだという。

「杜史央が亡くなった時、香織は『あの人は橋本真祐に殺されたんだ』としきりに泣きじゃくっていたそうです」

「…橋本先生が杜史央を自殺に追い込んだ？」

それは事実なのか、単なる香織の思い込みなのか。優秀な部下が調べていないわけがなかった。

「自殺の前年、杜史央は仲春展《ちゅうしゅんてん》に出品するための作品を仕上げていました。百号の力作で、当時の評価からして特選は間違い無しと囁かれていたそうです。しかし制作が半ばまで進んだ頃、杜史央は夜道で何者かに襲われ、重傷を負ったせいで、出品は叶わなくなってしまいました。代わりに出品し、特選に輝いたのは…」

「当ててやる。橋本先生だろう」

「ご明察、恐れ入ります」

仲春展は日本最大の美術家団体によって開催される美術展だ。マスコミにも毎年大きく取り上げられる、新人画家にとっては登竜門的な存在である。特選を獲得すれば、画家としての未来は約束されたも同然だ。…実際、真祐は日本を代表する画家になった。

インターネットがまだ普及しきっておらず、発表の場が限られていた時代だからこそ、特選の意義は今よりずっと重かった。

それを確実視されていながら理不尽な暴力で奪われた杜史央が、死を選ぶほど絶望するのも無理は無いが…。

「杜史央を襲わせたのは橋本先生か?」

「当時はかなり疑われたようですが、犯人が捕まらなかったため、通り魔の犯行という結論に落ち着きました」

今となっては犯人を特定することは不可能だろうが、ここまで情報が揃えば、紫苑の狙《ねら》いは馬鹿でもわかる。

「……復讐、か。父親を自殺に追い込んだ橋本先生に対する」

溜息が出た。

おそらく香織は父親の顔も知らない娘に、お前の父親は橋本真祐に殺されたのだ、いつか必ず復讐しなければならないと吹き込んでいたのだろう。

復讐を遂げる前に病死してしまってからも、娘に憑《つ》いて囁き続けた。さもなくば、こんな声が録音されるわけがない。

そして生まれた時から復讐を義務付けられた娘は真祐の息子に接近し、彼を利用して見事に母親の宿願を成し遂げた。

…何とも陰惨な話だ。杜史央の復讐というのなら真祐だけを殺せばいいのに、わざわざ橋本を罠に嵌め、真祐の家族にまで社会的な制裁を与えている。

真祐を殺すだけでは飽き足らず、家族や、彼らの大切なものまで奪おうと――。

「……オーナー？」

がたん、と椅子を蹴倒《けたお》しながら立ち上がった怜一に、部下がいぶかしそうな眼差しを向ける。命令を下そうとした瞬間、デスクに置かれたスマートフォンのディスプレイが点灯した。通知欄に水琴からのメッセージが表示されている。届いたのは三十分ほど前だ。接客中はマナーモードにしてあるので気が付かなかった。

「くそっ……！」

内容を確認したとたん、怜一は髪をかきむしる。

「今すぐ水琴さんを見付け出して保護しろ。一緒に居るはずの女が抵抗したら、殺しさえしなければ何をしても構わない」

「承知いたしました」

理由も聞かずに従う部下ほど、こういう時にありがたい存在は無い。一人きりになった執務室で、怜一はどさりと椅子に腰を下ろした。自分も飛び出して行きたいのは山々だが、己の役割が手足ではなく頭脳であることくらいわきまえている。

『兵頭紫苑は危険です。今すぐ家に引き返して下さい』

メッセージを送っても既読にならない。何度電話をかけてもつながらなかった。着信を取れない場所に居るのか、それとも――取れない状況に追い込まれているのか。

「……我ながら、いかれているな」

登録された泉里の電話番号を呼び出そうとして、怜一は唇をゆがめる。

あの重たい男なら理屈抜きで水琴の居場所を突き止め、どこに居ようと連れ戻してくれるはずだと一縷《いちる》の希望を抱いてしまう自分は、相当追い込まれているに違いなかった。


タクシーの運転手が裏道を飛ばしてくれたおかげで、紫苑《しおん》の待つビルには二十分足らずで到着出来た。ますます重たくなった身体《からだ》を引きずり、エレベーターに乗り込もうとして、水琴《みこと》ははたと足を止める。紫苑たちは三階のカフェに居るはずなのに、フロアマップの三階は楽器店になっていたのだ。他にテナントは入っていないらしい。

一応、三階に上がってみるが、フロアマップの表示通り楽器店しか無かった。どうしようか迷っていると、紫苑からメッセージが届く。

『ごめんなさい。焦っていて、間違った場所を送ってしまいました。三階ではなく地下一階です』

「地下……？」

フロアマップによればこのビルは地下三階まであるようだが、地下一階の表示は空白だ。カフェなど入っているのだろうか。

『南部《なんぶ》くんたち、もうすぐ店を出そうです。急いで』

続いて届いたメッセージに、逡巡《しゅんじゅん》は吹き飛ばされた。水琴が間に合わなければ、紫苑は一人でも南部たちを問い詰めようとするだろう。橋本《はしもと》の大切な恋人を、危険にさらすわけにはいかない。

水琴はエレベーターで地下一階に下りた。鋼鉄のドアが開いた先に、ぼさぼさの頭をした太った男が立っている。どことなく垢《あか》じみたスウェットにくたくたのジーンズを合わせ、かすかに饐《す》えた臭いを漂わせていた。

「あんたが胡桃沢《くるみざわ》水琴？」

男は呆気《あっけ》に取られる水琴を上から下まで不躾《ぶしつけ》に眺めると、肉に埋もれかけた目を満足そうに細めた。

「美人だけど、俺は紫苑ちゃんの方が断然好みだな。綺麗《きれい》すぎると逆に萎《な》えるし。その点清楚《せいそ》系ビッチってたまんないよね」

「あの、貴方《あなた》は…」

「ほら、来いよ。紫苑ちゃんが待ってるんだから」

男は水琴の腕を摑《つか》み、強い力で引っ張りながら歩き出した。すごい力だ。何度振り解《ほど》こうとしてもびくともせず、水琴は引きずられるようにして男の後を追う。

……どういうことだ？

頭の中は疑問だらけだった。

初対面のはずの男が何故《なぜ》水琴を知っていて、紫苑の名を呼ぶのか。このフロアもおかしい。どこにも灯《あか》りが点《つ》いていないせいで薄暗いし、ろくに掃除もされていないのかひどく埃《ほこり》っぽい。こんなところに飲食店が入っているわけがない。速まる鼓動と共に、嫌な予感がすさまじい勢いで膨《ふく》らんでいく。

やがて引きずり込まれたのは、一番奥にあるテナントだった。がらんと広いフロアに、古びたテーブルや椅子が散乱している。壁際に厨房《ちゅうぼう》らしい設備があるから、かつては本当にカフェだったのかもしれない。ずいぶん前に閉店してしまったのだろうけれど。

「いらっしゃい、胡桃沢さん」

にっこりと笑いかけてくるのは、黒いワンピースを纏《まと》った紫苑だった。場違いなくらい明るい笑顔の背後でどす黒い霧が渦巻いている。

まき散らされる禍々《まがまが》しい気配は前に会った時よりけた違いに強いが、間違い無く彼女の肩に巣食っていたあの薄墨色の陽炎《かげろう》だ。ほんの数日の間に、どうしてここまで変貌《へんぼう》を遂げてしまったのか。

「…兵頭《ひょうどう》…、さん…。松林《まつばやし》さんと、南部くんは…」

「やだ、ここまで来てまだ信じてるの？　貴方って本当にお人好《よ》しねえ。…真司《しんじ》くんの言った通りだわ」

長い髪をかき上げる仕草に、以前は無かった艶《つや》が漂う。口調も違っていた。喉を鳴らすような笑い方といい、まるで紫苑ではなく、もっと年上の誰かが喋《しゃべ》っているような…。

「し、紫苑ちゃん、紫苑ちゃん！　俺、ちゃんと連れて来たよ。ご褒美《ほうび》は？」

ニキビ痕《あと》だらけの頬を紅潮させ、男が水琴の腕を掴んだまま前のめりに訴える。男を睥睨《へいげい》する紫苑の眼差《まなざ》しは冷ややかだ。

「ご褒美は全部終わった後だって言ったでしょ、松林さん。貴方にはまだやることが残ってるはずよ」

「松林……!?」

水琴は後ろ頭を殴られたような衝撃に襲われた。松林は南部に協力し、嘘《うそ》の証言をした男だ。二人を糾弾《きゅうだん》し、罪を認めさせるために水琴は呼ばれたはずなのに。

「……わ、わかったよ……。ちゃんとやるから、ご褒美忘れないでよね？」

ねっ？　と何度も念を押し、松林は入り口に後退していった。解放された水琴だが、たった一つの入り口のすぐ外に陣取られては逃げられない。

……まさ、か。

背中を冷や汗が伝い落ちていった。

どうして自分は南部が真犯人かもしれないと疑った？　…南部と松林が共犯なら、犯行が可能だと思ったからだ。だが逆に考えれば、松林と手を組むことが出来る者なら、あの日、真祐《しんすけ》を殺せたのだ。

「…橋本先生を殺したのは…、兵頭さん、だったんですか…？」

肯定して欲しくなかった。だって橋本は、紫苑を欠片《かけら》も疑っていなかった。嫌な思いをさせてしまってすまないと後悔していたのに。

水琴の願いを嘲笑《あざわら》うように、紫苑は誇らしげに胸を反らした。

「そうよ」

「…う…っ、あ、ああっ…」

どうして、どうして。押し寄せる疑問と怒りに耐え切れず、涙を流す水琴を、紫苑は不思議そうに見詰める。

「何で泣くの？」

「っ…、橋本くんは…、貴方をちっとも疑ってなんかいなかった。何もしていないのに、どうしてこんな酷《ひど》いことが出来るんですか…！」

――キィイイエエエエエ！

耳をつんざきそうな金切り声が響き渡り、水琴はひゅっと息を呑《の》んだ。

紫苑の背後の黒い霧がのたうち回るように震えながら、何かの形を成していく。長い髪を振り乱したあれは、女性の顔…？

「……そうね。何もしていないわね。……真司くんは」

紫苑はほっそりとした手を挙げ、女性の顔をなだめるように撫《な》でた。心臓がどくんと高鳴る。

…背後のモノは、紫苑にも見えているのだ。きっと声も聞こえている。

「でもね、真司くんの父親…橋本真祐は、私のお父さんを殺したの。私は娘として、お父さんの復讐《ふくしゅう》をしなければならなかった。それがお母さんとの約束だから」

「橋本先生が、兵頭さんのお父さんを……殺した？」

ずし、とまた身体が重くなる。

よろめく水琴に、紫苑は淡々と語った。

紫苑の父、村本杜史央《むらもととしお》が真司の父親の親友であり、共に新進気鋭の画家として将来を期待されていたこと。内縁の妻だった母、香織《かおり》が杜史央を懸命に支えていたこと。杜史央が仲春展《ちゅうしゅんてん》で特選間違い無しと謳《うた》われながら、何者かの襲撃によって重傷を負い、出品を断念せざるを得なくなったこと。…代わりに出品し、特選を受賞したのが真祐だったこと。

「もちろん橋本真祐が真っ先に疑われたわ。あの男自身か、あの男に依頼された誰かがお父さんを襲ったに違いないって」

だが真祐にはアリバイがあり、実行犯も捕まらなかったため、事件は迷宮入りになってしまったという。悲嘆した杜史央は酒に溺《おぼ》れた末、首を吊《つ》って自ら命を絶った。最初に発見したのは妊婦だった香織だ。

「…お父さんの死体を発見したショックでお母さんは産気づいて、私を産んだの。だから私は絶対に橋本真祐に復讐しなければならないんだって、赤ん坊の頃から子守唄代わりにずっと言い聞かされて育ってきた」

「お母さん…、香織さんは…」

「五年前に病気で亡くなったわ。復讐を忘れるな、それだけがお前の生きる意味だと言い遺《のこ》してね。…でも」

ふわりと紫苑の唇がほころんだ。

「お母さんはずっと傍《そば》に居るの。ほら、聞こえるでしょう?」

今や紫苑の身体を半分以上覆い尽くしそうな黒い霧がもうもうとうごめき、紫苑によく似た四十代くらいの女性を形作った。

乱れた髪を宙にうねらせ、狂気に満ちた瞳をぎらつかせる女性はギリシャ神話のメデューサ…生きた蛇の毛髪を生やし、人を石化させる瞳を持つ怪物を連想させる。これが香織なのか。元が人間だとはとても思えない。

——紫苑。紫苑。私ノ可愛《かわい》イ娘。

香織は痩《や》せ細った腕で娘を抱き締めた。

——復讐ヲ。アノ男ヲ殺スダケジャ足リナイ。アノ男ノ息子モ、息子ノ大切ナモノモ全部メチャメチャニシテ、不幸ノドン底ニ叩《たた》キ落トシテチョウダイ。…貴方ナラ出来ルワネ？

「はい、お母さん。お父さんの復讐をするためだけに、私は生きてきたんだもの」

頷《うなず》く紫苑の瞳の奥にも黒い霧が宿っている。半ば香織と同調し、一体化しつつあるのかもしれない。

「…橋本くんに近付いたのは、復讐のためだったんですか」

「ええ」

「ほんの少しでも、好きな気持ちは無かったんですか」

「……あるわけないじゃない。どうして私がお父さんを殺した男の息子を好きになるの？」

紫苑の頬が震えたように見えたのは、水琴の気のせいだったのだろうか。

香織の手に頬を撫でられ、童女のように無邪気な笑みを浮かべると、紫苑はスカートのポケットから折りたたみ式のナイフを取り出す。

「胡桃沢くんっていい子よね。純粋で、無垢《むく》で、疑うことを知らなくて。真司くんが特別に大切にするわけだわ。貴方みたいな子が真司くんの友達でいてくれて本当に良かった。…殺し甲斐《がい》があるもの」

ぱちん、と現れたナイフの刃が水琴に向けられる。心臓が割れそうな勢いで脈打ち、水琴は後ずさった。

「…どうして僕を、殺すんですか」

「真司くんをもっともっと苦しめるためよ。真司くんが一番大切にしているのは貴方だもの。大切な貴方が自分のせいで惨《むご》たらしく殺されたと知ったら、きっと真司くんはのたうち回って苦しむわ。お父さんみたいに、首を吊ってくれるかもしれない」

——首！　首！　首ヲ吊ッテ！

香織がけたたましく笑う。…ああ、と思った。この母娘は本当に、真祐への復讐を遂げるためだけに生きてきたのだ。どうすれば真祐と、真祐の家族までも最高に苦しめられるか。それだけを考えて。

真祐を殺し、息子の橋本をまんまと犯人に仕立て上げた。橋本は未来を絶たれ、姉の芹《せり》も母親も世間からの厳しい非難を受けている。

けれど香織は、それだけでは満足しなかった。真祐と同じ創作の世界に生きる橋本に、さらなる鉄槌《てっつい》を下してやりたかった。

……だから、僕が選ばれたのか。

おそらく紫苑の犯行方法は、怜一《れいいち》と一緒に考えた通りだ。合鍵を利用して橋本のアドレスから真祐にメールを送り、マンションにひそみ、やって来た真祐をめった刺しにして殺した。

その後は返り血を避けるために着ていた橋本のコートを脱ぎ捨て――松林の部屋に移動したに違いない。そこで血の汚れを落としながら待ち、橋本が帰宅し真祐の遺体を発見したタイミングを見計らって踏み込み、通報した。

松林と橋本との間に起きたトラブルは事実だろう。偶然居合わせた紫苑は松林を利用することを思い付き、何らかの報酬と引き換えにその時から関係を持っていた。そしてとうとう犯行に及んだあの日、松林に嘘《うそ》の証言をさせたのだ。

首尾よく橋本が逮捕された後は、橋本の無実を晴らすのに協力したいと言って水琴に接触した。何故なら、水琴が橋本の一番大切な友人だから。

水琴を殺せば、濡《ぬ》れ衣《ぎぬ》を着せられ失意の橋本を絶望のどん底に突き落としてやれるから…。

「――それは本当に、貴方の望みなんですか」

がくがくと震える脚を叱咤《しった》し、水琴は紫苑をまっすぐに見詰めた。しゃあっと威嚇《いかく》する香織に怯《ひる》んでしまわないよう、下腹に力を入れる。

「何を言ってるの？　私は復讐のために…」

「橋本くんを…僕の友達を見くびらないで下さい。もし本当に貴方が復讐のためだけに接近したのなら、橋本くんは絶対に気が付きます」

拝み倒して付き合ってもらったようなものだと、橋本は拘置所で言っていた。社交的で交際範囲の広い橋本だが、実はしっかり人を見ていて、懐の中にまで入れるのは南部のようにごく限られた者だけだ。南部や他の仲間たちが橋本の無実のために走り回っているのだから、橋本の人を見る目は確かだと言えよう。

その、橋本が。

「…、…私、…は…」

復讐だけに凝り固まった女性に、惚《ほ》れるわけがないのだ。

紫苑が初めてたじろいだ。娘を抱き締めていた香織がぎゃっと喚《わめ》き、絞め殺さんばかりに腕を絡める。

──何ヲヤッテイルノ！　早クアノ子モ殺シナサイ！

「で…、…も、…お母、さん……」

──貴方ニ復讐以外ノモノナンテ必要無イノ！　貴方ハアノ人ノ仇《かたき》ヲ討ツタメダケニ生マレタンダカラ！

「あ、……ああ、あっ……！」

激しく振られる紫苑の頭を、黒い霧がしゅうしゅうと音をたてながら包み込む。やがて紫苑がふらふらと顔を上げた時、焦点の合わない双眸《そうぼう》は闇に染まっていた。

「…復讐…、しなきゃ…」

──ソウ、ソウヨ紫苑。

「あの男も、あの男の家族も、徹底的に苦しめなきゃ…。お母さんはそのために、私を、一生懸命に育てて…」

――貴方ハ私トアノ人ノ娘。アノ人ノ仇ヲ取ラナケレバ、貴方ニ生キル意味ナンテ無イノ。

何だ、これは。

娘を復讐に駆り立てる母親の浅ましい姿に、水琴は吐き気を覚えた。

今まで水琴が視《み》てきた死者は皆、個性はあっても基本的に穏やかで、誰かに危害を加えようとする者は居なかった。むしろ生きる者の方がよほど恐ろしく、惨い行動を取っていた。

だが、これは何なのだ。死者が生者を呪《のろ》い、むしばんでいる。

『怨霊《おんりょう》になっちゃいますねえ』

左胸以外全てを黒い靄に染めた萱《かや》を見て、雪輪《ゆきわ》はそう評していた。

…怨霊。恨みをつのらせ、生きる者にたたりを振りまこうとする死霊。萱はまだその寸前で踏みとどまっているようだが、香織は完全に怨霊と化してしまっている。未来ある娘を復讐のための道具としかみなさず、真祐とその家族を絶望のどん底に叩き落とすことしか眼中に無い。

……たとえ兵頭さんがここで僕を殺し、橋本くんを絶望させても、香織さんは絶対に満足なんてしない。

有罪判決を受けた橋本が懲役《ちょうえき》を終え、出所したところを殺しても…橋本の母親や姉の芹を惨殺しても、香織は決して満たされないだろう。

憎しみには果てが無い。復讐に終わりは無い。

恨む心さえあれば復讐という呪いは永遠に続く。紫苑は顔も知らない父親のため、復讐に一生を捧《ささ》げることになる。

こんな死者が、いや怨霊が、この世に存在するなんて。

凍り付きそうな寒気に襲われる。…誰かに抱き締めて欲しかった。大丈夫、怖くないよと囁《ささや》いてくれる優しい人の腕に包まれたかった。

「…せ…、…泉里《せんり》、…さん…」

愛《いと》しい人の名を縋《すが》るように呼ぶ。ごく小さな呟《つぶや》きが呼び水となったかのように、紫苑はナイフを振り上げた。

「貴方には何の恨みも無いけれど…、お父さんのために死んでもらうわ！」

「……っ！」

振り下ろされた刃をぎりぎりで床に転がって避ける。意図してやったのではない。重たい身体がとっさに動いてくれず、よろけて転んだだけなのだが、紫苑はまなじりを決した。

「避《よ》けないでよ！　顔に当たっちゃうかもしれないでしょ⁉」

「…か、顔…？」

「殺されたのが貴方だって、確実にわかるようにしておかなくちゃならないでしょう？」

そこで水琴は思い出した。真祐の遺体にはありとあらゆる場所に傷が刻まれていたが、顔だけは無傷だったとセンセーショナルに報道されていたことを。あれは殺されたのが橋本真祐だと知らしめるためだったのか。

恨みを晴らすため全身を切り刻んでおきながら、一方で遺体の素性の手掛かりを残すことも忘れない。狂気と裏腹の冷静さにぞっとしつつも、水琴はふらふらと起き上がった。…紫苑は水琴を真祐と同じように切り刻み、殺そうとしている。

……殺されるわけにはいかない。

やりたいこと、やらなければならないことが、水琴にはまだたくさん残っているのだ。無条件で守ってくれる人から離れたのが自分の意志なら、たった一人でも戦って——生き延びなければ。愛しい人の前に、胸を張って立つためにも。

ふらつく脚を踏ん張る水琴の肩で、黒い靄《もや》が揺れた。


——な……んだよ、これ。何なんだよ……。

目の前でくり広げられる惨劇に、萱は実体の無い口をぱくぱくとさせた。

一見、虫も殺せないような大人しそうな女が目を血走らせ、ナイフをぶんぶん振り回している。その背後にはおどろおどろしい瘴気《しょうき》を放つ女がべったりと張り付き、呪いの言葉を吐き続けているのだ。

——アア、憎イ、憎イ。

——モットモット、苦シメナキャ。

——恨ミヲ晴ラシテ。私ノ分マデ、アノ男ノ家族ヲズタズタニスルノヨ、紫苑。

女が呪詛《じゅそ》を吐くたび紫苑は奇声を発し、ナイフを振るう。何度も刃先をかすめられそうになりながら、逃げ惑っているのは胡桃沢水琴…萱の父親を撥《は》ね殺した犯人を見付けてくれるはずの青年だった。

『水琴さんがちゃんと犯人を見付けるまで、監視した方がいいんじゃない？』

真っ青になった水琴が交差点から去った後、そそのかしてきたのは雪輪だった。萱に記憶を取り戻させてくれた恩人だが、この少年は何故か怖い。近付かれると、病院に置いてきた身体がぞくぞくするような感覚に襲われる。

けれど、少年の言葉は常に正しかった。水琴に付いて行けばこの交差点から離れられるはずだと言われ、試しに水琴の後を追ってみたら、水琴の家らしきマンションまでたどり着けたのだから。

家の中までは入れなかったので外で待っていたら、しばらくして水琴が息せき切って出て行った。慌てていたせいか、萱の存在には気付かなかったようだ。好都合なので肩に張り付くようにして付いて行ったら、こんなところにたどり着いてしまった。

橋本くん、というのが水琴が助けたがっている友人で、身体を離れる前の自分があの交差点で出逢った気のいい青年だということはすぐに気付いた。見ず知らずの子どもなんて放っておけばいいのにわざわざ話しかけてきて、イラストまで描いてくれるお人好しだった。萱がちゃんと帰るのを見届ける目は心配そうで、胸の奥がくすぐったくなった。

あのお人好しが人を殺すなんてありえないだろうとは思っていた。橋本を助けるため身体に戻り、証言して欲しいと頼まれ、本当はすぐにでも頷くつもりだった。…でも雪輪と目が合って、十六年前の事故の真相を――父親の無惨な死にざまを思い出した瞬間、胸に渦巻くどす黒い感情が抑えきれなくなってしまった。

どうして、何も悪くない父親が若い命を散らさなければならなかったのか。

どうして、何も悪くない母親がぼろぼろになるまで働いて、死ななければならなかったのか。

どうして、何も悪くない自分が父を奪われ、病に命まで奪われなければならないのか。

どうして、元凶の犯人は何の償いもせず、のうのうと人生を謳歌《おうか》しているのか。

頭に閃《ひらめ》いた『復讐』の二文字は、その甘美な響きでもって瞬く間に萱を魅了した。

十六年の人生のほとんどを、萱は病院で過ごした。きっと死ぬのも病院だろう。

…何も出来ない、母の命を浪費するだけの人生だった。

でも、父親の復讐を果たすことが出来れば、父は…萱に何も告げなかった母も、きっと喜んでくれる。何も出来なかった自分が、何かをなし遂げて両親のもとに逝《い》けるのだ。

そのためなら、友人を思う水琴の気持ちを利用することさえ厭《いと》わない。何が起きようと自分の意志は変わらない――はずだったのに。

これは、何？

「逃げるな！　死ねぇっ！」

――殺セ、殺セ、殺セ！　復讐ノタメニ！

メデューサのように髪を振り乱し、喚き散らすのは紫苑の母親のはずだ。あの母親が父親の死にざまと復讐を吹き込み続けたせいで、紫苑は橋本の父を殺し…今、水琴まで手にかけようとしている。

……でも、会ったことも無い父親なんだろう？

杜史央が自殺した時、紫苑は母親の腹の中だった。ならば母親さえ杜史央の死の真相を伝えなければ…憎しみを己の内に留《とど》めることが出来れば、娘は復讐になど囚《とら》われずに済んだはずだ。一度も会ったことも無い、育ててもらったわけでもない相手なんて、実の親子でも他人みたいなものだろう。愛着が無い人間のために憎しみを抱き続けるなんて無理な話だ。

紫苑は萱と違って健康なのだから、好きな人と愛し合い、家庭だって持てたはずなのに。憎しみのために娘の未来を台無しにさせるなんて、それでも母親なのか？

思わず睨《にら》み付けた目が、紫苑の背後でうごめくソレと合った。びくりとする萱に、怨霊と化した母親はにぃっと笑いかける。

――オ前モ、同ジダロウ？

黒一色に染まった瞳にそう言われた気がした。

とんでもない言いがかりだ。怨霊に堕《お》ちたお前と俺のどこが同じなんだ、と怒りに拳を振り上げた瞬間、萱は愕然《がくぜん》とする。あの交差点に飛ばされたばかりの頃は陽炎のようにおぼろだったはずの手が、母親と同じ色に染まっていることに気付いてしまったから。

手だけではない。見下ろした胴体も両脚も——左胸以外の全身がどす黒く染まり、嫌な瘴気を放っている。

……何で、こんな⁉

ほんの少し前まではふわふわと頼りない、幽霊そのものの姿だったはずだ。いったいいつからこんな化け物みたいな姿になった？

……あの怖い兄ちゃんが、現れてからだ。

雪輪が現れ、記憶を取り戻してから、復讐以外の何も考えられなくなってしまった。この胸の奥に燃え続ける、犯人に対する憎しみの心。それが萱を真っ黒に染めてしまったというのなら…自分とあの母親は、確かに同じだ。

いや、同じなのは紫苑もか。

父親が悲運の死を遂げた時、母親の腹の中に居た。母親一人に育てられた。萱と紫苑の境遇は奇妙なくらいよく似ている。

なのに、二人のたどった人生はどうしてここまで違うのか。

真祐への恨みつらみを吹き込まれ続け、復讐のためだけに生きる鬼に成り果てた紫苑。

病気ばかりだったとはいえ、母の愛に支えられ、穏やかに生きてきた萱。

二人の『今』を、分けたものは。

「ぐ、……あっ!」

逃げ回っていた水琴が蹴《け》り飛ばした椅子が、紫苑の足元に命中した。たまらず転倒した紫苑を、母親は裂けそうなほど口を開けて叱咤《しった》する。

――何ヲシテイルノ、紫苑! 早ク立ッテ、アノ子ヲ殺スノヨ!

水底から浮かび上がるように、遠い日の記憶が呼び覚まされた。

あれは幼い萱が白血病の治療のため、入院していた頃。見舞いに来てくれた母と病院の庭に散歩に出た。母は車椅子に座っているよう言ったのに、萱は母と一緒なのが嬉《うれ》しくて、無理を言って歩かせてもらった。すると案の定転んでしまい、びいびい泣きだした萱を、母は優しく抱き起こしてくれた。

『痛かったわねえ、萱。可哀想《かわいそう》に』

優しい声。いたわりのこもった、温かい手。

『大丈夫よ。萱にはお母さんが付いているからね』

慈愛に満ちた笑顔の裏には、理不尽に夫を奪われた悲しみと怒り、そして憎しみがあったはずなのに。

笑っていた。

母はいつだって笑っていた。

だから萱は父があんな酷い死に方をしたなんて疑いもせず、ただ自分のことだけ心配し、安穏と生きて――。

……あ、ああああ、あああああああっ。

とうとう答えにたどり着いた瞬間、声にならない慟哭《どうこく》が溢《あふ》れ出た。…何てことをしてしまったのだろう。自分の愚かさに反吐《へど》が出そうだ。実体があったら、頭を抱えてのたうち回っていたに違いない。

よろよろと起き上がった紫苑が再び水琴を追い詰めにかかる。水琴は萱という重荷が離れたおかげでだいぶ身体が軽くなったはずだが、唯一の出口が松林によってふさがれている以上、逃げ続けるのには限界がある。

復讐に凝り固まった怨霊に水琴を殺させてはならない。水琴が萱を見付けてくれたおかげで、萱は大切なことに気付けたのだから。

……でも身体の無い今の俺じゃ、兄ちゃんを助けられない。

誰かに…水琴を大切に思う誰かに、代わりに助けに来てもらうしかない。

萱の脳裏に黒い靄を纏った長身の男が浮かび――直後、萱は跳んだ。

薄暗いバックヤードで、泉里は黙々とパソコンに向かっていた。顧客名簿を整理しているのだ。オープンしてさほど長くないギャラリーだが、前の店の頃からの顧客も引き継いだのでそれなりに数は多く、機密上の理由で敢《あ》えて記録に残していない個人情報もある。

全てをデータ化するにはかなりの手間と時間がかかるだろう。だが、やらないわけにはいかなかった。『エレウシス』を誰かに譲るにせよたたむにせよ、正確な情報の引き継ぎは必須だから。

軽いめまいを覚え、キーボードを叩く手を止める。

眉間を指先で揉《も》みながら椅子の背もたれによりかかれば、体内に蓄積した疲労がどろついた血液と一緒に流れていった。明瞭《めいりょう》な意識とは裏腹に、身体はまるで水の中に沈められたかのように重たい。

……近いうちに限界が来るんだろうな。

他人事《ひとごと》のようにぼんやりと思った。

実際、己の身体などどうなっても構わないのだ。むしろ再起不能なまでに壊れてしまうべきかもしれない。水琴の舐《な》めさせられた苦痛を、欠片でも味わうために。

酷いことをしてしまった。水琴の意志と尊厳を踏みにじり、己の欲望だけを突き付けて。怜一にはケダモノだと詰《なじ》られたが、ケダモノ以下だ。野の獣だってつがいを慈しむ心くらい持っている。

泉里の心にあったのは欲望だけだった。水琴を誰の目にも触れさせたくない、水琴の才能を独り占めしたい、極上の身体を自分だけのものにしたい。水琴を閉じ込めている間、ずっとそんなことばかり考えていた。

…水琴を外に出すのが怖かった。

事件に遭遇するたび、高祖母から譲り受けた力は研ぎ澄まされてゆく。萱と会話を交わした時には進化が速すぎると焦り、一心不乱に見知らぬ光景を描くさまを目撃した時には心臓が止まりかけた。あのまま描かせていたら、水琴が絵の中の世界に囚われ…二度と戻って来なくなってしまいそうで。

だから閉じ込めた――なんて、都合の良すぎる言い訳だ。怜一が聞いたら鼻先で笑うだろう。こうして後悔出来るのも水琴が逃げたからだ。あの愛しい恋人がもし囚われたままなら、泉里は何ら恥じることも無く、瑞々《みずみず》しく白い身体を決して離さなかっただろうから。

どこまでも救いようの無い泉里とは正反対に、水琴の懐は深かった。夢でもいいから一目会いたいと切望する泉里のもとに、会いに来てくれたのだから。

久しぶりに抱き締めた身体は以前よりか細く、夢にもかかわらず温《ぬく》もりを感じた。縋り付く愚かな男を、水琴は突き放さなかった。大切なものがぽろぽろ欠け落ちていく自分を心配すらしてくれた。

それだけに、翌朝一人で目覚めた時の孤独と喪失感は強く――固めざるを得なかった。水琴を…築き上げてきた全てのものを、自分以外の誰かに任せる決意を。

……任せられるとしたら、あの男しか居ないだろうな。

画商よりもモデルや俳優の方が似合いそうな男が脳裏に浮かび、ぐにゃりとゆがむ。この期に及んで、泉里はまだ諦《あきら》めきれないのだ。水琴を。…恋人と共に歩む未来を。壊したのは自分のくせに。閉じ込めて、逃げられたくせに。自分の身さえ危ういくせに。

ずきずき痛むこめかみをさすっていると、目の前がぼんやりゆがみ、人の姿をした何かがちかちかと浮かび上がった。

「……っ？」

天井すれすれに浮かび、泉里を見下ろしているのは全身を黒く染めた少年だ。よくよく見れば左胸だけわずかに白く光り、心臓のようにちかちかとまたたいている。焦りの滲《にじ》んだ顔に、泉里は見覚えがあった。南部が描いた、あの似顔絵の少年だ。

「……君は……!?」

少年は必死に口を動かすが、泉里には聞こえない。そのことに気付いたのか、今度は身振り手振りで必死に玄関の方を示した。泉里を外へ連れ出したがっているようだ。

——行かなくてはならない。

胸を突き動かす衝動のまま、泉里は少年の後を追った。スマートフォンと、肌身離さず持ち歩いていた水琴のスケッチブックを手にして。

やがてたどり着いたのは、駅からだいぶ離れた古い雑居ビルだった。少年に促されるがまま地下一階に下り、薄暗くひとけの無いフロアの奥へ向かう。

ここだ、と言わんばかりに少年が指差したテナントの入り口では、三十代くらいの太った男が立ちふさがり、きょときょとと落ち着き無くあたりを見回していた。

「…紫苑ちゃんの邪魔はさせないぞ！」

泉里に気付いた男は鼻息も荒く襲いかかってきたが、軽くかわし、みぞおちに拳を叩き込んでやった。あっさり倒れた男の両手を外したネクタイでドアの取っ手に縛り付けておき、泉里は中に突入する。

「…よくも、ちょこちょこと逃げ回ってくれたわね」

かつては飲食店だったとおぼしきフロアの真ん中で、若い女性が両手で持ったナイフを振り上げていた。長い髪はぐしゃぐしゃに乱れ、薄汚れた黒いワンピースはところどころ破れて酷い有様だが、その双眸は歓喜に輝いている。

――コレデマタ、アノ男ノ息子ヲ苦シメテヤレル！

女性の背後でけたけたと哄笑《こうしょう》するのは、黒い靄に形作られた女性だ。息苦しさを覚えるほどの禍々しい空気に肌が粟立《あわだ》つ。泉里は直感した。あの黒い女性は少年と同じこの世にあらざる存在で——はるかにたちの悪いモノだと。

「やめて…、下さい、紫苑さん。貴方は…、本当は、こんなこと望んでいないはずです…！」

若い女性の足元にうずくまった水琴がかすれた声を必死に引き絞る。あちこち切られたシャツと傷だらけの手を目にした瞬間、泉里は飛び出していた。

「…俺の水琴を…、傷付けるな……っ！」

「な、……ぐぅっ⁉」

ナイフを持った手を逆方向にひねり上げ、苦痛に呻《うめ》いたところを狙《ねら》って腹に拳を叩き込む。若い女性であろうと、手加減する必要など感じなかった。たまらずナイフを落とした女性は苦《く》悶《もん》しながら床に膝をつく。

「水琴、無事か⁉」

「泉里さん⁉　どうして……」

それきり水琴は喉を詰まらせた。みるみる潤んだ瞳に、泉里の心臓は鷲摑《わしづか》みにされる。きつく抱きすくめたい衝動を堪《こら》え、落ちたナイフを拾い上げると、泉里は水琴を背に庇《かば》った。ごほごほと咳《せ》き込みながら起き上がろうとしている女性に、武道の心得はあるまい。ナイフも奪った以上、彼女がどれだけ暴れても取り押さえる自信はある。

問題は彼女の背後に巣食う黒い女の方だ。若い女性がダメージを喰《く》らって弱るどころか、ますます禍々しさを増し、呪いめいた言葉を垂れ流し続けている。あの女性には泉里の拳は通用しない。

「……水琴。あれは、誰だ」

「み…、見えるんですか……!?」

黒い女性を指差すと、驚きの声が上がった。今まで泉里に死者の姿が見えたことなど無いのだから、当然だろう。

「説明している暇は無いが、見える。あの若い女性によく似た、黒い霧のような女が」

「……、若い女性は兵頭紫苑さん。黒い女性は、兵頭さんの亡くなったお母さんの香織さんです」

水琴は手短に話してくれた。橋本の父、真祐がかつて紫苑の父親を自殺に追い込み、それを恨みに思った香織に紫苑が復讐を吹き込まれ続けていたこと。香織が亡くなった後も紫苑は復讐を果たすべく橋本に接近し、恋人の立場を利用して真祐を殺した後、その罪を橋本に着せたこと。橋本を徹底的に苦しめるべく、水琴を呼び出し殺そうとしていたことを。

喉の奥に苦い味が広がった。

…父に会ったことも無い娘に、父の復讐を宿命づける母親。それはもはや…。

「…怨霊、だな」

泉里の母もまた理不尽な死を遂げたが、水琴のおかげで逢《あ》うことの出来た母は、泉里に復讐など望みはしなかった。母が望んだのは真実と、泉里がしがらみから逃れ自由に生きることだけ。それが叶《かな》った後は、幸せそうに天へ昇っていった。

引き換え、香織はどうだろう。

――紫苑、早ク起キナサイ！　コウナッタラ二人トモ殺スノ。貴方ナラ出来ルワ！

男に殴られ倒れた娘をちっとも心配せず、瘴気を燃え立たせている。見るもおぞましい、憎しみと復讐に凝り固まった怨霊。

……あんなものを、水琴はいつも見ていたのか。

同じものを見て初めて、泉里は水琴の孤独と苦しみを理解したように思えた。

死者の残した思いを読み取り、幻想的な筆致で描き出せるのは水琴だけが持つ才能だ。だが水琴にとって、才能とは自分とそれ以外を分かつ楔《くさび》でもあったのではないか。

たとえ今まで水琴が見てきた死者が穏やかで優しい者ばかりだったとしても、自分にしか見えないものを視ること自体が水琴には重荷だったのではないだろうか。実際、水琴は異能を恐れた家族に見捨てられてしまっている。

それでも水琴は死者の思いを受け止め、描くことを無上の喜びとし、才能を磨き上げてきた。

まばゆい光を放つその才能に、泉里は強烈に惹《ひ》き付けられたのだ。

そんな水琴に、自分はいったい何をした？

「…う…、……くっ……」

泉里の耳が小さな呻《うめ》きを捉《とら》える。振り返れば、片手で顔を覆った水琴ががたがたと震えていた。泉里ですら香織の吐き出す瘴気に精神をがりがり削られているのだ。異能を持つ水琴には、心身共にかなりの負担がかかっているだろう。

泉里はひざまずき、震える水琴をそっと抱き締めた。

これが最期の抱擁《ほうよう》になるかもしれないと覚悟しながら。


「——水琴」

待ち望んでいた優しい腕に包まれ、水琴はとっさに首を振った。そうしなければ、何もかもから守ってくれるこの腕に縋り付いてしまいそうだったから。

……駄目。駄目だ。

泉里はきっと水琴を守ろうとしている。水琴に目隠しをして、つらいことや醜いものを見せないようにしてくれるつもりなのだ。泉里がいつもそうしているように。

でもそれでは、水琴はいつまで経《た》っても…。

「よく見ろ」

「……、えっ……」

予想外の言葉に思わず顔を上げれば、泉里は紫苑を叱咤する香織を指差した。

「憎しみに凝り固まった怨霊だろうと、今まで君が読み取ってきた死者の思いであることに変わりは無い。君ならきっと読み取れるはずだ。彼女たちの本当の思いが」

「…泉里さ、…ん」

「彼女たちを救えるのは君だけだ。俺には何も出来ない。だから、……頼む」

どくん、と心臓が大きく高鳴った。

……泉里さんが、僕を、頼ってくれた……。

全身を駆け巡る熱い血潮が、恐怖に冷え切っていた身体を瞬く間に溶かしてゆく。

デビューが決まって以来ずっと重かった肩も、すっと軽くなった。…ああ、そうか。怜一の言う通りだった。誰もが経験する重さ。水琴には今まであるようで無かったもの。

それは、きっと。

「……ありがとう、泉里さん」

泉里の腕を解き、水琴は立ち上がった。誰の手も借りず、一人で。けれど立たせてくれたのは間違い無くこの愛しい恋人だ。

「おかげで、大切なことを思い出せました」

目に映るもの…いつもと違うものばかりに気を取られ、忘れていたのだ。どれほど恐ろしい異形の姿に成り果てようと、目の前に居るのは死者であり、彼らの遺した思いであることを。だったら、出来るはずだ。彼女たちの真実を読み取ることが。

水琴はまぶたを閉じ、精神を研ぎ澄ました。

――殺セ、殺セ、殺セ、『嫌』殺セ、殺セ。

――邪魔ヲスルナラ誰デモ『私は、私は』許サナイ。

香織が狂乱しながらまき散らす怨嗟《えんさ》の毒に、時折ノイズのように混じるのは、今まで聞き取れなかった震え声だ。香織ではない。若く澄んだ女性の声。

――オ前ハ『真司くん』復讐ノタメニ『許して』生マレテキ『殺したくない』タンダカラ！

「……兵頭さん！」

ぐっと腹に力を入れ、水琴は呼びかけた。背後に佇《たたず》む泉里の気配が、水琴の背中を支えてくれる。

「…な…っ、…に……」

腹を押さえ、ようやく起き上がった紫苑がびくりと頬を震わせる。

メイクでは隠し切れなくなってきた顔色の悪さも、呼吸の荒さも額の脂汗も、泉里だけのせいではないだろう。怨霊と化した母親を長きにわたり背負ってきたせいで、紫苑までもが怨霊の一部となりつつあるのだ。このまま復讐に手を染め続ければ、確実に香織と一体化し、生きた怨霊に成り果ててしまう。

「貴方はどうして、橋本くんを殺さなかったんですか」

「……え……」

「橋本先生に対する復讐なら、橋本くんも殺した方がお母さんは満足したはずです。合鍵を持っていたんだから、そのチャンスだってじゅうぶんにあった。…なのに、貴方は殺さず罪を着せる方を選んだ。何故ですか」

「…それは、……一思いに殺すより、濡れ衣を着せてじわじわ苦しめた方が復讐に相応《ふさわ》しいと思ったからよ。だから、貴方までおびき出したんじゃない」

紫苑はきっと水琴を睨み返すが、母親に吸収されつつある彼女の一部までは嘘が吐《つ》けない。

――アノ男ノ『駄目』息子モ『真司くんだけは』殺セ！　コイツラノ『絶対に』次ハ息子ダ！

「…貴方は、橋本くんを殺さなかったんじゃない。殺せなかったんだ」

「な、何、を」

「橋本くんは言っていました。『親父《おやじ》に勘当されてたくさんの奴《やつ》らが離れていったけど、今の仲間と紫苑だけは傍に居てくれた。涙が出るくらい嬉しくて、大切にしたいと思った』と」

ふるり、と紫苑のまぶたが揺れる。娘にべったり張り付いていた香織が『ギャッ』と悲鳴を上げ、熱湯に触れたかのように離れた。

その手が再び紫苑に絡み付く前に、水琴はたたみかける。

「最初は復讐のために近付いたのかもしれない。でも貴方は、……復讐なんて関係無く、橋本くんのことを好きになってしまったんでしょう？」

紛れも無い恋心があったからこそ、橋本は紫苑の恋人になった。紫苑に通報され逮捕されてしまっても、彼女を心配しこそすれ、恨んだりしなかった。

「違う…、…違うわ！　私はお母さんの娘よ。一生懸命愛して育ててくれたお母さんを裏切るなんて、そんなことあるわけない！」

紫苑がばさばさと髪を振り乱しながら反論する。娘の回りをうろうろ旋回する香織が、にやあっと唇を裂いた。

喜色を露《あら》わにする怨霊に、水琴はひたと眼差《まなざ》しを据える。

「……本当に、そうでしょうか」

「え……っ？」

「貴方のお母さんは、本当に貴方を愛していたんですか？」

「…………」

青ざめた顔から温度が抜け落ちた。酷なことを言っている自覚はある。けれど紫苑を香織の支配から解き放つにはこうするしかない。

「復讐のためとはいえ仇の息子の恋人のふりをさせて、人一人を殺させて、罪をなすり付けるためによく知りもしない男に身を任させる。…娘にそんな真似《まね》をさせる母親が、本当に娘を愛しているんですか？」

「……、あ、…愛しているわ！　そうに決まってるじゃない！」

紫苑は叫ぶが、即答出来なかった時点で白状したも同然だ。彼女もまた、母親の愛情を疑っているのだと。

肩を怒らせ、細い足を踏ん張る紫苑が、毛を膨らませながら必死に捕食者を威嚇《いかく》する小動物のように見え、水琴はやるせなくなった。…たぶん彼女はとうに悟っているのだ。香織は母親ではなく、どこまでも『女』なのだと。

けれどその事実を受け容《い》れたら、認めてしまうことになる。母親にとって、自分は復讐を遂行するための道具でしかないことを。

でも。

「橋本くんにとって、貴方は道具なんかじゃなかった」

「…っ…、あ、ああ、うあああ、あ……」

「道具なんかじゃなかったから、拝み倒して恋人になってもらった。…今だってそうです。拘置所の中でも、橋本くんは自分より貴方の心配をしている」

――聞クナ！　聞イチャ駄目、紫苑！

こおおおおお、と怨霊が瘴気をまき散らす。身体の芯《しん》から凍り付くような寒気をぐっと拳を握り込んでやり過ごし、水琴は声を張り上げた。ここには居ない橋本の分まで。

「……考えろ！　本当に貴方を愛していたのは、お母さんと橋本くん、どちらなのか…貴方が愛しているのは誰なのか！」

「あ…ぁ、……っ！」

鋭い糾弾は不可視のつぶてと化し、紫苑と香織を襲う。怨霊を包む瘴気が薄らぎ、紫苑は大きくよろけた。まるで乗せられていた大量の重石が、突然取り除かれたかのように。

「……生まれて初めて、『ありがとう』って言われたの……」

吐き出された声はかすれていたが、ほのかに熱がこもっていた。

「真司くんと付き合うようになって、初めて…。お母さんは私が何をしても復讐を忘れるなって言うだけだったけど、真司くんは、ご飯を作ってあげたりお掃除をしてあげたり、どんなにささいなことでも『ありがとう』って…」

橋本は両親の揃《そろ》った家で何不自由無く育ったが、芹《せり》の話を聞く限り、温かな家庭ではなかったようだ。献身的に尽くしてくれる恋人の存在は、橋本の孤独を癒《い》やしてくれたのだろう。

「お友達にも紹介してくれた…。皆、真司くんの恋人だってだけで優しくしてくれたわ。イベントやパーティにも呼ばれて、あんなにたくさんの人たちと、わいわい楽しく過ごしたのも初めてだった…」

「…僕も、橋本くんのおかげで他のクラスメイトと仲良くなれました」

「そう……」

同じね、と微笑《ほほえ》んだ紫苑の瞳から、禍々しく黒い気配が消え失《う》せていった。

うろたえたように宙でのたうつ母親の姿をした怨霊を、紫苑はまっすぐに見上げる。

「…私、は」

──違ウ！　私ノ『もう嫌』紫苑ガアノ男『私は復讐なんて』ノ息子ヲ愛スル『したくなかった』ワケガナイ！

「私は、真司くんが」

──私ノ娘ナラ『黙れ』『黙れ』『黙れ黙れ黙れ黙れ』。

すう、と大きく息を吸う音がした。

「……黙れえええええええええっ！」

──ギャ、ギャアアアアアアッ⁉

紫苑が腹の底から絞り出した瞬間、香織は娘から弾《はじ》き飛ばされた。一回り縮んだ霧の身体から、じゅうじゅうと黒い煙が上がっている。

悶絶する怨霊に、紫苑は毅然《きぜん》と宣言した。

「……私は、真司くんが好き」

──ナ、ナ、ナ、ナニヲ言ウノ紫苑、貴方ハ……。

「私はお母さんの娘よ。育ててくれたことには感謝してる。…でも、私は貴方の道具じゃない。貴方の憎しみは、私の憎しみじゃない」

──ア、……ア。

「私の人生は私のものよ。……出て行って！　私の中から！」

──ヒィ、ヒイイイイイイイ！

香織は絶叫しながらのたうち回り、どうにか再び紫苑に縋り付こうともがいたが、抵抗はそこまでだった。

母親に植え付けられた憎しみという拠《よ》り所が消え、この世に残るよすがを失った香織が逝く先は常世《とこよ》の闇しか無い。勢いを増した黒い煙が立ちのぼるたび香織は四肢や胴体を失ってゆき、とうとう醜くゆがんだ顔だけが宙に残される。

――イヤ、ア、アア、ア……杜史央、サン……。

最後のひとかけらが消滅するのを見届け、紫苑は大きく息を吐いた。

「……最期まで、お父さんだけだったのね」

「兵頭さん……」

水琴がおずおずと声をかけると、紫苑はやわらかく微笑んだ。まさに憑《つ》き物が落ち、何の屈託も無い笑顔だ。

「ありがとう、胡桃沢さん。許してなんてもらえないだろうけど……ごめんなさい」

「いえ、僕は…」

「私がやったこと、全部警察に行って話すわ。でも、……その前、…に……」

喋るそばから紫苑のまぶたがどんどん下りていく。完全に閉ざされると同時にくずおれそうになった彼女を、背後から走り出た泉里が受け止め、そっと横たえた。

「…大丈夫でしょうか？」

「眠っているだけだろう。脈はあるし呼吸も安定している。ずっと母親に憑かれていたせいで極度の疲労状態なんだろうな」

「良かった…」

母親にそそのかされた末の行動だったとはいえ、紫苑の犯した罪は決して許されるものではない。けれど真実を知ったとしても、橋本はきっと紫苑が生き残ったことを喜ぶだろう。

——……本当に、……良かった。

安堵《あんど》する水琴の前に、おぼろな陽炎が現れる。

つかの間、水琴はそれが萱だと理解出来なかった。さっき交差点で別れた時には左胸以外黒く染まっていたのに、今は淡い灰色に変化していたから。

「萱くん…、……どうしてここに？」

「彼が、俺をここに連れて来てくれたんだ」

泉里がまっすぐ萱を見上げながら言うので驚いた。泉里にも萱の姿が見えているのだ。香織の姿も見えていたのだから、今さらではあるのだが、自分にしか見えないものを他人と共に見ているというのはおかしな気分だ。声までは聞こえないそうなので芹から聞いた萱の素性を簡単に話すと、『そんなつながりがあったのか』と泉里は驚いていた。

「…でも、萱くんはあの交差点から動けないはずだったんじゃ…」

——あの怖い兄ちゃんが、あんたに付いて行けば動けるって教えてくれたんだ。それで…。

萱は怜一のマンションまで付いて来て、このビルに呼び出される時も一緒だったのだそうだ。どうりで身体が重たかったわけである。途中から急に楽になったのは、萱が泉里を連れて来るために消えたからだったのだ。

だが、萱は何故水琴を助けてくれたのだろう。水琴が死ねば、父親を撥ね殺した犯人を捜してもらえなくなってしまうから？

——地獄だ、って思ったんだ。

おぼろな陽炎に形作られた萱の瞳は、凪《な》いだ湖面のように穏やかだった。

——その姉ちゃんの母親だって怨霊が『憎め』『殺せ』って鬼みたいな形相で呪い続けて、姉ちゃんが言いなりになって兄ちゃんを殺そうとしているのを見た時。きっと俺の母さんも、同じ地獄を見たんだろうって思ったんだ。

香織と萱の母親の佳乃《よしの》は、とてもよく似た境遇の女性だ。共に伴侶《はんりょ》を理不尽に奪われ、その後一人で産んだ子を育て上げた。だが香織の子の紫苑は復讐のために生きる鬼となり、萱は母が亡くなるまで何も知らず穏やかに過ごしてきた。

夫を撥ね殺した犯人を、佳乃が恨まなかったはずがない。復讐を望んだことだって何度もあっただろう。

——それでも母さんが事故のことを何も話さず、何の情報も遺さずに逝ったのは……、きっと、……俺のためだったんだ。

憎悪に身を浸し続けるという地獄を自らの身で思い知ったからこそ、息子にだけはこの地獄を受け継がせまいと願った。悲しみも憎しみも、全てあの世に持って逝った。犯人につながる情報も遺さなかった。たとえ萱が母の死後に事故の真相を知っても、名前も知らない犯人に復讐するのは不可能だから。

会ったことも無い佳乃の気持ちが、今なら水琴にもわかる気がした。

「……お母さんは、幸せな記憶だけを萱くんに遺そうとしたんだね」

母を亡くした萱が孤独に押し潰《つぶ》されそうになった時、支えになれるように。

佳乃は元々病弱だったそうだから、自分は長生き出来ないという予感があったのかもしれない。まさか萱が自分より若くして亡くなることになるとまでは、思わなかっただろうけれど。

「――……っ…、……そう、……だよな。俺も、そう思う」

つかの間喉を詰まらせた萱が、ごしごしと鼻をこすった。

――母さんと一緒に過ごせた時間は短いけど、母さんが傍に居てくれる間、俺はいつだって幸せだった。今だって、母さんを思い出すと心があったかくなる。

それも全て、佳乃が憎しみを萱に受け継がせなかったからだ。もし彼女が香織のように復讐を吹き込み続けていたら、萱は病の身体を押して犯人を捜し歩くことになっていただろう。

「……ああ……、あれはもしかして……」

聞こえないながらも空気を読んだのか、黙って見守っていた泉里が柱の陰に引っ込み、すぐに戻ってきた。水琴はえっと声を上げる。泉里が持って来たのは、水琴が泉里のマンションに置いてきてしまった愛用のスケッチブックだったのだ。

「萱くんに呼ばれた時、何故かどうしても持って行かなければならない気がしたんだ」

ぱらぱらとページをめくり、泉里は最新のページで指を止める。そこに描かれているのはかつて水琴が萱を描こうとして、描いてしまった見知らぬ光景だ。何本もの点滴の管につながれた細い腕の主を、涙を滲ませ、心配そうに覗《のぞ》き込む美しい女性――。

――か、……母さん……。

萱が床に舞い降り、ふらふらと手を伸ばした。泉里はよく見えるよう、スケッチブックを前に掲げてやる。

――母さん…、…ああ、……お母さん……。

しゃくり上げる萱と、描かれた女性の顔立ちはどことなく似ている。

そういうことか、と水琴はようやく合点がいった。あの時萱自身を描けなかったのは、萱がまだ生きているからだったのだ。代わりにこの目は萱の中に最も色濃く残っていた記憶…母親を読み取り、描き出したのだろう。

――俺、本当に馬鹿だったよな……。

嗚咽《おえつ》に震えるたび、白く残された萱の左胸は心臓のように脈打ち、白い光を全身に巡らせる。灰色に染まっていた身体がだんだん白さを取り戻す。…萱の中の憎しみが、浄化されていく。

――どうでも良かったわけじゃない。俺が大切だったから、母さんは何も言わなかったのに……全部、台無しにするところだった。

「萱くん……」

――死んでまで心配かけるなんて……、ごめん、母さん……。

幻の指がスケッチブックに触れた瞬間、萱はまばゆい光を放った。

とっさに庇おうとしてくれた泉里に、水琴はゆっくりと首を振る。聡明《そうめい》な恋人はそれだけでわかってくれたようだ。

「…戻るんだな。自分の身体に」

「はい。きっと」

「強い子だ。…母親に似たんだろうな」

離れていた魂が戻れば、萱は昏睡《こんすい》状態から目覚めるだろう。だが余命宣告をされた身体は治らない。近いうちに彼岸へ渡ることになる。苦しむために生き返るようなものだ。身体に戻らず、あのまま逝ってしまった方が楽だったに違いない。

けれど萱は安らかな死より残りわずかな苦渋の生を選んだ。萱が己の命をまっとうすることが、母親の願いだったから。

「真犯人が出頭し、萱くんがアリバイを証言してくれれば、橋本くんの無実はまず間違い無く証明されるだろう。……良かっ、た」

「泉里さん⁉」

泉里の長身がぐらりと傾《かし》ぐ。水琴はとっさに受け止めようとするが支えきれず、一緒にずるずると床に座り込んでしまった。

「泉里さん、しっかりして下さい…、泉里さん！」

「だい、…じょうぶ、……だ。心配、無い」

「大丈夫なわけ、ないじゃないですか！」

駆け付けてくれた時、以前よりずいぶん痩せていたので衝撃を受けたのだ。悠長に会話している場合ではなかったから何も聞けなかったが、ずっと心配でたまらなかった。

「……すまなかっ、た」

どこかに仕舞ったはずのスマートフォンを必死に捜す手を、泉里が握った。氷のように冷たい手は、生きた人間のものとは思えない。

……雪輪くんが、泉里さんの絵を完成させてしまった……⁉

「…泉里さん…、駄目です、泉里さん…」

囚われゆく魂を引き止めようと、水琴は泉里の手をぎゅっと握り返す。自分の血を全部注いで泉里が助かるなら、迷わずそうするのに。

「…君は、俺の、所有物じゃ、ない。わかっていたはずなのに…、大切なものが欠け落ちていくたび、俺が、俺ではなくなっていって…」

「えっ……？」

水琴はひゅっと息を呑む。

泉里も同じ夢を見ていたのか。…夢の中で、自分たちは会っていた？

「君に…、……ひどいことばかり……。……すまな、……い……」

「泉里さん、……泉里さんっ！」

泉里のまぶたがゆっくりと落ちてゆく。脱力した身体がずしりと重みを増した。まさか、と心臓が止まりそうになった瞬間、ピロピロピロ、と場違いに明るい音が鳴り響く。ズボンのポケットからだ。

『やりましたね、水琴さん！』

スマートフォンの着信を取ったとたん、陽気な声が耳に飛び込んできた。ふだんめったに感じることの無い怒りがゆらりと鎌首をもたげる。

「雪輪くん…、君は…」

『萱くんの魂が肉体に戻ったのを感じました。九十九パーセント怨霊化してたのを浄化した挙句、生き返らせるなんてすごいじゃないですか！』

浮かれきった様子の雪輪がここに居たら、顔面を殴り付けていたかもしれない。ぐっと唇を嚙《か》む音が聞こえているのかいないのか、雪輪はくっくっと喉を鳴らす。

『こんな形で萱くんの怨念を晴らすとは思いませんでしたが……約束は約束です。黒いお兄さんの絵はすっぱり描くのをやめて、焼いておきましたから安心して下さい』

「…、…えっ?」

『あれ、その声、もしかして俺が絵を完成させちゃったかもとか疑ってました? やだなあ、そんなことするわけないじゃないですか』

「で、でも、泉里さんは倒れて…」

『ああ、生気を吸い取られすぎて一時的にダウンしちゃってるだけですね。たぶんですけど、その人わりと最近死にかけたことがあるんじゃないですか? 一度彼岸に近付いた人は、生き返ってもあちら側に惹かれやすいんですよ』

どきりとした。確かに泉里は水琴と恋人同士になる前に交通事故に遭い、生と死の狭間《はざま》の世界に迷い込んだことがある。その事実を知るのは泉里と水琴だけだ。雪輪が知っているわけがない。

『そういう人は俺の力の影響を受けやすいみたいです。少し時間がかかるかもしれませんが、じっくり休めば元通り健康になれますよ。…あとこれは、忠告ですけど』

「……」

『彼岸に惹かれやすい人は、ちょっとしたきっかけでまたあちらに呼ばれやすいんです。黒いお兄さんを早死にさせたくなければ、なるべく傍に付いていてあげた方がいいですよ。水琴さんは生きたお守りみたいな人ですから』

そもそもお前のせいで死にかけたんだろうと詰るべきか、忠告ありがとうと素直に礼を言うべきか。迷っているうちに通話は切れた。

かけ直す気にもなれず、泉里の頬に触れてみる。…温かい。氷のようだった手も、温もりを帯び始めている。

「あ……、あ、……泉里さん、良かった……！」

抑えきれなくなった涙がぼろぼろと溢れ出す。

ほこりに汚れるのも構わず、水琴は倒れ込むように泉里を抱き締めた。


その後、電話をかけてきた怜一に助けを求めると、怜一の部下たちが地下テナントまで駆け付けてくれた。

水琴が紫苑に会いに行くとメッセージを送った頃、怜一はすでに紫苑と真祐の因縁について調べ上げていたらしい。しかし怜一が水琴のメッセージに気付いたのは水琴がここに入った後だったため、部下に水琴を保護するよう命じて探させていたのだそうだ。スマートフォンには怜一からの着信が何件も入っていた。

怜一の秘書でもあるという初老の部下の通報によって駆け付けた警察は、ドアにつながれていた松林を逮捕し、紫苑を病院に搬送した。彼女への取り調べと逮捕は、体調がじゅうぶんに回復してからになるだろう。

泉里は初老の部下が手配した病院に入院することになった。衰弱しきってはいるものの身体に異常は無く、一週間ほど療養すれば元の生活に戻れると水琴が聞かされたのは、警察署での事情聴取を終え、病院に戻ってきた後だ。

「…本当に、ありがとうございました」

泉里の病室近くの談話室で、水琴は怜一に深々と頭を下げた。水琴が見付かったと聞き、ギャラリーから急行してくれたのだ。

事情聴取を受けている間、入院の手続きや各所への連絡などをしてくれたのも怜一である。警察に長時間拘束されずに済んだのも、怜一が派遣してくれた弁護士のおかげだ。今まで保護してくれたこととといい、何度礼を言っても足りない。

「礼には及びません。貴方をこんな目に遭わせてしまったのに…」

苦渋に満ちた視線が水琴の手に注がれる。振り下ろされるナイフを何度も防御したせいで傷だらけになった両手には、包帯が巻かれていた。さっき医師に治療してもらったのだ。

「浅い傷ばかりですから大丈夫ですよ。先生も痕は残らずに治るだろうっておっしゃってましたし」

「ですが、私がもっと早く兵頭紫苑の情報を伝えていれば…」

「たとえそれを聞いたとしても、僕は兵頭さんのところに行ったと思います。…僕の選択の結果ですから、槇《まき》さんに謝って頂く必要はありません」

きっぱり断言すると、怜一はぱちぱちと何度もしばたたき、ふっと唇をほころばせた。

「…変わりましたね、水琴さんは」

「そう、でしょうか。自分ではよくわからないんですが」

「変わりましたよ。…どうやら、ずっと感じていた重さの正体に気付かれたようですね」

水琴はゆっくりと頷いた。

誰もが経験のある重さ。自分自身で気付かなければ意味が無いもの。それは——。

「……『自由』、ですね」

今までの水琴が何かを制限されていたというわけではない。むしろ人よりずいぶん恵まれていたと思う。祖父は孫の望むことは何でも叶えてくれたし、泉里は水琴が描くことに専念出来る環境ばかりか、衣食住にいたるまで最高のものを与えてくれた。

何不自由無く過ごしてきた。…けれどその『自由』は水琴が勝ち取ったのではなく、祖父や泉里に与えてもらったものだったのだ。

他人に愛され、保護され養われるだけなら、自由はただ謳歌するだけでいい。

だが曲がりなりにも描くことで食べていこうと——自分の足で立とうとした瞬間、自由は変化する。誰かに保障してもらうものではなく、自ら勝ち取り背負わなければならない、責任という名の重みに。

怜一の笑みに苦いものが混じった。

「……養父が亡くなり、『ギャラリー・ライアー』の全権が私に移譲された時、これで好きなようにやれると思うと同時に押し潰されそうになりましたよ。人間としてはとうてい好きになれない相手でしたが、こんなものを死ぬまで背負っていたのかと思うと、初めて養父に尊敬の念を覚えましたね」

「槇さん…」

「奥槻《おくつき》さんも『エレウシス』をオープンさせた時は同じような心境だったでしょう。私の養父も叩けば埃の舞い上がる人でしたが、それでも公には犯罪者ではなかった。けれど奥槻さんが仕えていた上司は殺人者で、法的なつながりは無かったとはいえ奥槻さんの兄のような存在だった。いくら奥槻さんが有能でも、犯罪者の身内というレッテルは負担だったはずです」

一から自分の画廊をオープンさせるだけでも大変だろうに、泉里の場合は義兄同然だったかつての上司が殺人罪で逮捕された後だった。上司の画廊は泉里の才覚だけで持っているようなものだったから、泉里が上司の身内であることを知る業界の人間は多いだろう。

ほとんどの人々は泉里の才覚を公平に評価してくれた。だから『エレウシス』は順調な経営を続けているのだろうが、水琴の知らないところで犯罪者の身内ゆえに貶《おとし》められたことはあったはずだ。理不尽な目にも何度も遭っただろう。

だが泉里が水琴にそんな苦労を垣間《かいま》見せたことは一度も無かった。水琴の前では、泉里はいつでも完璧で頼れる大人の男だった。泉里もまた、自由の重みを知る一人だったから。

「…では、自由の重みを知った水琴さんに改めてお尋ねします。奥槻さんのもとを去り、私のところに来る気はありませんか？」

怜一がすっと表情を引き締める。

きっと聞かれるだろうと思っていた。だから答えはちゃんと用意してある。

「——ごめんなさい。僕は泉里さんの傍を離れません」

「あんな目に遭わされても、ですか」

「泉里さんだけが悪いんじゃありません。ずっとおかしいと思っていたのに、僕は何も言わなかった。…いえ、言えなかった。泉里さんのしてくれることに反対したら、嫌われて突き放されてしまうと思っていたから」

もちろん泉里にそんな気など無かっただろう。けれど水琴はそうに違いないと思い込んでしまった。水琴の自由は、泉里に与えられたものだったから。

「たとえ嫌われるかもしれなくても、大切なことは今後必ず伝えるようにします。反対されたらその理由を聞いて、お互いわかり合えるまで話し合います」

当たり前のことかもしれないが、その当たり前のことが今まで自分たちは出来ていなかったのだ。そこに雪輪の異能が絡んだせいで、こじれにこじれてしまった。

怜一は両手を広げ、深い溜息《ためいき》を吐いた。

「振られてしまいましたか。まあ、貴方の顔を見た時からこうなるだろうとは思っていましたが」

「…僕の顔を？」

「奥槻さんに早く会いたくて会いたくてたまらない、ってお顔でしたよ。奥槻さんの傍を『離れない』のではなく『離れられない』と言われたのなら、泣かれてでも引き離すつもりだったんですがね」

残念そうな顔を見ていると、心の底から申し訳無くなってくる。泉里のマンションを飛び出した時、怜一が保護してくれなければ、真実にたどり着くことは出来なかっただろう。

「……本当にごめんなさい。槇さんにはどれだけ感謝してもし足りないくらいお世話になったのに」

「このままずっとお世話させて下さいませんか？　私が言うのもなんですが、画家として大成したいのなら奥槻さんより私の方が適任だと思いますよ。私はあの人のように重たくありませんし、愛しさ余って貴方の世界を狭めることも無い」

怜一はきっと真実しか言っていない。怜一のもとで描けば水琴は何の憂いも無く絵に専念出来て、それでいて引け目を感じるでもなく、自らの足で立てるようになるのだろう。

怜一の見せてくれる広い世界に興味が無いわけではない。

…けれど、水琴の心は決まっている。

「槙さんのお気持ちは本当に嬉しいです。ありがとうございます。…でも、どんなに広い世界でも、傍に泉里さんが居てくれなければ、僕には意味が無いんです」

「…………」

怜一はがくりと肩を落とし、近くの椅子に座り込んだ。怒らせてしまったのだろうか。不安になってきた頃、淡い色の瞳が向けられる。

「――『たとえ胡桃の殻の中に閉じ込められようと、無限の宇宙の王になれる』…」

「…それは？」

「シェイクスピアの『ハムレット』に登場する台詞《せりふ》です」

怜一の唇が苦笑の形にゆがんだ。

「自由とは、自らを良《由》しとすると書きます。自分で自分を良しと出来なければ、たとえ何のしがらみも無い広野に一人でぽつんと居ようと、その人は自由ではありません。反対に自分を良しと出来るのなら、胡桃の殻くらい小さな世界に居てもその人はきっと自由なのです。…胡桃沢水琴さん、貴方のように」

「あ……」

つんと痛くなった目の奥から、熱い涙が溢れ出る。

震える水琴の手にハンカチを握らせ、怜一は談話室を去っていく。

振り返らないその背中に、水琴は深く頭を下げた。

泉里《せんり》の病室には付添人用の部屋も設置されている。怜一《れいいち》が宿泊の手続きをしておいてくれたおかげで、水琴《みこと》はそこで過ごせることになった。

泉里が目を覚ましたのは、窓の外に夕焼けが広がった頃だ。しばらくぼんやりと天井を見上げていたが、傍らの水琴に気付くなりがばりと起き上がろうとする。

「う……っ…」

「まだ起きちゃ駄目です！　今、先生を呼びますから…」

慌ててナースコールを押そうとしたら、腕を掴《つか》まれた。いつもと違う弱々しさに泉里の衰弱ぶりを悟り、胸が苦しくなる。こんな身体《からだ》で、この人は水琴を助けに来てくれたのだ。

「…駄目だ。まだ呼ばないでくれ」

「でも…」

看護師からは泉里が目を覚ましたらすぐ呼ぶよう言われている。水琴はためらったが、『頼む』と真剣な眼差《まなざ》しで縋《すが》られ、ナースコールを手放した。

「あ、……あの、泉里さん？」

再びベッド横の椅子に座ったはいいものの、泉里は水琴の手を握ったままじっとこちらを見詰めている。時折、握る手に力を込めたり抜いたりはするが、何度呼びかけても応えが無い。

やはりナースコールを押すべきだろうかと迷い始めた頃、泉里は大きく息を吐いた。

「……すまない。今度こそあの世に来たんじゃないかと思ってしまった」

「泉里さん…やめて下さいよ、そういう冗談は」

一度死にかけ、雪輪《ゆきわ》からも彼岸に惹《ひ》かれやすいと不吉な予言をもらってしまった泉里が言うと洒落《しゃれ》にならない。

唇を引き結んでしまった水琴に、泉里は首を振った。

「冗談なんかじゃない。本当にあの世だと思ったんだ。…そうでもなければ、あんな仕打ちをした俺の傍《そば》に君が居てくれるはずがない」

端整な横顔が苦渋にゆがむ。水琴への仕打ちを、心から悔いているのだ。

……そうだ。泉里さんにはまだ雪輪くんのことを話していなかった。

「聞いて下さい、泉里さん。実は僕、先月『リアンノン』で知り合った雪輪くんと再会したんです」

頭の中を整理しながら、水琴は雪輪の再会や彼の行動、そして描いた人間を死なせるという異能について説明していった。聞いている間泉里は無言だったが、その表情は驚きから怒りへと変化していく。

「あの少年が、そんなことをしていたのか…。俺に萱《かや》くんや兵頭香織《ひょうどうかおり》の姿が見えたのは、あの世に限り無く近付いていたせいだったんだな」

「絵は焼いてしまったそうなので、きっともう見えなくなっていると思います」

「兵頭香織のように憎悪に凝り固まった怨霊《おんりょう》が君の目に映ったのも、おそらくは雪輪と接触した影響なんだろう。つくづく惨《むご》いことをする」

「そのことなんですが…僕、雪輪くんに怒りを抱いてはいないんです」

水琴の告白に、泉里はまだ重たげだったまぶたをぱちぱちと何度も上下させた。

「…何故《なぜ》だ。あの少年のせいで君は見たくもないものを見せられ、萱くんも危うく生きたまま怨霊になるところだったんだろう？」

「萱くんの記憶が戻ったのは雪輪くんのおかげでもあります、それに香織さんのような憎しみに染まった死者は、ただ僕の目に見えていなかった——見ようとしていなかっただけで、きっと今までも僕の傍にあったものだと思うんです。…それは、生きた人間も同じ」

水琴はそっと泉里の手を両手で包み込んだ。血の通った温《ぬく》もりが、ささくれた神経を癒《いや》してくれる。

「僕を大切に思うあまり暴走してしまう泉里さんも、閉じ込めてしまう泉里さんも、僕が見ようとしていなかっただけで、出逢《であ》った頃から存在していたんでしょう。…僕はいつも大人で余裕のある泉里さんしか見ていなかった。雪輪くんはそのことに気付かせてくれました」

泉里が殺されたかもしれないと思った瞬間は確かに腸《はらわた》が煮えくり返った。けれど全てが終わり、冷静さを取り戻した頭には、雪輪への怒りは湧《わ》いてこない。あるのは、都合のいいものしか見てこなかった自分自身に対する憤りだけだ。

泉里はグリーンのパジャマの襟におとがいを沈め、ぽつりと呟《つぶや》いた。

「…もし万が一命が助かったら、槇《まき》のところへ行くよう勧めるつもりだった」

「なっ……」

「君が俺から本当に離れてしまったら、雪輪に描かれなくても、俺はいずれ死んでしまうだろう。だが魂だけになったら君に憑《つ》いていられるし、君に描いてもらえる。そうなれば無上の喜びを噛《か》み締められるだろうと…俺は、そんなふうに思い詰められる男でもある」

死んでも離れないと告白され、全身に痺《しび》れにも似た震えが走る。恐れだけではない。紛れもない歓喜によって。

「……ちょっと、独占欲強すぎませんか」

怖いですよと茶化せるようになったのも、怜一の言う変化の一つなのだろうか。

泉里は顔を上げ、ふふんと笑った。めったに見せない、いたずらっぽい表情だ。

「今頃気付いたのか?」

「…開き直りましたね」

「開き直りもするさ。兵頭香織の怨霊に苦しめられる君を見た時、思ったんだ。あの醜悪で恐ろしいモノから君を守れるのなら、死者になっても構わないと」

……重い。重すぎる。

水琴は改めて怜一に詫《わ》びたくなった。泉里に押し潰《つぶ》されてしまうのではないかと、怜一がさんざん気を揉《も》むのも当然だ。

「雪輪のせいで君と同じモノを見て、君が高祖母君から受け継いだ力が…俺が才能だとはしゃいでいた異能がどんなものか、初めて正しく理解出来た気がする」

「僕の…、力が？」

「君の力は確かに才能だ。だがその才能を数多《あまた》の人々を魅了するまでに進化させたのは、間違い無く君の不断の努力によるものだ。…才能なんて無責任な言葉で片付けていいものじゃなかった」

どくんと心臓が脈打ち、熱い血潮を全身に巡らせる。怨霊の瘴気《しょうき》に呑《の》まれかけた水琴を、立ち上がらせてくれた時のように。

……泉里さんだけだ。

水琴を温めてくれるのも、守ってくれるのも、立ち向かう勇気をくれるのも。

「これからも俺は間違えるかもしれない。おまけに君を守れるのなら死者になっても構わない、重い男だ」

「……」

「そんな俺でも、一緒に歩んでくれるか？」

まっすぐに見詰められ、涙が溢《あふ》れた。ただ守られるのでも付いて行くのでもなく、一緒に歩いていける存在だと認められた自分が誇らしい。

「喜んで。……でも」

水琴はそっと泉里の耳元に唇を寄せた。

「一緒に歩くなら、僕は生きた泉里さんがいいです」

返事は、息も止まりそうなほどきつい抱擁《ほうよう》だった。

身じろぎ一つ叶《かな》わない腕の中は、まるで胡桃《くるみ》の殻のように狭いかもしれない。

でもこの腕こそが、水琴を無限の宇宙の王にもしてくれるのだ。


一週間後に泉里が退院するまでに、様々なことがあった。

まず、泉里の入院から三日目に芹《せり》から『萱くんが意識を取り戻したって！』と連絡が入った。衰弱しきってはいるがきちんと受け答えも出来るそうで、意識を回復しないまま死亡するとばかり思っていた主治医を驚愕《きょうがく》させたそうだ。

萱は芹を通じて橋本《はしもと》の弁護士と連絡を取り、橋本のために証言をしたいと申し出た。意識を回復したとはいえ萱には裁判に出頭し、証言するだけの体力は残されていない。だが泉里によれば所在地尋問といって、萱のように出頭出来ない事情のある証人には、証人の現在場所で尋問を行うことが出来るそうだ。萱の場合は病院である。

いずれ萱の回復を待ち、裁判官と検察官、そして橋本の弁護士の立ち会いのもと、証人尋問が行われるだろう。そうして作成された証人尋問調書が弁護側の証拠として提出され、公判において真実と認められれば、橋本は無罪を勝ち取れる。芹は電話の向こうで喜びの涙を流していた。

泉里とは別の病院に運ばれた紫苑《しおん》は、ずっと眠り続けているそうだ。精密検査も行われたがどこにも異常は無いという。長年にわたり母親の怨霊にむしばまれ続けた心身が休息を必要としているのだろう。

逮捕された松林《まつばやし》は少しでも罪を軽くしたい一心か、警察の取り調べに素直に応じているようだ。供述によれば橋本とのトラブルから少し経《た》った後、紫苑がたびたび訪ねてくるようになり、そのうち肉体関係を持つに至ったらしい。

以前から好みのタイプだとこっそり紫苑に横恋慕していた松林はたちまち彼女の虜《とりこ》になり、性行為と引き換えにどんな要求にも応じていたそうだ。真祐《しんすけ》が殺された日に橋本を目撃したと証言したのも、水琴の殺害を手助けしたのも、紫苑の願いを叶えたい一心だった。

紫苑が真祐を殺した日は、血まみれで逃げてきた彼女にシャワーを浴びさせ、橋本の帰宅までかくまっていたそうだ。紫苑の事情はある程度聞いているらしく、逮捕されてもなお『紫苑ちゃんは悪くない！　悪いのは紫苑ちゃんのお父さんを自殺に追い込んだ橋本真祐だ！』と喚《わめ》いているという。いずれ水琴に対する殺人未遂の共犯として起訴され、然《しか》るべき罰を受けることになるだろう。

橋本の無罪を信じ奔走していた南部《なんぶ》たちは有力なアリバイ証言者がとうとう発見されたと聞いて歓喜に沸いたが、その証言者がまだ十六歳の少年であり、わずかな命しか残されていないと知ると一転、沈み込んだ。

しかし萱が見舞いを受け容《い》れられるまでに回復すると、彼らは二、三人ずつ萱の病室を訪れ、病身をいたわりつつも友を救ってくれることに心からの礼を伝えた。友人の恩人は自分の恩人だからと、それからも見舞いは萱の負担にならない程度で続いているという。萱は見知らぬ年上の男たちの訪問に驚いたが、母を亡くして以来見舞いなどめったに無く、友人も居ない身だったので、賑《にぎ》やかな空気を歓迎した。

泉里の退院の日は、水琴も回復した泉里と一緒に見舞いに寄らせてもらった。

「…兄ちゃん？　来てくれたんだ」

リクライニングベッドにもたれて本を眺めていた萱は、水琴が現れるや、大きく目を見開いた。よろよろと起き上がろうとするのを、水琴は慌てて止める。

「生身で会うのは初めまして、だね。……その……」

何本もの点滴の管や機械につながれた痛々しい姿に、言葉を継げなくなってしまう。落ちくぼんだ眼窩《がんか》にも、こけた頬にも、痩《や》せ細って骨の浮いた身体にも、隠しようの無い死の匂いが漂っていた。医師でなくても一目で察するだろう。この少年にはもはやわずかな時間しか残さ

れていないのだと。

「あのままあの世に逝《い》かせてやった方が苦しませずに済んだんじゃないか、とか思ってるんだったら、間違いだからな」

「えっ……」

呆然《ぼうぜん》とする水琴に、萱は鼻をゆっくりこすりながらふふんと笑った。霊だった頃より緩慢な仕草に胸が痛む。

「確かにこのポンコツの身体はきついし、苦しいよ。身体を飛び出す前は、早く死んで楽になりたいって、そればっかり願ってた。…でも、今は違うんだ」

萱はサイドテーブルに飾られた何枚もの花々の絵を愛《いと》おしそうに眺める。萱の病状では生花の持ち込みが許されないと知った南部たちが、ならばとめいめい描いて持ち寄ったのだ。どれだけ月日が経とうと枯れない花を。

「何にも出来ないまま死んでいくんだって思ってた俺が、兄ちゃんの友達を助けられるんだぜ？　父さんの復讐《ふくしゅう》なんかより、母さんは絶対喜んでくれるだろ？」

「…萱…、くん…。…そうだね、……きっと……」

スケッチブックに描き出された萱の母、佳乃《よしの》の我が子を心配する表情を思い出す。

幸せな記憶だけを遺《のこ》した彼女なら、病に苦しみながらも人助けをやってのけた息子をきっと誇らしく思うだろう。…萱が同じところへ逝ったら、笑顔で迎えてくれるに違いない。

「そう言えば、今日はあの真っ黒いおっさんは一緒じゃないの？」

しんみりした空気を吹き飛ばすように、萱が明るく尋ねる。

「泉里さんならロビーで待っているよ。何人も押しかけたら萱くんの負担になるからって」

本当は生霊《いきりょう》だった萱が自分を怖がっていたと水琴から聞き、遠慮したのだが、もちろんそんなことは明かせない。すると萱は予想外のことを言い出した。

「俺なら大丈夫だから、連れて来てよ」

「でも…」

水琴はためらったが、真剣な目で『お願い』と頼まれれば、聞かないわけにはいかなかった。急いでロビーに向かい、泉里を連れて戻る。

「俺のこと信じてくれて、ありがとう」

現れた泉里に、萱は深く頭を下げた。

「あの時あんたが俺を疑わずに付いて来てくれたから、俺はこうして元の身体に戻れたんだと思う。ずっと、礼を言いたかったんだ」

「…礼を言うのはこちらの方だ。君が水琴の危機を報《しら》せてくれたから、俺は水琴のもとに駆け付けることが出来た」

泉里もまた長身を折り、丁寧なお辞儀を返す。それは子どもではなく、対等と認めた相手に対する仕草だ。

「水琴は俺の一番大切な存在だ。水琴が失われていたら、俺も死んでいただろう。君は橋本くんだけではなく、俺と水琴も救ってくれたんだよ」

「俺が？　……本当、に？」

何度もまばたきをしながら、萱が泉里と水琴を順繰りに見詰める。もちろん、と頷《うなず》き返せば、大きな瞳から涙が溢れた。

「はは…、すごいや、俺…。三人も、助けられたのか…」

ぐしゅり、と萱はすすり上げる。

「…生きてて、良かったたって…、今、初めて、思った…」

嗚咽《おえつ》するたびに揺れる何本もの点滴の管。かすかに漂う消毒の匂い。

無機質な白い病室は、遊びたい盛りの十六歳の少年が閉じ込められるには窮屈すぎるかもしれない。

「……俺、生きるよ。兄ちゃんの友達が無罪になるまで、絶対に……」

けれど自らを良しと出来るのなら、少年はきっと自由なのだ。

萱の病院を出た後は、泉里のマンションに帰宅した。

ずっと付添人用の部屋に滞在していたから、このマンションに帰るのは久しぶりだ。夢で見た室内はあちこち散らかっていた。帰宅早々大掃除をしなければならないと覚悟していたのだが、予想に反し、綺麗《きれい》に片付いているではないか。

…いや、あったはずのソファやテーブルがなくなって、綺麗に片付きすぎているような…？

「…いつ死んでもおかしくないと思っていたからな」

じっと横目で窺《うかが》えば、泉里は居心地悪そうに白状した。己の命が長くないと悟り、ここ数日不要な家具を処分したり預金を整理したりと、身辺整理に励んでいたのだと。『エレウシス』を人手に渡し、全財産を水琴に譲るという遺言書まで作成していたと聞かされ、頭がずきずきと痛くなってきた。

雪輪いわく彼岸に惹かれやすい泉里だ。縁起でもない。

「とりあえず家具は新しく買うとして…その遺言書は破棄して下さい」

「いや、だが万が一に備えて」

「万が一なんてありませんから。……いいですね？」

軽く睨《にら》みながら念を押すと、わかった、と泉里は根負けしたように同意した。こんなやりとりは、マンションを飛び出す前の自分たちならありえなかっただろう。ずっと二人の間に横たわっていた見えない垣根が消え失《う》せた気がする。

水琴はとりあえず泉里をダイニングの椅子に座らせ、マンション内を点検し…一周して戻った時には溜息《ためいき》を吐《つ》いてしまった。

洗濯機や冷蔵庫などの家電類は無事だが、リビングも寝室も空っぽ。かろうじて最低限の家具が残されているのは書斎とダイニングくらい。出て行く前と変わらないのは水琴の部屋だけという有様だから当然である。

……彼岸に惹かれやすいのにも、きりがあるんじゃないだろうか……。

もはや自らあちら側に突進していっているようにさえ思える。雪輪に忠告されるまでもなく、自分が傍に居てしっかりこちら側に引き戻してやらなければならないだろう。

食料品は帰りがけに買い込んできたのと、冷凍品のストックがあるからしばらくは何とかなる。家具は急いで注文し、届くまでは我慢するしかないだろう。問題は今夜、どこで眠るかだが……。

「…泉里さん」

「何だ、……っ」

隣の椅子に腰かけ、意を決して頬に口付けると、広い肩がびくんと震えた。きっちり締められた襟元から覗《のぞ》く禁欲的な首筋に、封じられていた情欲が刺激される。

「今日は、僕の部屋で一緒に寝てくれますか？」

耳元でねだれば、いつもの泉里ならすぐさま水琴の望みを察してくれたはずだ。だが今日の泉里は頬を強張《こわば》らせたまま、ぎくしゃくと頷いた。

「…いや。俺はしばらく、リビングで寝るつもりだ」

「リビングのソファ、処分しちゃったじゃないですか。予備の布団もなくなってましたよ」

「今の季節なら床で寝ても風邪は引かない」

「…だったら僕も、リビングで寝ていいですよね」

「駄目だ。君は大切な身体なんだから、ちゃんと布団で寝なさい」

「………」

暖簾《のれん》に腕押しのやり取りにじれったくなり、水琴は逞《たくま》しい腕に抱き付いた。払いのけられる気配を感じ、ぎゅっと力を込める。

「――僕、泉里さんと……したい、です」

「……っ…」

「泉里さんが入院している間、ずっと…抱いて欲しいって、思ってました」

何も言ってくれない泉里に、不安が押し寄せてくる。欲しいと思っていたのは自分だけだったのだろうか。それとも、不謹慎すぎると呆《あき》れられた？

「……やめてくれ。頼むから」

消え入りそうな呟きが聞こえたのは、不安に押し潰されそうになる寸前だった。

「君に触れられると、欲しくて欲しくてたまらなくなる。…君の温もりを感じただけで、欲望が抑えきれなくなるんだ」

「泉里さん……」

だったらどうして抱いてくれないのかと、水琴は眼差しで問い詰める。

泉里は大きな掌《てのひら》で額を覆った。

「…忘れたのか。俺は君を閉じ込めて、犯した男だぞ。その後も君を苦しめるばかりで、何も出来なかった」

「そんなこと…！　泉里さんは僕を助けに来てくれたじゃないですか。それに、泉里さんがおかしくなっていたのは雪輪くんの…」

「彼のせいだけじゃない。君も言っただろう？　暴走する俺も、君を閉じ込めてしまう俺も、元々俺の中にあった。雪輪はただ、それを顕在化させただけだ」

雪輪の異能はおそらく、描くことで少しずつモデルの魂を絵の中に閉じ込めていくのだろう。泉里は魂の一部を囚《とら》われたことによって、普段は胸の奥に仕舞い込んでいた衝動を抑えきれなくなってしまった。

理性と忍耐力の塊のような泉里にとってはこれ以上無いくらい不本意な事態だったに違いない。水琴が許そうと、この屈辱が泉里の中から消え去ることは無いのだろう。

「君を守ったのは槇だ。俺がしたかったこと、すべきだったことを全部あの男がやってくれた」

「泉里さん…、でも僕は…」

「君があの男に惹かれても無理は無、……い……？」

水琴は横を向いたままの頬を両手で挟み、ぐいっとこちらを向かせた。ふふっと笑ってしまったのは、頬を変形させられた泉里の顔が面白かったのもあるが、温かく健康的な肌が嬉《うれ》しかったからだ。

「槇さんには感謝しています。…でも、僕がこんなことをしたいと思うのは泉里さんだけです」

こんなこと、のあたりで頬に口付ける。

「完璧じゃないのは僕だって同じです。世間知らずで、描くことに集中すると他のものが見えなくなって、そのせいで両親にも見捨てられたのに、描くことをやめられない。…泉里さんは、そんな僕を嫌いになりますか？」

「そんなわけがないだろう。どんな君でも君の一部なら愛おしいに決まっている」

きっぱり断言してくれる泉里に、心がぽうっと温かくなる。水琴の心も身体も守り、温めてくれるのは泉里だけだ。

「…僕もそうです。どんな泉里さんも、泉里さんの一部なら愛おしい。そんなふうに思えるのはこの世でたった一人、泉里さんだけですから」

「……水琴」

泉里がそっと水琴の手に触れる。

挟んでいた頬を解放してやると、水琴の胸に顔を埋めた。

「すまなかった。……許してくれるか？」

はい、と頷きかけ、水琴はふと思い付く。

「…泉里さんが僕のしたいことをさせてくれるなら、許します」

「君の、したいこと？」

顔を上げた泉里が目を丸くしている。めったに見られない表情も愛おしい。

じわりと身体が熱くなるのを感じながら、水琴は自分よりもはるかに広く逞しい背中を撫《な》でた。

「いつも泉里さんが僕にしてくれることを、してみたいです」

「…っ…、それは…」

「駄目…、ですか？」

ずっと、ひそかに願っていたのだ。いつも泉里の慣れた手に翻弄され、鳴かされてばかりだけれど、いつかは水琴も泉里を気持ち良くさせてみたいと。

濡《ぬ》れた目で懇願すると、泉里はうっと喉を詰まらせた。

「…君に、そんな一面もあったとはな」

「嫌いですか？」

「まさか。……ますます愛おしくなったよ」

泉里は苦笑しながら立ち上がり、水琴を抱き上げた。

連れて行かれたのは当然、水琴の部屋だ。水琴をベッドに横たえ、泉里はジャケットを脱ぎ捨てる。シャツのボタンを外そうとしたところで、水琴は止めに入った。

「待って。…僕にやらせて下さい」

意外そうにしばたたきつつも、泉里は水琴の望むままあお向けに横たわってくれた。シャツのボタンに手をかけただけでどきどきする。どんなに理不尽で尊大な客に対しても毅然《きぜん》と応じる泉里が、されるがまま身を投げ出しているなんて――。

「あ……、……」

ぞくりと背筋に未知の快感が走る。

水琴は泉里にまたがり、震える手でボタンを外していった。少しずつ露《あら》わになっていく胸は水琴よりも分厚く逞しい。

なめらかな肌に自分の痕《あと》を刻んでやりたくて、水琴は鎖骨のあたりに唇を落とすが。

「……あ、れ？」

唇を離しても、何の痕もついていなかった。おかしい、ちゃんと吸ったはずなのに。やり方が悪かったのだろうか。不思議に思いながら何度も吸っては唇を離してみるけれど、泉里の肌は綺麗なままだ。

「…もっと強く吸わなければ、痕はつかないぞ」

くすりと笑い混じりの呟きが落ちる。泉里の黒い瞳に蠱惑的《こわくてき》な光が揺れていた。そんなことを言われても、自分ではかなり強く吸っているつもりなのに。どぎまぎする水琴の手を、泉里は引き寄せる。

「泉里さん、何を…」

「手本を見せてやるだけだ」

泉里は上目遣いで水琴を窺ったまま、水琴の手首より少し上あたりに唇を寄せる。ちりっ、と走った馴染《なじ》み深い官能的な痛みよりも、情欲を隠そうともしない黒い瞳の方に心がかき乱されてしまう。

とっさに引っ込めようとした手をぐっと掴み、泉里は吸い上げた部分を舐《な》め上げた。紅い舌を見せ付けるように、ゆっくりと。

「う…、……あ…っ……」

激しい口付けを否応無しに思い出させられ、禁欲を強いられていた股間が疼《うず》く。ぱっと引っ込めた腕は、今度は止められなかった。濡れた感覚のするあたりに、鮮やかな紅い痕が刻まれている。

「…ほら。これでわかっただろう?」

やってごらん、と泉里は己の鎖骨の下あたりを指先で示してみせる。ボタンの外れたシャツを自らはだけ、胸を露わにしてくれるというおまけ付きである。

武道のたしなみもある泉里の肉体は肉食獣にも似て、安易に触れれば引き裂かれてしまいそうな危険な匂いを放っている。…実際、水琴は何度も引き裂かれた。ベッドの中で、床の上で、バスルームで……このマンションのあらゆる場所で。

「い、……いき、ます」

腹の奥を貫かれ、揺さぶられる快感を思い出してしまいそうになり、水琴はふるふると頭を振ってから再び顔を埋めた。

今度は意識して、さっきまでよりもかなり強めに吸い上げてみる。

「……っ」

かすかな呻《うめ》きが聞こえた時にはやりすぎたかと心配になったが、大きな掌が頭を撫でてくれたので間違いではなかったのだとわかった。そうっと唇を離してみれば、泉里がつけてくれたものよりは淡いが、確かに紅い痕が刻まれている。

やった、と快哉《かいさい》を上げそうになり、水琴は口をつぐんだ。泉里はこんなことでいちいち喜んだりしない。水琴が堪《こら》え切れない嬌声《きょうせい》をこぼすのに目を細めながら、自分のものである証《あかし》をちりばめていく。

「つ、…次、いきます、ね」

たどたどしい宣言に、くすりと笑う気配がするのがちょっと悔しい。

……すぐ、何も考えられないくらい気持ち良くさせてみせる。泉里さんみたいに！

当の泉里を前にしてそんなことを誓ってしまうあたり、水琴も相当頭に熱が回っているのかもしれない。…でも、きっと少しくらいおかしくなっている方がいい。正気では、こんないやらしい真似《まね》はとうてい出来ないだろうから。

「ん、……ん、……んぅっ……」

筋肉の隆起する胸や割れた腹筋、引き締まった脇腹。自分には無い――努力しても決して身に付かないだろう魅力的な部分に、惹かれるがまま痕を残していく。

どうして泉里があんなにも水琴に痕をつけたがったのか、やってみて初めて理解出来た。こんなに素敵な人なのだ。自分以外にも惚《ほ》れる人間はたくさん現れるに決まっている。だから一目瞭然《りょうぜん》にしておきたい。…この人が、誰のものか。

……でも、どうしよう。

困って眉を寄せていると、泉里が熱の灯《とも》った眼差しで『どうした』と尋ねてくる。何も考えられなくさせたい相手に聞くのは本末転倒のような気もするが、ここは仕方が無い。

「…その…、全部格好いいから、やめられなくて」

「何……?」

「泉里さんの格好いい部分に、僕の痕を残したいんですけど…泉里さんはどこも全部格好いいから、このままじゃ一晩じゅう吸うのをやめられなさそうで…」

「……こ、の」

「こういう時、どうすればいいんでしょうか。……あの、泉里さん？」

泉里はきつくまぶたを閉ざし、小刻みに震えている。時折『本当にこの子は』だの『閉じ込めたのは間違いではなかったのでは』だの不吉な呟きが聞こえてくるが、聞き間違いだろうか。

水琴は心配のあまりじっと泉里を見詰め…気が付いた。まだベルトをしたままの泉里のズボンの股間《こかん》が、大きく盛り上がっていることに。

……僕が、何とかしてあげなくちゃ。

水琴のそこが兆したら泉里はすぐに大きな掌に包み、慰めてくれる。今日は水琴が泉里のようにする番なのだ。

水琴は着ていたものを全部脱ぎ落とし、泉里のベルトに手をかけた。

「水琴…っ…?」

焦った泉里が止めようとするのも聞かず、ベルトを外す。ズボンの前をくつろげ、下着をずらせば、予想よりもはるかに熱く漲《みなぎ》ったものが現れた。こんな状態でずっと閉じ込められていたなんて、窮屈でたまらなかっただろう。

「ごめんなさい……」

火傷《やけど》しそうなくらい熱い茎をそっと両手で支え、浮かんだ血管をなぞるように舐め上げてみる。すると熟した先端からどろりと先走りが溢れ、肉茎を伝い落ちた。久しぶりに嗅《か》ぐ濃厚な雄の匂いに、ずくん、と腹の奥が疼く。

……これに貫かれて、一番奥に出してもらったのはいつだったたっけ？

閉じ込められていた間の記憶はあいまいだから、もうずいぶんと前のことに感じられる。

水琴は泉里に気付かれないよう、己の尻のあわいに手を伸ばしてみた。そっと触れてみた蕾《つぼみ》は物欲しそうに口をうごめかせている。

「は……、……んっ……」

しばらく行為から遠ざかっていたそこは硬い蕾に戻っていたが、纏《まと》わり付いた先走りのぬめりを借りれば、指はたやすく中に潜り込んだ。ようやく与えられた硬いものに、媚肉《びにく》は歓喜しながら絡み付くけれど。

「…や…っ、…なん、……で……？」

根元まで沈ませ、中をぐちゅぐちゅとかき混ぜても、ちっとも気持ち良くなれない。泉里なら水琴の感じるところを的確に抉《えぐ》り、あっという間に快楽の渦に叩《たた》き込んでくれるのに。

……どうして、どうして？

「ん……っ、…あ…っ、あぁ…っ、あ……」

混乱しつつも夢中で己の中を探る水琴は、気付いていなかった。泉里の雄が猛《たけ》り狂い、反り返っていることも——己の嬌態をじっと見詰める泉里の瞳に、欲望の炎が燃え盛っていることにも。

「……もう、限界だ」

低い呻きが吐き出される。

「あ、……あの？」

間髪を容れずに体勢を入れ替えられ、健康的な色艶《いろつや》を取り戻した顔が近付いてくる。泉里はくっと喉を鳴らし、熱い唇を首筋に押し当てた。

「俺をいかせたいのなら、君を食べさせてくれ」

「…あ…っ、……」

薄くやわらかな皮膚を吸い上げた唇が耳朶《じだ》を食《は》み、甘ったるい囁《ささや》きを吹き込む。

「君が足りなくて飢え死にしそうなんだ。……いいだろう？」

熱く硬い股間を押し付けられ、とくんと胸が高鳴った。一時は失ってしまうかもしれないと覚悟した恋人が生き返り、水琴を求めてくれている。

「っ……」

返事の代わりに泉里の頭を持ち上げ、驚きでわずかに開いた唇に己のそれを重ねれば、長身がびくりと震えた。いつも翻弄《ほんろう》されてばかりの泉里の意表を突けるのはちょっと嬉しい。ふふっと笑う水琴の項《うなじ》を、熱い掌が撫で下ろす。

「…少し離れている間に、悪い子になったようだな。俺のつけた痕も、全部消えてしまって…」

「…あ…っ、…ごめん、…なさい…」

水琴は何も悪くないはずなのに、欲望に燃える眼差しにさらされていると身体が甘く痺れ、つい謝ってしまう。

泉里の黒い瞳が嗜虐《しぎゃく》の光を帯びた。

「…これからまた、毎日つけてあげよう。消えそうになったら、自分からこの綺麗な肌を差し出すんだ」

いいね、と囁かれ、こくこくと頷けば、泉里はごくりと喉を上下させた。

「水琴……」

「あ、…ん…っ！」

鎖骨の下あたりを吸い上げられ、ちりっと痛みが走った。

はあ、と熱い吐息に肌をくすぐられる。きっとくっきり刻まれたのだろう。泉里が悦に入るくらい、紅い痕が。

「や、…あっ、…あ、ん…っ、ああっ……」

むろん泉里がたった一つだけで満足するわけがない。まるで真っ白なキャンバスを色彩で埋め尽くそうとする画家のように、貪欲《どんよく》な唇は水琴の肌を這《は》っていく。

紅い痕だらけにされていく肌から、目を逸《そ》らすことは許されない。熱情に揺れる黒い瞳が、水琴を捉《とら》えて離さないせいで。

「…あ、あぁ…ん…っ！」

ずっと焦《じ》らすように胸の回りを這い回っていた唇がとうとう乳首を食む。

じゅうっと吸い上げられ、今までとは比べ物にならないほど強い快感が駆け巡った。すでに勃《た》ち上がりかけていた性器が熱を孕《はら》み、どくんと脈打つ。

「ああ…、あ、…はぁ…っ…」

ぬちゅ、くちゅ、ぐちゅり…と、わざといやらしい音をたて、泉里は敏感な肉の粒をしゃぶり回す。先端を舌先に抉られるたび肉茎が膨《ふく》らみ、先走りを垂らしてしまうのが恥ずかしくて、水琴は泉里の耳朶をそっと摑む。

「…も…っ、…そこ、ばっかり…、やめて……」

何だ、と眼差しだけで問いかけられ、こぼれる喘《あえ》ぎを堪えながら涙目で抗議すると、黒い瞳の奥に狂おしい光が灯った。

…何か、とんでもない失敗をしでかした気がする。

ぞくりと背を震わせる水琴に、泉里は囁く。

「仕方が無いだろう？　痕をつけてやりたいのに、なかなかつかないから」

「そ…、んな、……の…っ…」

元々紅いそこに痕なんてつかないに決まってる。わかっているくせに、泉里は舌先で小さな肉の粒をもてあそぶ。くつくつと喉を鳴らす振動がかすかに伝わってくる。

「さっきより紅くなっているのに？」

「…それ…は、…泉里さん、が…っ」

しつこく吸ったりしゃぶったりするから。

かあっと赤面した水琴が恥ずかしい言葉を呑み込んでしまうと、泉里はするりと股間に手を潜り込ませる。

「あぁぁ……っ！」

やんわり握り込まれただけで、刺激に飢えていたそこは弾《はじ》けそうになる。長い指が根元を素早く縛《いまし》めなかったら、溜《た》まった精をまき散らしていただろう。

「俺が、何だ？」

「…い、…ぁ、…や、…ぁっ…」

「言ってくれなければわからないぞ」

かり、と肉粒に甘く歯が立てられる。同時にはち切れそうな肉茎の先端を抉られ、出口の無い責め苦のような快感が全身を駆け巡った。

「ひ……っ、……あっ、や、あああ……っ…」

「ほら、また紅くなった。…どうしてなのか教えてくれ、水琴」

睦言《むつごと》を囁く間にも泉里の手はいやらしくうごめく。一方で性器をなぶり、もう一方で反対側の乳首をつまんではこねくり回し。水琴が素直に答えるまで、決して止まらないだろう。

水琴は荒い息を必死に整え、はくはくと口を動かした。

「…僕の…、…ここが、紅く、なるのは」

「……」

「泉里さん、が、……ん…っ!?」

恥ずかしい言葉を懸命に紡いでいた唇に、泉里のそれがむしゃぶりつく。

狭い隙間《すきま》から入り込んできた舌はたちまち水琴の口内を蹂躙《じゅうりん》し、びくつく舌を捕らえた。無理やり絡み合わされ、混ざり合った二人分の唾液を呑み込まされる。小さく喉を上下させるたび、泉里の黒い瞳が興奮にざわめく。

全身が熱くて、溶けてしまいそうだった。心臓と性器がどくんどくんと今にも弾けてしまいそうな脈動を刻んでいる。性器の縛めさえ解いてもらえたら、すぐにでも楽になれるのに。

……どうして。

水琴が涙に濡れた目を眇《すが》めると、泉里は名残惜しそうに離れていった。無言の抗議に艶めいた笑みを浮かべ、水琴の唇をつつく。

「キスして欲しそうだったからな」

「…ち…っ、違っ……」

「ここは、そうは言っていないようだが?」

ぷっくり腫《は》れた乳首になまめかしい視線が這わされ、解放を懇願する性器をくにゅくにゅと揉み込まれる。自分の一部だと信じられないくらい淫《みだ》らな艶を帯びたそこはひとりでに震え、もっと刺激が欲しいと訴えていた。

「…欲しいんだろう？」

「あっ…、あん…っ、ああ……」

「もっとして欲しければどうすればいいか…、…わかるな？」

ちゅうっと腫れた乳首を吸い上げられる。水琴はまたキスされてしまわないよう唇を掌で覆い、かすれた声を絞り出した。

「泉里さん、が、…いっぱいしゃぶるせいで、僕の、…乳首、紅く、なって……」

「……、それで？」

「っ……、気持ちよく、なって…、おっきく、なっちゃい、ました……」

羞恥《しゅうち》にぷるぷる震える首筋に、よくやったとばかりに口付けが落とされる。ほっと息を吐くより早く両脚を広げられ、股間に泉里が顔を埋めた。

「……ああ、……あぁぁ、あ……っ！」

どくんっ、とひときわ大きな鼓動が響き渡った瞬間、解放された肉茎は絶頂に追い上げられた。泉里はほとばしった精を残らず口内に受け止め、美味《うま》そうに飲み下していく。

こく、こく、と何度も聞こえる嚥下《えんか》の音に、水琴は上気した頬をさらに赤らめずにはいられなかった。自分がどれだけ精を溜め込んでいたか、突き付けられてしまったから。

考えてみればこんなに長い間抱かれなかったのは、泉里と肌を重ねるようになってから初めてである。

最後の一滴までじっくり味わった泉里が濡れた唇を舐め上げる。聞こえないふりをしたいのに、色気のしたたる仕草から目が離せない。

「離れている間、一度も自分で慰めなかったのか？」

「…んな…、…こと…、……出来るわけ、ない……」

この身体はもう、自分で性器を扱《しご》くだけでは射精出来ない。大きな手に可愛《かわい》がられ、腹の奥に肉の楔《くさび》を穿《うが》たれなければ絶頂に達せなくなってしまった。…そんな身体にしたのは、泉里ではないか。

「……いじわる」

ひゃくっ、と喉から堪えていた嗚咽が漏れると、もう我慢なんて出来なくなった。こぼれ出る涙を拭《ぬぐ》わぬまま、水琴はぎくりとした表情の泉里を睨み付ける。

「…ぼ…、僕のこと、食べたいって、言ったくせに…」

「み、水琴…」

「どうして、さっきからいじわるなことばっかり、するんですか…？　……僕だって、泉里さんに、食べて、欲しかったのに」

いじわる、いじわる、いじわる。

硬直する泉里の胸を、握り締めた拳《こぶし》でぽかぽかと殴る。ほとんど力は入らなかったが、泉里は何故か弾丸にでも撃ち抜かれたように息を詰まらせた。ベッドの中でも余裕たっぷりの泉里に、そんな顔をさせられるなんて。

「僕が一人で出来ないのだって…、泉里さんのせいじゃ、ないですか。…僕は…、泉里さんにしてもらわなきゃ、…いけない、のに…」

「…水琴、頼む」

「泉里さんに…、…いっぱい、…中に出して、欲しいのに……」

「やめてくれ、頼むから…！」

泉里は叫び、水琴の両手を拘束する。しつこく責められて怒ったのだろうか。それにしては頬が紅く染まっているけれど。

「…せんり、さん？」

泉里がベッドで大声を出すなんて初めてだ。驚きのあまり子どものようにたどたどしくなってしまった口調に、泉里はますます頬を紅くする。

「……すまなかった。君が俺だけのものだと確認したくて、つい気が逸《はや》ってしまったんだ」

「…僕、泉里さんだけのものですよ？」

きょとんと首を傾《かし》げると、泉里はとうとう横を向いてしまった。

本当にどうしてしまったのだろう。水琴をまっすぐ見下ろしていたら、頭がおかしくなるとでもいうのだろうか。

「わかっている。だが、……不安なんだ」

小さく告げられ、ささくれていた心がわずかに解けた。泉里がこんなふうに弱みを見せてくれるのは、水琴を対等に思ってくれている証だ。

……でも、不安って……。

「槇さんの誘いはお断りしたって、言いましたよね？」

入院中、泉里のマンションを飛び出してからのことはきちんと説明しておいた。怜一に保護してもらっていたことや、彼の誘いを受け、断ったことまで全部。苦虫を噛み潰したような顔をしつつも、泉里も納得したはずなのに。

「槇さんのことじゃない？」

「槇のことじゃない」

だったらいったい何だというのか。

まるで見当がつかずにいると、泉里はぼそぼそと答えた。

「俺は情けないところばかり見せてしまったのに、……君は、どこまでも魅力的になっていくから」

「…僕…、が？」

「置いて行かれてしまいそうで、怖かったんだ。……幻滅しただろう？」

恥じ入る泉里に、胸が高鳴るのを感じる。ひょっとして自分は、あまり誉められた性格ではないのだろうか。完全無欠の格好いいばかりの恋人より、時には弱音を吐いてくれる恋人の方にときめいてしまうなんて。

「そんなこと、あるわけないじゃないですか」

溢れる愛おしさのまま、水琴はこつんと泉里の肩に額をぶつけた。

「どんな泉里さんだって愛おしいんだって、言ったでしょう？　情けない泉里さんだって、僕の大好きな泉里さんですよ」

「…水、琴……」

「…あ、もちろん、僕にだけ見せてくれるならですけど…、…っ？」

耳元で唸《うな》り声が上がる。獣めいたそれが泉里のものだと理解した時には、水琴は荒々しく両脚を広げられ、さらされた蕾に猛る雄があてがわれていた。

「せ…っ、泉里さん…！　きょ、今日は僕が……」

「いくらでも好きなようにさせてやる。……俺が満足した後で、な」

耳元で囁く間にも泉里は腰を進めていく。必死に泉里の胸を押し返そうとする水琴を裏切り、媚肉は押し入る雄を歓喜して迎えた。

「……あっ、あぁっ、あー……っ！」

硬い切っ先に感じるところをごりごり抉られるたび、泉のように快感が湧き出て全身を満たしてゆく。さっき自分の指では何も感じなかったのが嘘《うそ》のようだ。

「泉里…、…さん、…泉里さんっ…」

かつてない勢いで押し寄せる熱が恐ろしくて、水琴は泉里の首筋に縋る。

「好き…、…泉里さんだけが、……好きっ……」

「…、水琴…っ…」

興奮しきった息を吐き、泉里は水琴をきつく抱き締める。絡み付く腕は水琴を閉じ込める檻《おり》ではない。水琴を自由に羽ばたかせてくれる翼だ。

逞しい腰に脚を絡め、もっと奥に来て欲しいとねだる。

「……俺も、君だけを愛している……」

火照《ほて》る唇が重なった瞬間、最奥で熱い飛沫《しぶき》が弾けた。


泉里が満足するまで、どれくらいの間揺さぶられていただろうか。

ふと意識が浮上して目を覚ますと、室内は真っ暗だった。カーテンを引き忘れた窓から、月の光が差し込んでいる。

……今、何時だろう？

サイドテーブルにあるはずの時計を見ようとして、水琴はすぐに諦《あきら》めた。壁側を向いた水琴を泉里が背後からぴったり重なって抱き締めているせいで、ろくに身動きが取れない。

代わりに、枕元に飾られた『眺月佳人《ちょうげっかじん》』を眺めた。夜空を見上げる高祖母の眼差しの先に浮かぶのは痩せ細った三日月ではなく、皓々《こうこう》と輝く満月だ。

……雪輪くん。君は、この絵を描いた人とつながりがあるの？

『雪輪』が宮地圭月《みやじけいげつ》の生家と同じ名字であることは、泉里が入院中に教えてくれた。宮地圭月の周囲では、幼い頃から異様に人死にが多かったということも。そのせいで圭月が人物画を描かず、死ぬまで旅を続けたのではないかということは、怜一からも聞かされている。

だが、と泉里は暗い面持ちで言った。

『もしも圭月が、雪輪と同じ能力の主だったら？』

描くことでモデルの魂を封じ、殺す。あの恐るべき異能を圭月も有していたのなら、異様に多かった人死にも説明がつく。

仮に真実だったとして、圭月とて最初から己の能力を自覚などしていなかっただろう。幼い頃はただ絵が好きなだけの子どもだったに違いない。だから身近な人を描いていって、描かれた愛しい人々が死んでいって…それが自分の仕業だったと気付いた末に人物画を封印し、巡礼の旅に出たのだとしたら。

……何て、悲しい話なんだろう。

専門学校で再会した時の雪輪を思い出す。ほんの一か月ほど前のことなのに、遠い昔の出来事のようだ。

ここまで事件に関わったのだ。あの時、水琴の前に現れたのは偶然などではなかったのだろう。『リアンノン』で遭遇したのだってきっと計算してのことだと、泉里は言っていた。『リアンノン』のプレオープンの招待客名簿に、雪輪やその父の名前は無かったのだそうだ。

雪輪たちが滞在していた客室に本来招かれていた客は老夫妻で、その夫の方は健康に何ら不安が無かったにもかかわらず、プレオープン直前に急死したという。それがもし雪輪の能力によるものだとしたら、雪輪は水琴に会うために人一人を殺したことになる。どうしてそこまでするのか――。

……僕が琴音《ことね》さんの子孫で、同じ異能を持っているから？

圭月の幽艶な筆に描かれた高祖母はまだ若い。祖父いわく祖父の父、つまり水琴の曽祖父を産む前に描かれたらしいが、亡くなったのは九十を過ぎてからの大往生だったという。…そう、高祖母は圭月に描かれても死ななかったのだ。

もしも雪輪が圭月の子孫で、何らかの事情で己の血筋と異能を知り、同じ異能を持つ祖先に描かれても死ななかった琴音を知ったら？

アルバイトと称して異能を使っていた雪輪が琴音と同じ異能を持つ水琴の存在を突き止め、水琴も自分に描かれても死なないのではないかと思ったのだとしたら？

「ふう……」

水琴は詰めていた息ごと、ぐるぐる回る思考を吐き出した。圭月が本当に雪輪と同じ異能の主だったかどうかは、もはや確かめようが無い。事実だったとして、圭月と雪輪の血縁ももはや証明出来ないのだ。公の記録では、圭月に妻子は存在しないそうだから。

そもそも何故、死なせるとわかっていて圭月は高祖母を描いたのか。雪輪は何のために泉里を描き、事件に首を突っ込んできたのか。わからないことが多すぎる。

……貴方《あなた》なら、わかりますか？

自分にそっくりな高祖母の顔を眺めているうちに、とろとろとまぶたが重たくなっていく。

恋人の腕に身をゆだね、再び眠りの世界へ落ちる水琴を、淡い月の光が照らしていた。


昏睡《こんすい》状態から意識を回復した半月後。S区立病院の病室にて、担当医、裁判官、検察官、橋本の弁護士立ち会いのもと、八重倉《やえくら》萱に対する所在地尋問が行われた。

「良心に従い、真実を述べ、何事も隠さず、偽りを述べないことを誓います」

宣誓をした萱は、検察官と弁護士の質問によどみ無く答えていく。その眼差しは余命わずかな病人とは思えないほど澄んで力強い。

「……あの日の夜九時半から十時半までの一時間、私は被告人の橋本真司《しんじ》さんと一緒に居ました。間違いありません」

さすがに最後の方は限界が訪れ、息切れを起こしていたが、萱は体力を振り絞って断言した。何としてでもこれだけは伝えなければという迫力に、百戦錬磨の検察官さえ息を呑んだ。

担当医が該当の時間帯、萱が病院を抜け出して騒ぎになっていたことを証言し、デフォルメされた萱のイラストを証拠として提出した。事件の夜、橋本が萱を慰めるために即興で描いてやったスケッチは、萱が橋本と会っていた動かぬ証拠だ。

後に開かれた第一回目の公判において、萱の証言調書は弁護士によって読み上げられた。同時に橋本のスケッチが証拠として提示されたこと。またその頃には兵頭紫苑が目を覚まし、橋本真祐殺害を自供していたこともあり、公判は異例の速さで進捗《しんちょく》し、期日の三日目には判決が下される。

「――主文。被告人は無罪」

傍聴人席からどよめきが上がる中、橋本は拳を握り締めながら天を仰ぎ、『ありがとう』と何度も呟いた。

震える頬に、熱い涙が流れ落ちた。

検察が控訴を断念し、二週間を経過した後、橋本の無罪は確定した。

そしてその翌日、八重倉萱は眠るように息を引き取った。


病院近くの斎場で営まれた萱の葬儀は、水琴と泉里はもちろん、釈放されたばかりの橋本や南部たちも参列したおかげで、ろくに学校にも通えなかった少年の葬儀とは思えないほど賑やかなものになった。小さなホールに入りきらない参列客に、萱の親族は驚いている。

「…萱くん、安らかな顔をしていましたね」

「ああ。…きっと今頃ご両親と再会し、誉めてもらっているだろう」

おぼろな陽炎《かげろう》となった萱の姿は、どこにも無い。思い残すこと無く天へ昇っていったのだろう。もしも母の真意に気付けないままだったら香織のように怨霊と化し、どこにも逝けないまままさまよい続けることになったに違いない。

「……萱と紫苑、か。皮肉なものだな」

喪服姿の泉里は祭壇の前に設けられた献花台を眺め、唇をゆがめる。

急きょ足された折りたたみテーブルまで埋め尽くすのは、萱草《かんぞう》の花だ。萱と同じ名前を持ち、夏のこの季節の花でもあることから、南部たちが手を尽くして取り寄せたのである。百合《ゆり》の仲間だそうで、黄赤色の花は百合によく似ている。

「萱草の別名は『忘れ草』だ。花言葉は『悲しみを忘れる』。対して紫苑の別名は『鬼の醜草《しこぐさ》』、花言葉は『貴方を忘れない』だ。この二つの花は、今昔物語集にも載っている」

今昔物語集は平安時代に編纂《へんさん》された日本最大の古代説話集だが、その中に萱草と紫苑が登場する話があるという。

昔、父親を亡くして悲しむ兄弟が居た。長い年月が経っても父を忘れられず苦しんでいた兄は、人の思いを忘れさせてくれるという萱草を、弟は人の思いを決して忘れさせないという紫苑を、それぞれ父の墓前に植えた。

やがて兄の足は遠のいたが、父を忘れられない弟は墓参りを続けていた。するとある日、墓の中から声がした。

『私は墓を守る鬼である。父を忘れなかったお前は、父と同様に守ってやろう』

鬼はその日のうちに起きることを予知する力を持っていた。弟は同じ力を鬼から与えられ、その後幸せに暮らした――という話だ。

「忘れてしまうことは、罪だと思うか？」

語り終えた泉里に問われ、水琴は少し考えてから首を振った。

「いいえ。忘れてしまわなければ生きていけないことはあると思います」

萱と紫苑の結末を知った今では、よけいにそう思う。

共に父を理不尽に奪われながら、母から憎しみを伝えられなかった萱は短くも穏やかな生涯を送り、憎しみを忘れるなと吹き込まれて育った紫苑は殺人犯として裁きを待つ身である。復讐さえ忘れてしまえたら、橋本と幸せになる未来もあり得ただろうに。

「…それに…、萱くんのお父さんも兵頭さんのお父さんも、自分が子どもの負担になることは望んでいなかったんじゃないでしょうか」

当人たちに確かめることは出来ないけれど、もしも水琴が彼らの立場なら、自分の復讐など忘れて子どもには幸せに生きて欲しいと思うから。

泉里はまぶしそうに目を眇めた。

「『鬼』は毛髪がわずかに残った白骨を意味する象形文字だ。つまり鬼とはそもそも死者を示す言葉だった。俺には、墓の中から聞こえてきた声が何かの呪《のろ》いに思える」

「…香織さんは、その呪いの声を聞いてしまったのかもしれませんね」

──自分を忘れるな、と。

だから香織は生まれてきた娘に紫苑と名付けたのかもしれない。逆に呪いを聞かなかった萱の母、佳乃は息子に何もかも忘れて幸せになるように萱と名付けたのか。

これもまた、今となっては確かめようが無いけれど。

「胡桃沢《くるみざわ》、奥槻《おくつき》さん！」

黄赤色に染まった献花台を無言で眺めていると、焼香を終えた橋本が駆け寄ってきた。釈放される時には南部や芹たちと迎えに行ったが、その後の橋本は勾留《こうりゅう》中に溜まった雑事を片付けたり、父親の相続の手続きに追われたりと忙しく、ゆっくり会うのはこれが初めてである。

「橋本くん！　改めておめでとう。罪が晴れて、本当に良かった……」

「お前のおかげだよ。八重倉くんを捜し出してくれたのはお前なんだろう？　奥槻さんにも色々と協力して頂いたと、姉から聞きました」

橋本は水琴と泉里を順番に見ると、深々と頭を下げた。

「ありがとうございました。二人のおかげで救われました」

「俺は何もしていないよ。全ては友を思う水琴の行動の結果だ」

泰然と応じる泉里の横で、水琴は複雑な感情を噛み締めずにはいられない。

橋本は無罪を勝ち取った。それは素晴らしいことだ。

だが無実にもかかわらず拘束されていた時間は戻ってこないし、いわれの無い誹謗《ひぼう》中傷によって受けた心の傷はそう簡単には治らないだろう。父親が殺されたという事実もくつがえらない。…殺したのが橋本の恋人で、殺害の動機が彼女の父親の復讐であったことも。

紫苑の生い立ちや犯行の動機を、橋本は弁護士から聞かされているはずだ。濡れ衣を着せられたにもかかわらず、紫苑に対し憤りを抱いているようには見えない。むしろ憐《あわ》れんでいるようにすら感じられる。

「…全部、親父《おやじ》が悪いんです」

顔を上げた橋本は、ぶつけようの無い怒りを堪えるように拳を握り締めた。

「まさか親父が、紫苑のお父さんにあんなことをしていたなんて。そのくせ大御所ぶってふんぞり返って、挙句の果てに家族にまでこんな迷惑をかけて…殺されて当然です」

断罪する橋本の顔は、憎しみに染まりきれていない。恋人を復讐に駆り立て、殺されてしまうような男でも、橋本にとってはたった一人の父親なのだ。

憎いのに憎みきれない。橋本の胸の内を思うと、水琴の胸も苦しくなる。

「橋本先生のことなんだが、一つ、君に聞いて欲しい話があるんだ。この後、少し時間をもらえないだろうか」

水琴を心配そうに見遣《みや》ってから、泉里が申し出た。橋本は戸惑いつつも了承し、一時間後、水琴たちは『エレウシス』に移動する。

応接間には真祐と同年代くらいの身なりのいい紳士が待っていた。驚く橋本に、紳士は柔和な笑顔で自己紹介をする。

「緑川《みどりかわ》と申します。Ｈ県で小さな画塾の講師をしております」

「は、はあ…？」

何故自分が画塾の講師に引き合わされたのか理解出来ず、困惑する橋本に、泉里が補足した。

「緑川さんは橋本先生と村本杜史央…兵頭紫苑のお父さんの、芸大時代の同級生でいらっしゃるんだ」

「親父と、紫苑の……!?」

目を剝《む》く橋本に、緑川は苦笑した。

「残念ながら私は才能に恵まれませんでしたので、真祐とはずいぶん差がついてしまいましたがね。若い頃は一緒に馬鹿をやった仲です」

「緑川さん、今日おいで頂いたのは他でもありません。村本杜史央が仲春展《ちゆうしゆんてん》直前で何者かに襲われた件について、貴方がご存知のことを彼に教えてやって下さいませんか」

泉里が丁寧に頼むと、緑川は唇を引き結んで黙ってしまった。あまり思い出したくないことのようだ。

水琴は橋本と同じく驚いている。緑川と橋本を対面させることは昨日聞いていたが、杜史央の事件について説明してもらうことまでは知らされていなかったのだ。

紫苑の実父、杜史央は仲春展の特選間違い無しと謳《うた》われていたが、何者かに襲われ重傷を負ったせいで出品出来なくなり、特選を逃してしまった。杜史央を襲わせたのは代わりに出品し、特選に輝いた真祐ではないかと、当時はさんざん疑われたという。香織もそう信じたからこそ、娘を復讐の道具に仕立てたのだ。

そんな話を聞かせたら、ただでさえ傷心の橋本をますます傷付けてしまうのではないか。

水琴の危惧《きぐ》をよそに橋本は身を乗り出し、両の掌を合わせた。

「俺からもお願いします、緑川さん。真実を教えて下さい」

「真司くん……」

「親父にはもう何も聞けません。緑川さんに頼るしかないんです」

緑川はしばらく考え込んでいたが、やがて迷いを吹っ切るように息を吐いた。

「……わかりました。兵頭紫苑の事件では、私も胸を痛めています。このままでは真祐も浮かばれない。私の知る限りのことをお教えしましょう」

緑川によれば、当時の杜史央は仲春展特選確実と囁かれてはいたものの、経済的にはかなり苦しかったそうだ。ホステスをしている香織の稼ぎで食べさせてもらっていたようなものだったらしい。

香織に感謝しつつも、杜史央は忸怩《じくじ》たる思いを抱いていた。仲春展の結果など待ってはいられない。どうにかして今すぐ香織を養いながら絵に専念出来るだけの金を稼げないか。

悩みに悩んだ末、杜史央は画家として決してやってはならない行為に手を染めてしまった。

闇画商の依頼を受け、報酬と引き換えに有名画家の贋作《がんさく》を描き始めたのだ。

「贋作…？　でも、有名な画家の作品なら、すぐに偽物だってバレてしまうんじゃありませんか？」

水琴は疑問を口にするが、泉里は首を振る。

「一般的に名が知れていて、贋作を描かれたことの無い画家はほとんど居ない。特に活動期間が長く、作品数が多く、亡くなっている画家は贋作が出回りやすいんだ。一流の美術館に展示されているものにさえ、贋作の噂《うわさ》のある絵画は数多い」

「死んでしまった画家本人は鑑定出来ませんし、作品数が多ければカタログ・レゾネから漏れているものもあるからごまかしやすい。それに、画家の遺族や一流の鑑定人の目も騙《だま》せるほど出来のいい贋作を作れてしまう画家も居ますからね。…そういう意味では、杜史央に依頼した画商は見る目があったのかもしれません」

緑川は膝に置いた手を無念そうに握り締める。

「もちろん杜史央は秘密裏に贋作を作成していましたが、真祐はすぐに気付き、やめるよう忠告しました。私も何度も同行し、説得した。…ですが、杜史央は頑《かたく》なに聞き入れてはくれませんでした。金の魔力に取り憑かれてしまったのかもしれません。そうこうするうちに仲春展が近付き…真祐は街の不良に金を握らせ、杜史央を襲わせてしまったのです」

「…親父…っ！」

どん、と橋本がテーブルを殴りつけた。

「どうしてだよ。いくら贋作を作ってたからって、闇討ちする必要なんて無いじゃないか…！」

「橋本くん、落ち着いて」

「これが落ち着いていられるかよ。親父は贋作するような奴《やつ》なら容赦はしなくていいって、襲わせたんだ。…自分が特選に選ばれるために。そのせいで紫苑のお父さんは…」

「真司くん、それは違う。真祐は杜史央を助けたのです」

凛《りん》とした緑川の声が割り込んだ。橋本に向けられる眼差しには悲哀が滲《にじ》んでいる。

「…助けた…？　どういうことですか」

「贋作の販売はれっきとした犯罪です。告発されれば闇画商は当然詐欺罪で逮捕されますが、杜史央もまた共犯者として罪を問われます」

「同時に、贋作された画家の著作権を侵害した罪も問われる。十年以下の懲役もしくは千万以下の罰金、又はこの二つを併科される重罪だ。著作権は著作権者の死後七十年の間保護されるから、村本杜史央が画家の遺族にでも訴えられたら勝ち目は無かっただろう」

泉里が淡々と告げ、緑川を見る。

緑川は重々しく頷いた。

「致命的なのは犯罪者になってしまうことではありません。己の内なる世界を絵筆で体現すべき画家が他者の世界を模倣《コピー》した挙句、それで報酬を得ていたと知れれば、その者は二度と画家とは名乗れない。画壇でまともに扱われることも無いでしょう。…真祐は、それだけは避けたいと言っていました。もちろん、暴力は決して許されないことですが…」

「そんな…、…じゃあ、親父が紫苑のお父さんを闇討ちさせたのは…」

橋本はそれ以上言葉を継げないようだったが、聡明《そうめい》な友人のことだ。きっと悟ってしまったのだろう。真祐が何故、仲春展が開催される前に杜史央を襲わせたのか。

仲春展の特選に選ばれれば杜史央は一躍時の人となり、世間の注目を浴びる。マスコミの中には杜史央の経歴を洗う者も居るだろう。そうして贋作が露見し、大々的に報道されれば、画家としての杜史央は終わってしまう。

そうなる前に、真祐は杜史央を襲わせたのだ。怪我《けが》が治れば再び絵筆を握ることは出来る。けれど一度刻まれてしまった贋作者の汚名は、決してそがれることは無い。

代わりに自分が出品したのも、おそらくは計算ずくだったのだ。闇討ちの首謀者と疑われる真祐が特選に輝けば、世間の注目は良くも悪くも真祐に集中する。誰も杜史央など気にかけない。そうして世間から忘れられている間に贋作から手を引いてくれることを、真祐は願っていたのだろう。

——だが真祐の願いとは裏腹に、杜史央は自ら命を絶ってしまった。

「…杜史央の自殺は、真祐にとっては痛恨の出来事だったと思います」

緑川のやわらかい口調は、未《いま》だ何も喋《しゃべ》れずにいる橋本をいたわるようだった。

「下戸のくせに毎晩あちこちの居酒屋をはしごしては吐き、吐きながら私に言っていました。『この世の地獄を見た。だが俺は画家だ。地獄さえも魅せてみせる。それがあいつに対する唯一の手向けだ』と」

「…地獄さえ、…魅せる…」

その壮絶な言葉に閃《ひらめ》くものがあり、水琴はばっと立ち上がった。確かバックヤードの本棚に真祐の画集が並んでいたはずだ。

記憶のままの場所にあった画集を探し当て、応接間に取って返す。呆気《あっけ》に取られる橋本たちに構わずページをめくれば、代表作だけあって日当ての作品はすぐに見付かった。見開きのページを絢爛《けんらん》豪華に彩る作品のタイトルは――『六道《りくどう》絵図』。

「おお…、そうです、これです！」

ページを開いたままテーブルに画集を載せると、緑川は手を叩いた。

「これは杜史央の自殺後、真祐が何年もかけて描き上げたものです。よく覚えています。私も手伝いましたから」

「親父が……」

ゆるゆると見開かれた橋本の目が『六道絵図』に注がれる。父親の代表作だから、存在自体は知っていただろう。けれど今、息子の胸に去来する思いは以前とはまるで違うはずだ。

「……これが、手向けだっていうのかよ……」

ひゃくっ、と橋本の喉が鳴った。泣いてしまったのかと思ったら、橋本は笑った。おかしくてたまらないとばかりに――涙を流して。

「こんな…、自己主張の塊みたいな、ギラギラした絵が……」

貶《けな》すくせに、橋本の視線は父親の絵から離れない。いや、離れられない。真祐がどういう人物かを知る者でも、…恨みを抱く者さえ惹き付けずにはいられない。それだけの魔力が、この絵にはあるのだから。

「…橋本くん。実は僕、橋本先生の個展で兵頭さんに会ってるんだ」

「えっ…、紫苑に？」

橋本はにわかには信じられないようだった。それもそうだろう。あの時の紫苑は真祐を心の底から恨み抜いていた。その真祐の個展にわざわざ出向くなんて、普通はありえない。

でも、水琴は思うのだ。

「兵頭さんは、この絵に引き寄せられたんじゃないかな」

紫苑は『六道絵図』の前で体調を崩し、水琴と怜一に助けられた。迫力に圧倒されたのだろうとばかり思っていたが、この絵が杜史央の…紫苑の父親への手向けなのだとしたら。

「橋本先生が込めた思いを、兵頭さんが感じ取ったんだと思う」

生きているうちには届けられなかった思いが、紫苑を通してようやく杜史央に届いた。

水琴はそう信じたい。

「…ば…っ、…かじゃ、…ねえ、…の…」

橋本は大きく身体を震わせた。ふうふうと、何度も荒い息を吸っては吐き出す。今にも溢れてしまいそうな咆哮《ほうこう》を呑み込むかのように。

「胡桃沢は、親父がどんだけクソか知らないから、そう思えるんだよ。あの傲慢《ごうまん》で尊大な男が、誰かの死を悼《いた》むなんて、そんな…」

水琴が別のページを開いた瞬間、橋本の呼吸が止まった。薄紫色の花を描いた作品のタイトルは『後悔』。日本画に造詣《ぞうし》の深い橋本だから、この花が紫苑だと…恋人と同じ名を持つ花だということはわかるだろう。

痛ましそうに橋本を見詰めていた緑川が、静かに口を開いた。

「…『六道絵図』を完成させてしばらく経った後、風の噂で香織さんが娘を産んだことを知りました。娘さんの名前は紫苑というらしいと真祐に伝えたら、あいつはまた飲めない酒を浴びるように飲んで…この絵を描き上げたんです」

「…っ…、じゃあ親父は、紫苑のことを知って…？」

「人を使って居場所を調べさせたようです。罪滅ぼしでもしたかったのでしょう。けれどあちこち転々としている香織さんを見付けることは出来ず…」

「…代わりにこの絵を描いて、自分の傍に置き続けたんですね。戒めとして」

水琴の推測を、緑川は無言の頷きで肯定してくれた。

――今ならわかる。どうして真祐が人物画を封印したのか。

描かなくなったのではなく、描けなくなったのだろう。杜史央、香織、まだ見ぬ紫苑。自分のせいで不幸のどん底に落とされてしまった人々の顔が、頭にちらついて。

唯一の、例外は。

「…真司くん。真祐は君を、心の底から愛していましたよ」

「嘘だ。そんなわけ、ない」

緑川の言葉に、橋本はぶんぶんと首を振る。父親を否定することが、もはや癖になってしまっているのかもしれない。

「どうして嘘だと思うのですか？『六道絵図』以来、人間を描けなくなってしまったあいつが、生まれたばかりの君と家族の絵を描いた。それがどれほど稀有《けう》なことか、領域は違えど創作の世界に住む君ならわかるでしょうに」

「…っ、…でも…、だったら親父は…、どうして俺の邪魔ばかり…」

「……やれやれ。あいつも本当に損な奴だ」

緑川は嘆息し、懐から一枚のポストカードを取り出した。真ん中に大きく印刷されているのは、デフォルメされたウサギのキャラクターだ。水琴にも見覚えがある。

「橋本くん、これって…」

「ああ。俺がデザインして、クリフェスで売ったやつだ。でも、どうして…」

ひく、と橋本が喉を震わせる。緑川がポストカードを裏返したことによって。

宛先に記されているのはH県の住所と、緑川の名前だ。

差出人は橋本真祐。メッセージ欄にはたった一言――『この世の楽園』。

「……あ、……ああ、……あぁっ……」

橋本はソファから立ち上がり、へなへなと崩れ落ちた。

クリフェス…クリエイターズフェスタは若いクリエイターたちが参加するイベントだ。クリエイター界隈《かいわい》では有名だが、仲春展のように誰もが知る大型イベントというわけではない。

その会場でしか手に入らないポストカードをこっそり買い求め、俺の息子はすごいんだぞと自慢するように遠方の旧友へ送る。

それは不器用だが子煩悩な父親の行動としか、水琴には思えない。

「真祐はたぶん、君を守ろうとしていたのではないでしょうか」

「…まも、…る？」

「自分の力が及ばない世界で我が子を苦労させるよりは、自分が守ってやれる日本画の世界で活躍させたかった。だから自分のもとに戻るよう、必死に呼びかけていた。…君には仕事の妨害をされているようにしか、思えなかったでしょうが」

何て不器用な人なのだろう。たった一言、『お前が心配なんだ』と告げていれば、橋本との親子仲はここまでこじれなかったかもしれないのに。

けれど、そう出来ないのが橋本真祐という男なのだ。息子がデザイナー兼イラストレーターとして未知の世界で活躍していることをひそかに喜んでいるくせに、誰かに自慢せずにはいられないくせに、自分の手元で守ってやりたいと願う。そういう矛盾の塊こそ、親と呼ぶのかもしれないが。

しばしの間、応接間には橋本の嗚咽だけが響いた。

…誰も何も言わない。わかり合えないまま父親を失い、その罪を着せられそうになった息子にかける言葉が見付からない。

「……胡桃沢。俺、さ」

ようやく水琴を見た橋本の目は、真っ赤に充血していた。

「親父が俺の送ったメールでマンションに来たって刑事に聞かされた時…、…少しだけ、嬉しかったんだ」

今までのことをやり直したいから来て欲しい。それは橋本ではなく紫苑が真祐をおびき寄せるために送った罠《わな》だった。

そうとも知らず、真祐は乞われるがまま息子のもとを訪れた。…息子とやり直せるかもしれないと、期待を抱いて。

夢見心地のまま、殺された。

「親父、……親父ぃっ……」

——ごめん。何も知らなくて、ごめん。

喘ぐ唇からこぼれる言葉は、きっと真祐に伝わったと思う。

泣き濡れる橋本の肩をそっと叩くおぼろな陽炎が、水琴には見えたから。


季節が真夏に移り変わった頃、兵頭紫苑の第一回公判が開かれた。紫苑が自らの罪を全面的に認め、取り調べにも従順に応じたことから、通常よりも早い開廷となった。

公判期日の最終日。橋本真祐殺害の殺人罪と水琴の殺人未遂罪を併合し、言い渡された刑は懲役十八年だった。紫苑は粛々と受け止め、控訴はしなかった。

「おかしいかもしれませんが、今まで生きてきた中で一番清々《すがすが》しい気持ちです。これから一生をかけて罪を償います」

担当弁護士に対し、紫苑は穏やかな顔でそう語ったという。

一方橋本は久しぶりに実家に帰り、父の遺産分割の手続きをした。真祐は都内の自宅をはじめ、賃貸物件や別荘などの不動産をいくつも所有していたが、橋本が己の相続分として望んだのは真祐の絵画だ。

ひそかに売りさばく算段をつけていた母親は猛反対したが、姉の芹が弟の肩を持ったこと、何より冤罪《えんざい》を着せられた息子を見捨てようとしていたことを責められ、最終的には『六道絵図』や『後悔』を含めた全ての絵画が橋本の手に渡った。橋本は真祐が館長を務めていた美術館にひとまずの管理を任せ、いずれは真祐の記念美術館を設立するつもりだという。

橋本が仲間たちと立ち上げた事務所は順調すぎるほど順調だ。父親殺しの罪を着せられ、無罪を勝ち取った橋本の経歴がクライアントから注目され、半ば面白がられての成果だが、橋本は腐らず飄々《ひょうひょう》と言い放つ。

『俺は地獄さえ魅せた男の息子だぜ？　誹謗だろうと好奇心だろうと飯の種にしてやるさ』

そして、水琴は――。


都内の美術館。非業の死を遂げた橋本真祐が館長を務めていたことで有名になったその美術館の大ホールは、人いきれと熱狂に満たされていた。

「待った甲斐《かい》があった。この目で妖精画家の絵を見られる日が来ようとは」

「デビューしたての新人が、よくこの規模の美術館を押さえられたな。バックに付いた奥槻の力か？　あの男は藤咲《ふじさき》財閥ともつながっているからな」

「それもあるが、当人が橋本先生のご子息の親友らしいぞ。ご子息からのたっての願いで、美術館もスケジュールを空けないわけにはいかなかったとか」

「何とまあ、新人とも思えない人脈だな。あの『ギャラリー・ライアー』の槇まで目を付けているというし…」

「噂によればかなりの美形とか？　ご尊顔を拝むのが楽しみだな」

そこかしこで盛り上がる同業者たちを横目に、槇怜一はホールを泳いでいた。すでに一通りの展示は見終えている。

妖精画家のデビュー個展を開くに当たり、泉里が用意させたのはＳＮＳで披露された二点に加え、初披露となるもう二十三点、合計二十五点だ。

この数ならもっと小規模な会場でも構わなかったのだが、業界の人間だけでも参加希望者が列を成し、抽選で招待券を贈られた客も加われば、これだけのキャパシティのホールを押さえざるを得なかったのだろう。

「…槇さん。『ギャラリー・ライアー』の槇さんじゃないですか？」

人ごみをかき分けながら声をかけてきたのは、洒脱《しゃだつ》な空気を纏った青年——橋本だった。ずっと前、まだ真祐が存命の頃に会ったことがあるが、当時は無かった貫禄《かんろく》めいたものを身に着けたように見える。

「真司さん、お久しぶりです。…お父上に似てこられましたね」

「ははっ、それ、最近よく言われるんですよ。釈放されてからとにかく飯が美味くて、喰《く》いすぎて太っちまったせいですかね」

以前の橋本なら、父に似ていると言われ、照れ臭そうに笑ってみせることは無かっただろう。それ以前に、父と懇意の画商に自ら話しかけたりもしなかったはずだ。

……彼もまた、胡桃の殻から無限の宇宙の王になった一人か。

「真司さんはもうホールを回られましたか？」

「ええ、ついさっき。こんなに人が多いんじゃあ、遠くから眺めるだけでも一苦労ですよね」

ぼやきながらも、橋本は笑っている。恩人でもある友の門出が成功を収めつつあることを、心の底から喜んでいるのだ。

「…ところで、絵の横にたくさんくっついてる札みたいのですけど、あれって購入希望者ってことですか？」

橋本がひそめた声で尋ねてくる。なるほど、これが聞きたかったのか。

「そうですね。個展の終了後に希望者で入札を行い、最高値をつけた者が購入権を得ることになります」

「なるほど、だから絵に値札がついていないのか…えげつない値段になりそうだな。槇さんは入札されたんですか？」

「もちろん。全て私が購入させて頂きますよ」

自信たっぷりに宣言する。

橋本は少々疑わし気だが、同業者たちの懐事情を熟知する怜一にかかれば、競争相手を蹴散《けち》らし、購入権を得ることなど赤子の手をひねるようなものだ。

競り落とした絵は所持するに相応《ふさわ》しい客が現れれば売るのもやぶさかではないが、そうでなければ怜一が死ぬまで手元で愛《め》でられることになるだろう。画商にあるまじき執着であることはわかっている。けれど水琴が泉里の手を選んだ今、怜一は画商である前に水琴の信奉者なのだから構うまい。

……まずいな。養父の気持ちがわかるようになってきてしまった。

養父は圭月と面識など無かったはずだが、圭月の作品を血眼《ちまなこ》になって探し求める姿は何かに取り憑かれたかのようだった。信奉する神の姿を見、親しく接している自分の執着はいずれ養父をしのぐのかもしれない。

しばらく橋本と他愛もない話を楽しんでいると、控えめな音量で流れていたＢＧＭが止まった。同時に会場の照明が絞られ、怜一は橋本と顔を見合わせる。

「いよいよ、ですね」

「はい。…いよいよです」

ごくりと息を吞む橋本に頷き、怜一はホール奥を見詰める。壁沿いに設置されたステージは控え室とつながっており、今日の主役の妖精画家――水琴が呼ばれるのを待っているはずだった。

…正直、怜一は水琴が公に姿を現すとは思っていなかった。あの美貌《びぼう》は大きな武器にもなるが、邪《よこしま》な者に目を付けられれば災いを招く。むろん泉里はそういう輩《やから》を徹底的に排除し、消し去るだろう。

だが水琴の心は乱され、傷付けられる。絵に専念出来なくなるくらいなら姿を隠し続けるだろうと、そう踏んでいたのだが。

……侮《あなど》っていたのは、私も同じだったようですね。

水琴は怜一が思うよりはるかに強靭《きょうじん》でしなやか、そしてしたたかな心の主だった。泉里という鉄壁の守護者を得て、これからどこまで羽ばたくのか。叶うものなら最後まで見届けたい。

「皆様、本日はおいで頂きありがとうございます」

ステージに泉里が上がった。

前振りなど不要、早く本命を出せという招待客たちの無言の催促を読み取れないほど鈍い男ではない。早々に口上を終え、ステージ奥に手を差し伸べる。

「本日の主役、妖精画家こと胡桃沢水琴を紹介させて頂きます」


――さあ、妖精の王の降臨だ。

あとがき

こんにちは、宮緒葵《みやおあおい》です。『悪食』シリーズもとうとう三巻目となりました。応援して下さった皆さん、ありがとうございます。この本を最初に読まれた方は、一巻目『悪食』と二巻目『羽化』も読むとさらにお楽しみ頂けると思いますので、探してみて下さいね。

さて今回は、ずっと泉里や周囲の人々に守られてきた水琴が大きな成長を遂げる回でした。担当さんとも話したのですが、自由って本来とても重たいものなんですよね。水琴は今までそれを与えられる側でしたが、いつかは自分で勝ち取る側にならなければいけないわけで。その最初の一歩を踏み出せた水琴は、前巻までよりずっと強くなったのではないかと思います。

さんざんな目に遭ってしまった橋本くんでしたが、実は最初、橋本くんの役回りは別の新キャラに任せるつもりでした。しかし橋本くんは担当さんに愛されていたため、せっかくなら橋本くんを前面に押し出してみるかと思って書いたところ、こういう役回りに。

悲しい設定が多い今回のキャラの中で、書いていて一番悲しかったのは橋本父こと真祐でした。この人も最初は悪人のまま終わるはずが、気付いたらラストのエピソードを書いていて、不器用なお父さんになりました。どんなにつらい経験でも、作品に取り込んでやろうとするのは絵に限らず何かを作り出す者の性《さが》かもしれません。

前巻から引き続き登場の雪輪も、だいぶ素性が明らかになってきました。水琴は基本的に誰に対しても礼儀正しいんですが、雪輪に対しては苛立ちをぶつけたり、ぞんざいな言葉を使ったりしているんですよね。つまりはそれだけ気を抜いているわけで、二人が今後どういう関係に落ち着くのか、見守って頂ければと思います。

そして今回一番活躍したのは、間違い無く怜一。ひょっとしたら泉里より活躍したんじゃないでしょうか。水琴は絶対、画家として成功したいなら怜一と組んだ方がいい…と、担当さんと何度も話してました。信奉者枠に決定したので、これからは遠慮無く水琴を崇《あが》めてくれるでしょう。


今回も弁護士のT先生に監修をお願いしました。T先生、お忙しいところありがとうございました。おかげさまで逮捕から公判までの流れはばっちり理解出来ました。

イラストは引き続きみずかねりょう先生に描いて頂けました。みずかね先生、いつも麗《うるわ》しい水琴と泉里をありがとうございます。初めてイラストに登場する橋本くんも楽しみです。

そして担当のY様、いつもありがとうございます。橋本くんは担当様に足を向けて寝られないと思います。

最後に、ここまでお読み下さった皆様、ありがとうございました。ご感想など聞かせて頂けると嬉しいです。またどこかでお会い出来ますように。

この本を読んでのご意見、ご感想を編集部までお寄せください。
《あて先》〒141-8202 東京都品川区上大崎3-1-1 徳間書店 キャラ編集部気付
「曙 光」係

【読者アンケートフォーム】
QRコードより作品の感想・アンケートをお送り頂けます。
Chara公式サイト http://www.chara-info.net/

■初出一覧
曙光……書き下ろし

曙光……【キャラ文庫】

2022年6月30日　初刷
著者　宮緒葵
発行者　松下俊也
発行所　株式会社徳間書店
〒141-8202　東京都品川区上大崎3-1-1
電話　049-293-5521（販売部）
03-5403-4348（編集部）
振替　00140-0-44392
印刷・製本　図書印刷株式会社
カバー・口絵　近代美術株式会社
デザイン　モンマ蚕（ムシカゴグラフィクス）

ISBN978-4-19-901067-5

宮緒 葵の本

好評発売中

［百年待てたら結婚します］

イラスト✦サマミヤアカザ

結婚式当日、突然現れた美少年に無理やり抱かれてしまった!! それ以来、妻を抱けず不能になった紀斗《のりと》。妖鬼を退治する一族に生まれながら、役立たずと蔑まれて育ち、男の矜持すら失って三年――。出勤途中、妖鬼の大群に襲われた紀斗を救ったのは、成長した美青年――当主の座を簒奪し、絶大な権力を掌握した榊《さかき》だった!! 紀斗になぜか執着する榊は、「僕だけのものになって下さい」と懇願して!?